QUAND LE CIEL S'ÉCLAICIRA

DU MÊME AUTEUR

L'Effet Pivot, Ramsay, 1987.

Sorciers. Voyage chez les astrologues, envoûteurs, guérisseurs, mages et voyants, Ramsay, 1989.

Charlie Chaplin, Solar, 1989.

La République des jeux. Enquête sur l'univers secret des jeux d'argent et de hasard, Robert Laffont, 1992.

Édouard Brasey

QUAND LE CIEL S'ÉCLAIRCIRA

PLON
76, rue Bonaparte
PARIS

ISBN 2-259-00088-6

À Myrna,
À Paraskevi.

« L'homme est un animal appelé à devenir Dieu. »

SAINT BASILE DE CÉSARÉE.

« Un Crétois me disait :
— Quand tu te présenteras devant la porte du Paradis, si elle ne s'ouvre pas, ne prends pas le marteau de la porte pour frapper ; descends le fusil de ton épaule et tire un coup de fusil.
— Tu crois, lui dis-je, que Dieu aura peur et viendra ouvrir ?
— Mais non, mon petit, il n'aura pas peur, mais il ouvrira parce qu'il comprendra que tu reviens de guerre. »

Nikos KAZANTZAKI, *Lettre au Gréco.*

Quand le ciel s'éclaircira,
Quand reviendra le printemps,
Je prendrai mon fusil,
Ô ma sainte patronne.
Je descendrai dans la plaine d'Omalos,
Je suivrai le chemin de Moussouro,
Et je ne verrai plus les pères sans leurs fils,
Ni les femmes sans hommes,
Je ne verrai plus les nouveau-nés pleurer loin de leurs mères.
Quand le ciel s'éclaircira... »

Chant traditionnel crétois.

PREMIÈRE PARTIE

La garde du cœur

1

Adrian Drakos observait les poissons morts. Yeux vitreux, ouïes dilatées, nageoires roidies, les loups, daurades et mulets de la pêche matinale s'entrelaçaient en nid de serpents au fond du couffin. De leurs corps froids et gris montait une forte odeur de saumure qui prenait aux narines. Des grappes de mouches ivres tournoyaient à l'aplomb de ces chairs corrompues dont exsudait un jus noir et salé qui imbibait la paille tressée du panier. Adrian soupira. C'était la troisième fois en une semaine que les pêcheurs de Perivoglia lui livraient du poisson pourri.

Perivoglia est un long serpent d'hôtels de luxe et de pavillons de vacances allongé sur la plage, au bord de la mer, à deux pas de l'antique cité de Réthymnon, dont le labyrinthe de venelles construites par les Vénitiens puis les Turcs a miraculeusement échappé aux bombardements de la guerre. Pour un peu on croirait qu'au fond de ce dédale aux imbrications complexes se cache un Minotaure.

Des touristes en provenance du monde entier se

donnent des frissons, à la tombée du soir, en s'égarant dans les ruelles tortueuses de Réthymnon où ils croisent en ombres chinoises le destin fourmillant d'artisans issus d'un autre âge — bourreliers, couteliers, matelassiers, corroyeurs, cordonniers, armuriers, chaudronniers à l'œuvre derrière les carreaux dépolis de leurs échoppes —, entrent parfois boire le raki dans une taverne de hasard, s'ébahissent au détour d'une chapelle blanche coiffée d'un bulbe doré ou d'un minaret pointé comme un doigt désignant le ciel, puis reprennent bien vite le chemin du port vénitien où les attendent le poulpe grillé, les brochettes d'espadon, la bière fraîche, le soda d'importation aux extraits d'alcaloïdes et aux noix de cola, les petites tables au bord de l'eau et les serveurs empressés.

Le Thésée était le dernier hôtel de Perivoglia, en bout de plage, à l'opposé de Réthymnon. L'architecte qui en avait conçu le plan avait souhaité rompre avec l'uniformité de béton des autres bâtiments en construisant une sorte de cloître dont les chambres ouvraient, non sur la mer, mais sur une vaste cour intérieure, agrémentée d'une fontaine et d'une bougainvillée mauve. Cette disposition avait pour but de favoriser la vie communautaire en offrant aux étrangers de passage l'occasion de goûter à la quiétude d'une retraite monastique.

En fait de quiétude, ce faux monastère pour touristes semblait depuis l'hiver passé la cible de quelque puissance adverse. Le feu avait pris par trois fois dans les cuisines ; la chaudière avait éclaté et les robinets ne crachaient plus qu'une eau glaciale et brune, impropre à toute hygiène ; les draps n'étaient jamais changés, ou bien l'étaient contre des linges souillés à dessein ; le personnel volait, démissionnait sans préavis ; les employés insultaient les clients ; les cuisiniers tentaient de les empoisonner en leur offrant des nourritures avariées et les chauffeurs de taxi refusaient de se déplacer jusqu'en cet endroit maudit. Le résultat ne s'était pas fait attendre : le Thésée s'était progressivement vidé de sa clientèle.

Cet état coïncidait avec l'arrivée en Crète d'Adrian Drakos pour y assumer la gérance du Thésée. Cet hôtel faisait partie d'une chaîne hôtelière à capitaux allemands. Allemand, Adrian l'était de naissance — ou, plus exactement, Berlinois —, mais sa famille était d'origine crétoise. Cette particularité avait poussé son entreprise à le muter dans cette île, à ses yeux inconnue, mais au sein de laquelle il était censé se fondre mieux qu'un autre — en raison de ses racines. Mais la greffe n'avait pas pris, et dès les premières semaines de son installation, Adrian Drakos s'était senti rejeté tel un corps étranger. Les premiers temps, il avait mis cette hostilité sur le compte de quelque groupuscule terroriste opposé aux industries et capitaux étrangers. Mais pourquoi s'acharner contre le seul Thésée, alors que la façade de bord de mer était entée de greffons bétonnés aux origines largement apatrides ? Et pourquoi en vouloir spécialement à Adrian Drakos, dont les prédécesseurs à la direction de l'hôtel n'avaient jamais eu maille à partir avec la population locale ? Seule sa personne était visée, non sa fonction. Lui reprochait-on d'être allemand ou bien d'être crétois ? A moins que ce ne fût d'être les deux. Sans le vouloir, Adrian semblait avoir dérogé à quelque règle d'hospitalité séculaire.

— A quoi penses-tu ?

— Aux poissons morts.

— Viens...

De sa paume offerte prolongeant l'anse du bras, la jeune fille l'invitait à la rejoindre au lit. Elle était nue, et le jour qui filtrait au travers des persiennes ocellait sa peau couleur de miel de brusques taches de lait.

Adrian, vêtu d'un peignoir en éponge jaune, se tenait debout devant la fenêtre, le visage appuyé contre l'embrasure. Il se méfiait des appels de sirènes, redoutait les déjeuners de soleil, négligea cette tendre injonction. Un frein secret en lui l'empêchait de s'épancher tout à fait, fût-ce en amour. Il éprouvait pour la jolie Crétoise qui s'offrait à lui un sentiment confus dans lequel l'envie de fuir grandissait à mesure que grandissait son désir pour elle. Il n'avait jamais aimé que de loin, et jamais des corps de chair. La peau vanillée, discrètement poivrée, de sa jeune compagne n'avait pu avoir raison de ses frayeurs immémoriales. Il n'avait pu se résoudre à caresser ses bras, ses jambes, à frôler les pointes de ses seins, à enfouir son visage dans le delta musqué qui soulignait l'éclat cuivré de son ventre. Il n'avait pu se résoudre à lui faire l'amour.

Après un bref soupir, la jeune fille se dressa, se mit à genoux sur le lit, jambes écartées, releva en chignon sa tignasse folle, paumes à la nuque, bras en équerre, soupira à nouveau, relâcha d'un seul coup son fardeau de cheveux qui moutonna en vagues blondes sur ses épaules et la naissance de ses seins. Solaire, voici ce qu'elle était : solaire. Elle se prénommait Kiriaki, ce qui en grec signifie « dimanche ». Elle était un dimanche couronnant la triste et laborieuse semaine des hommes, un dimanche ensoleillé et chaud, empli d'oisiveté et de prières, de chants d'oiseaux et de déclarations d'amour ; un jour fait pour la paresse, le plaisir et la sanctification.

Adrian regardait à l'extérieur, entre les lattes de la jalousie. Il contemplait la fontaine ruisselante, la bougainvillée, la cour déserte, son humiliation.

Kiriaki sauta à bas du lit, se coiffa de sa robe en zéphyr, la fit glisser le long de ses épaules, de ses reins, de ses hanches. Tout en s'habillant, elle chantonnait une cantilène crétoise où il était question d'amour perdu, de sanglots éternels, de bateaux enfuis tout au bout de la mer. Elle se laissa retomber en arrière sur le lit, leva haut les jambes, ses deux pieds trémoussant pour chausser les ballerines, se retrouva debout et, cessant tout à coup sa chanson :

— Allons déjeuner. J'ai faim.

Ils s'étaient rencontrés six mois plus tôt, en novembre. La saison touristique touchait à sa fin, et les lignes de charters venaient de s'interrompre. Les discothèques et les marchands de souvenirs du bord de mer avaient fermé boutique. Réthymnon avait repris son visage secret, celui d'un port de pêche engourdi par l'hiver. L'hiver est la saison qui sied le mieux à la Crète ; il est rude, exigeant, authentique. Les hommes s'y montrent sous leur vrai jour, durs, inflexibles. Ils n'ont plus à jouer les Zorba devant des étrangers pour quelques poignées de drachmes. Au bord de la mer l'été est trop chargé de séduction et de douceur de vivre. Le plaisir règne, et les hommes y sont subordonnés ; aussi finissent-ils par tous se ressembler. L'hiver recrée les contrastes, les différences, les distinctions. La nuit tombe plus tôt, mais on y voit plus clair. L'été est la saison du mensonge ; l'hiver celle de la vérité.

Kiriaki accompagnait son dernier groupe de touristes de la saison. Des Allemands. Ils logeaient à l'hôtel Thésée. Il faisait froid, déjà, mais les chambres n'étaient pas chauffées et n'avaient pas d'eau chaude. Plusieurs touristes se plaignirent et Kiriaki dut intervenir auprès du gérant. Ce dernier venait à peine d'être nommé à ce poste. Il semblait se trouver là par hasard et affichait une nonchalance assez peu en accord avec les responsabilités qu'exigeait sa fonction. Il s'agissait d'Adrian.

Lorsqu'elle le pria de brancher le chauffage, il la dévisagea avec de grands yeux étonnés, presque choqués, avant de lui répondre :

— Il ne fait jamais assez froid.

Puis, sans transition, il l'invita à boire un verre avec lui. Ils épuisèrent le restant de la nuit à boire du cognac Metaxa au bar. La salle était glacée. Le lendemain, la moitié des Allemands étaient enrhumés. Mais Adrian se refusa à allumer les chaudières.

Les touristes partirent, Kiriaki resta. Chaque soir, elle rejoignait Adrian au bar déserté du Thésée où le Metaxa était parfois remplacé par de la liqueur d'Izarra, du raki ou du vin doux de Samos. Ils parlaient la nuit durant, sans se toucher, sans même songer à s'embrasser. Ces deux-là s'aimaient sans se le dire ; sans même oser se l'avouer. Ils s'aimaient en parlant d'autre chose.

Cela dura six mois. Six mois à se parler, à se raconter leur jeunesse, enfuie depuis longtemps pour l'un, encore toute fraîche pour l'autre. Adrian avait presque quarante ans, Kiriaki dix-huit seulement, et pourtant c'était elle qui, dans leurs discussions, semblait avoir le plus à dire ; ainsi s'appliquait-elle à combler, par des mots, la distance qui séparait les deux âges de leurs vies, à rattraper le temps qu'ils avaient perdu loin l'un de l'autre.

A son tour Adrian se racontait, en de longs monologues où les effilochures de récits qu'il extirpait de son passé s'entremêlaient, se superposaient, se contredisaient parfois et, loin d'éclairer sa vie et lui conférer un sens, ajoutait à l'épaisseur de son mystère. Il disait :

— Sais-tu la raison qui m'a poussé à entrer dans

l'hôtellerie ? Je voulais être moine. Il m'a semblé que les hôtels pour vacanciers étaient les monastères d'aujourd'hui, où nos contemporains, excédés par la tristesse et la cruauté du monde, viennent parfois faire retraite. Je souhaitais devenir une sorte de père hôtelier pour clubs de vacances ; un saint Pierre bardé de clés au seuil de la porte d'un paradis accessible cinq semaines par an. Je croyais en la vertu spirituelle des loisirs ; en la fonction de repentir des vacances. C'est étrange, mais il me semble que si j'ai tenu à travailler dans le tourisme et l'hôtellerie, c'est d'abord par espoir de la rédemption et goût de la solitude...

Elle aimait à l'entendre parler ainsi ; elle ne se lassait point de l'écouter énoncer ses idées sur la vie — et il s'agissait moins d'idées, à vrai dire, que d'états d'âme, et sans doute moins encore d'états d'âme que d'attitudes —, et le simple fait de n'y rien comprendre ajoutait à sa jubilation. Elle répondait :

— Moi, il me semble que je n'ai pas choisi de devenir guide. Comment te dire ? Lorsque je m'adresse à un groupe de touristes étrangers, ce n'est pas moi qui leur parle, mais une voix venue de loin, de très loin, et qui me dépasse. Je ne sais quelle est cette voix, mais je la sais puissante, impérieuse, sans oubli ni miséricorde. Si la Crète pouvait parler, sans doute aurait-elle cette voix. Je suis moins une guide qu'un témoin, il me semble. Témoin, cela veut également dire martyr, n'est-ce pas ?... Il me semble parfois que je subis, tel un sort adverse, ma vocation, sans en connaître l'origine. A l'infini je raconte l'histoire de la Crète à des touristes blasés, mais c'est pour oublier que je ne suis pas libre.

Ce qu'elle ne disait pas, c'est qu'elle sentait chez Adrian ce même manque de liberté et la même souffrance à ne pouvoir nommer ses geôliers. A aucun moment il n'avait cherché à la séduire ; c'était le seul moyen de la séduire. Il était moins qu'un amant, mais plus qu'un ami. Un frère, oui, il était un grand frère retrouvé. Et tout en se racontant leur vie des heures durant, il leur semblait compléter leur passé en l'échangeant.

Ce matin-là, pourtant, ils ne s'étaient pas quittés. A l'orée de la nuit, Kiriaki avait posé une main sur la main d'Adrian, l'autre sur sa bouche, pour l'engager à se taire, puis l'avait entraîné dans l'une des chambres vides. Mais elle était trop jeune encore, ou déjà trop aimante pour concevoir de la désillusion devant le manque d'empressement d'Adrian à concrétiser son amour par des gestes. Elle s'accommodait volontiers des peurs et des maladresses, chez elle comme chez l'autre. Elle voulait y voir de l'innocence, et même de la candeur. Se mettre nue devant Adrian était pour elle davantage un engagement, un défi symbolique, qu'une invite à céder aux plaisirs de la chair. Elle était encore à l'âge où l'amour est moins sensuel que moral, et pour lequel l'expression « se donner à l'autre » doit s'entendre au pied de la lettre. Elle s'était donnée à Adrian, mais n'avait pas détesté qu'en retour il dédaignât de la prendre. Car elle était à cet âge empli de mysticisme où l'on veut que le corps de l'autre ne soit que la clé de son âme. Un corps où, cherchant notre salut, nous ne rencontrons ni l'autre, ni son âme, ni Dieu, mais nous-même, et notre perte.

Ils franchirent les couloirs déserts, dévalèrent les escaliers déserts, abordèrent les salons et réfectoires déserts. Dans l'office, aux frigos vidés et aux fours débranchés, ils se concoctèrent un petit déjeuner de roi à base de pain rassis, de beurre rance et de miel des montagnes, non gâté bien que noir. Kiriaki mit à chauffer de l'eau dans un récipient en cuivre, y touilla une cuillère de café réduit en poudre, à la grecque, laissa frissonner, retira avant le débord et versa le jus noir et épais dans de minuscules tasses à la surface desquelles se forma une mousse brune et odorante. Ils s'installèrent en terrasse, à l'ombre de la bougainvillée, goûtèrent le silence, soufflèrent sur leur café fumant, le goûtèrent, suçotèrent avec gourmandise les brins de marc qui restaient dans la bouche une fois le liquide avalé. Kiriaki s'inclina vers Adrian et lui baisa les lèvres.

— Tu ne te rends pas compte de la chance que nous avons ? Tout l'hôtel est à nous. Nous sommes deux châtelains en leur domaine, seuls au monde, aimants, tranquilles. Nous avons trente chambres à notre disposition et autant de lits. L'espace, la solitude, le silence. Que demander de plus ?

— Si cela continue, l'hôtel sera fermé. On me remplacera. Je retournerai à Berlin.

— J'irai avec toi.

— Tu es folle...

Adrian était un homme de l'ombre, issu d'un pays d'ombre, élevé à l'ombre d'un mur édifié, trente-huit ans plus tôt, en 1961, l'année de sa naissance.

Kiriaki observa le visage osseux de son ami, tout en saillies et arêtes, mangé par d'infinis réseaux de rides précoces, ses cheveux ailes de corbeau, envahis de duvets blancs, désordonnés et rebiquant sur les tempes, ses yeux gris de noyé. Adrian était un homme triste, un homme qui n'avait jamais connu que la tristesse, impossible à égayer ne fût-ce qu'un instant. Il se refusait aux félicités des sens. Au lieu d'avoir cherché son plaisir entre les bras de Kiriaki, il s'était mis à pleurer. C'était à cause de cela aussi qu'elle l'aimait. Adrian était un arbre abattu qu'elle s'était jurée de relever. Elle sentait un feu couver en lui, une braise enfouie au fond de son cœur, et sur laquelle il aurait suffi de souffler pour relancer la flamme, qu'elle présageait haute, brûlante et lumineuse. Adrian était un bois mort, une bûche mal dégrossie qui recelait l'étincelle apte à l'embraser tout entier. Kiriaki pressentait l'homme dans cet enfant vieilli qui lui était échu du Nord. Un jour, elle le savait, et peut-être grâce à son aide, Adrian renaîtrait enfin à lui-même, et il naîtrait crétois.

Du front, elle glissa ses lèvres jusqu'à son oreille.

— J'irai avec toi. Je ne suis pas folle. Parle-moi encore de l'Allemagne...

— Je ne connais pas l'Allemagne. Je ne connais que Berlin.

C'était leur conversation préférée, leur légende, leur conte de mauvaises fées. Kiriaki entretenait une curiosité persistante à l'égard de ce pays où elle n'était jamais allée mais qui suscitait en elle des sentiments familiers, une vague impression de déjà vu, de déjà vécu, le souvenir estompé et lointain d'un rêve. Adrian retrouvait, à l'évocation des lieux où s'était enfuie sa jeunesse, une joie pâle qui rafraîchissait son visage farouche.

— Je ne connais pas l'Allemagne. Je ne connais que Berlin. Berlin, ce n'est pas l'Allemagne, c'est une île perdue en plein continent. Une île coupée en deux par un mur aussi infranchissable qu'un précipice, un mur qui donnait le vertige rien qu'à le regarder. Lorsque j'avais douze ou treize ans, je passais des journées entières aux fenêtres de l'appartement de ma grand-mère Salomé, dans le quartier de Kreuzberg. L'immeuble se situait au pied même du mur. De notre côté, c'était Berlin-Ouest. De l'autre, c'était Berlin-Est. Cela s'était joué à quelques mètres près. Les fenêtres de ma grand-mère donnaient sur une petite rue condamnée, où personne ne passait, car elle longeait ce mur de carnaval, peint en couleurs criardes et coiffé de buissons de fils de fer barbelés. Par-delà le Mur coulait la Spree, grise et verte. Personne ne venait jamais y pêcher. Les poissons se prenaient aux pièges hérissés que ceux d'en face avaient immergés au fond de l'eau. Chaque matin, la Spree charriait des grappes de poissons morts aux ventres argentés. Ces poissons morts, je les revois encore, coulant sans fin le long d'un mur.

Les yeux d'Adrian se mouillaient ; sa gorge se gonflait d'émotion. Il s'enivrait du passé comme d'un vin trop fort, n'aimait que les disparus. Vivre lui était un châtiment. Kiriaki, cette fille trop jeune, trop belle, trop joyeuse, n'était pas faite pour lui. En la touchant, en la respirant, en s'imbibant de son amour, il lui semblait transgresser le tabou d'une malédiction qu'il supposait peser sur ses épaules. Les dieux, ou les hommes, le lui faisaient payer en lui adressant des paniers de poissons pourris.

Maudit, Adrian Drakos était persuadé de l'être. Maudit depuis toujours. Les signes ne manquaient pas. Ainsi, le mur de Berlin avait été édifié quelques semaines à peine après sa naissance, à quelques mètres de son berceau. En outre, il habitait Kreuzberg. Kreuzberg était à cette époque un quartier composé d'ouvriers et de travailleurs immigrés, en majorité d'origine turque. Les enfants de Kreuzberg parlaient un patois local, mélange de turc et d'allemand. Or, la famille d'Adrian n'était ni turque ni allemande, mais crétoise. Durant des siècles, la Crète avait saigné sous le joug des Turcs. Durant quatre années, elle avait souffert de l'occupation allemande. Par une cruelle ironie du sort, Adrian avait vu le jour et grandi dans le seul endroit au monde où se trouvaient réunis les ennemis héréditaires de ses ancêtres. Comme s'il devait perpétuer, à son tour, l'humiliation ancestrale.

Du point de vue des Allemands, les Crétois étaient assimilés aux Turcs, une simple main-d'œuvre étrangère, orientale, un peu sale, très bon marché. Au regard des Turcs, les Crétois étaient doublement méprisés, parce qu'ils étaient chrétiens, mais aussi parce qu'ils étaient plus pauvres qu'eux. Kreuzberg était le purgatoire des Crétois. En allemand, Kreuzberg signifie littéralement : « montagne à la croix ». Cette montagne à la croix, n'était-ce pas la montagne du Crucifié, le Golgotha ?

Adrian le Crétois s'était laissé rosser toute son enfance par les enfants de Kreuzberg. Ils se moquaient de sa misère, pire que la leur, de son Christ en croix, de son nom. Car la fatalité maligne avait imprimé sa marque jusque dans le nom que portait Adrian : Drakos. Drakos, en grec, désigne à la fois le « dragon » et l'« ogre ». De quelle chair interdite s'était jadis nourrie la lignée des Drakos pour que son dernier rejeton fût voué au mépris général ?

Kiriaki prit l'ogre dans ses bras et le berça doucement, elle prit le dragon entre ses mains et le baisa aux lèvres. Adrian lui sourit. Un pauvre sourire d'enfant malade, d'ogre sans appétit, de dragon sans fumée. Elle le réchauffait de ses rayons.

2

Depuis le matin, le Lion trônait à la terrasse de l'unique café d'Amnatos, minuscule village accroché au flanc de la montagne, sur la route qui mène de Réthymnon au monastère d'Arkadi. Comme chaque jour, il était assis devant une tasse de café vide au fond de laquelle la boue séchée du marc dessinait des prédictions. Le café n'avait pas été renouvelé ; en revanche le verre d'eau claire qui l'accompagnait rituellement avait été bu et rempli à plusieurs reprises. Le Lion se tenait très droit sur sa chaise paillée, ses vastes braies en toile noire débordant largement de chaque côté, ses hautes bottes de cuir noir calées aux jambes vertes de la petite table de bois sur laquelle, à côté de la tasse vide et du verre plein, il avait déposé son long fouet noir aux lanières entrelacées, sceptre attestant sa royauté dont il n'usait plus guère qu'en guise de bâton de marche. Sa poitrine massive de géant, couverte de poils blancs qui surgissaient en poignées folles de l'encolure de sa chemise noire, lustrée par les ans, se soulevait au rythme d'une forge en plein labeur, produisant des ronflements, des chuintements, des sifflements et des ahans d'effort qui gonflaient son encolure de taureau, rougissaient les tomates mûres de ses joues pleines et, finalement, s'échappaient avec grand bruit de la cheminée de son nez. D'un doigt trapu, épais et vernissé de taches brunes, il troussait avec volupté le buisson neigeux de sa moustache en croc, jaunie de nicotine au-dessus de la lèvre supérieure. Son large front labouré de rides était ceint d'une mantille en dentelle noire à trois pointes nouée à la bravache, apanage des authentiques capétans, ces anciens chefs de guérillas crétois qui luttèrent pour défendre l'indépendance de la Crète. Ses yeux, enfin, étaient de la couleur du ciel lorsque le soleil est à son zénith, d'un bleu pâle et cruel. Le vieil Eleftéris Mavros, dit le Lion, doyen des *Andartès*, ces guerriers du maquis lors de la dernière guerre, héros craint et respecté de la résistance contre les Nazis, chef indiscuté de la communauté crétoise de la province de Réthymnon, tenait en ce jour parfumé de printemps sa permanence de juge de paix à la terrasse du petit café d'Amnatos.

On venait de tous les villages à la ronde le consulter au sujet des moindres affaires : querelles de voisinage, unions entre clans, déclarations de mariages et évaluation des dots, testaments et amendes pour manquements aux obligations non écrites de la vie en communauté — lesquelles, en Crète, priment toujours les simples lois édictées par les Parlements lointains. Juge de paix et homme de guerre, shériff, avocat, médiateur, conseiller, censeur, préleveur des taxes par lui-même promulguées, agent du contentieux, gendarme, le Lion assurait tour à tour ces offices.

Sa réputation de vaillance et de virilité lui valait également la visite des couples en mal d'enfantement. Il imposait les mains au front des mâles et au ventre des femelles, pratique qui avait pour effet d'activer les centres de la reproduction et de réveiller les ardeurs assoupies. Aux femmes déjà engrossées, il prédisait le sexe de leur progéniture future grâce à la chaîne de sa montre de gousset utilisée comme pendule. La giration dans le sens des aiguilles indiquait un garçon ; le sens contraire une fille. Si la chaîne s'immobilisait brusquement, ou refusait de bouger, une fausse couche était à craindre.

La vieille Manoula, qui avait libéré de ses mains des générations de parturientes et nourri leurs fruits de son lait, prétendait qu'Elefteris était aussi un peu sorcier ; que dans ses meilleurs jours il était capable d'influencer, voire de contrecarrer le destin ; qu'il pouvait modifier, par le seul pouvoir de sa volonté et de son désir, la structure intime de la petite graine d'humain qui nichait dans les profondeurs d'un ventre de femme. D'un regard il savait la détruire, lui rendre vie, la métamorphoser de drageon femelle en bourgeon mâle. Parfois, aux nuits de pleine lune où l'instinct génésique le prenait, il saillait à distance pucelles et veuves en mal d'amour, les éveillait en sursaut, puis les laissait en émoi, recrues de fatigue en leurs lits solitaires. Le restant de la nuit elles étreignaient le vide en geignant, jambes nouées l'une sur l'autre, paumes et aisselles moites, seins aux mamelons agacés, visages enfouis, dos cambrés au firmament de la chambre, nues, seules, épuisées de plaisirs insatisfaits, meutes de louves hurlant à la lune.

D'entre ces malheureuses, affirmait encore Manoula — mais on disait la vieille nourrice un peu dérangée —, certaines accouchaient, neuf mois plus tard, de monstres cornus, bicéphales ou cyclopéens, dans d'atroces souffrances et d'infinies convulsions, à cause de leur incubat d'une nuit. Le Lion ne démentait jamais, se contentait de sourire d'un sourire carnassier de croqueur de femmes et d'enfants, laissant sa vivante légende courir les chemins et les alcôves.

En ce jour de printemps, Eleftéris lissait sa moustache, gros chat paressant au soleil, tout en détaillant en pensée la liste des offrandes dont l'avaient honoré ses justiciables de la matinée pour prix de sa sagesse et de son autorité. Babis avait donné trois moutons pour qu'Eleftéris daignât aller demander en son nom la main de la fille cadette de ce vieux grigou de Nikos Krassakis. La dot serait mince mais la fille était magnifique — Eleftéris comptait bien la visiter le soir même par l'esprit. La veuve du négociant de Réthymnon Léonidas, guettée par l'étiolement de l'âge, lui avait promis un foudre de son meilleur vin s'il parvenait à lui faire revenir son sang menstruel. Andréas avait été mis à l'amende de trois hectolitres d'huile d'olive pour avoir souillé l'eau de la citerne communale en y faisant boire et se vautrer ses cochons. La journée avait été bonne. En remerciement à Dieu qui l'avait fait si puissant et rusé, Eleftéris s'accorderait un verre de raki en fin d'après-midi. Koulakiotis, le cafetier, serait fier de le lui offrir. Il l'aurait bien mérité.

Au comble de la félicité, Eleftéris enfouissait avec gourmandise les longs poils durs de ses bacchantes dans sa bouche, les mordillant avec délice, lorsqu'il vit s'avancer au centre de la place d'Amnatos une blonde et gracieuse jeune fille qui lui souriait de loin. Le cœur du vieillard cogna un peu plus fort. La jeune fille s'approcha et s'assit sans façons à la table du Lion, face à lui. De l'index, elle commanda un café à Koulakiotis. Ayant jeté un coup d'œil au fond de la tasse d'Eleftéris, le doigt toujours levé, elle y adjoignit le majeur. Puis elle coula son regard dans celui du vieil homme.

— Bonjour, grand-père.

— Bonjour, Kiriaki. Tu te fais rare.

— Tu m'as maudite, rappelle-toi, lorsque je suis entrée à l'École des Guides.

Eleftéris était de la vieille garde, celle qui n'avait rien oublié des offenses passées, celle pour qui ni le temps ni la nécessité ne lavaient jamais les injures. Le Lion, dont les sympathies communistes, anarchistes et patriotiques — il était tout cela, sans discernement — avaient survécu à toutes les désillusions de l'histoire du siècle, prétendait avec vigueur que la Crète, en recevant chez elle les enfants de ses ennemis d'hier, ne parvenait qu'à s'abaisser et s'humilier un peu plus. Lorsque Kiriaki lui avait annoncé, un an plus tôt, qu'elle voulait gagner sa vie comme guide professionnelle, le vieil Andartès, qui avait pris les armes contre l'étranger le premier jour de leur invasion en Crète, près de soixante ans plus tôt, avait tonné :

— Les Allemands se croient ici chez eux ! Je suis bien placé pour le savoir : durant cinq ans j'ai lutté, tué, torturé pour libérer le sol de la patrie de leur présence sacrilège. Et toi, ma propre petite-fille, le sang de mon sang, tu irais te louer à leur service pour une poignée de marks ? C'est une trahison ! Les Crétois ont préféré verser leur sang plutôt que de demeurer esclaves des étrangers ; et à présent ils abdiqueraient leur fierté pour devenir leurs valets ? Que je perde sur-le-champ la vue, l'ouïe et la raison plutôt que d'être témoin d'une telle ignominie !...

Mais le vieux Lion avait conservé l'usage de ses sens et de ses esprits et avait fini, en apparence du moins, par capituler. Le tourisme était le seul moyen offert aux jeunes Crétois de rester au pays sans mourir de faim. Et puis les mœurs avaient changé, et la crainte viscérale de l'étranger que ressentaient jadis les habitants de l'île — crainte qui se transformait en respect lorsque l'étranger s'en montrait digne — s'était muée en une hospitalité de surface, et le respect, corollaire de la crainte, était devenu du mépris. L'ancien partisan avait lutté contre les étrangers ; désormais il les méprisait. Mais Eleftéris aimait sa petite-fille, fût-elle guide. Il lui prit la main.

— Cela fait du bien de te revoir, ma fille.

— A moi aussi, grand-père.

Se reculant soudain, elle reprit, un ton en dessous :

— Je suis ravie de retrouver mon grand-père, mais aujourd'hui c'est le Lion que je suis venue consulter.

Le visage d'Eleftéris se rétracta d'un coup, comme giflé. Il n'aimait pas mêler les affaires aux sentiments. Kiriaki, imperturbable, poursuivit :

— Je voudrais que tu me dises ce que l'on reproche à Adrian Drakos.

— Ne prononce pas ce nom-là !

Le Lion avait rugi. Eleftéris avait crié et Kiriaki le dévisageait sans comprendre, ne reconnaissait plus le masque furieux qui venait de tomber d'un seul coup sur le visage de son aïeul. Plus bas il répéta, essoufflé, la voix cassée :

— Ne prononce plus jamais ce nom-là en ma présence. C'est le nom de la honte et du malheur...

— Grand-père, regarde-moi : qu'a-t-il fait ?

Le vieillard, soudain ratatiné comme une pomme blette, jeta ses doigts en fourche vers le sol, majeurs et index écartés, reproduisant le signe immémorial de la jettatura.

— Il a le mauvais œil. C'est un porte-malheur, un *groussiozis*. Quitte-le, oublie-le. Sinon sa honte suintera sur toi, et de toi elle rejaillira sur moi et sur la communauté. Ce serait la fin de l'honneur, la fin de la Crète...

Kiriaki s'était dressée, renversant sa tasse de café.

— Pourquoi dis-tu cela ? Parce qu'il est étranger ? Parce qu'il est allemand ? Mais Adrian est crétois, ses ancêtres sont nés ici, sur cette terre...

— Tais-toi ! Quitte-le, je le veux. C'est un ordre. On ne discute pas les ordres du Lion... Kiriaki, reste ici...

Mais déjà la jeune fille courait au loin, se jetait hors les murs, dévalait la colline, bouleversant les pierres sous ses pas, clamant à tous les vents un nom frappé d'interdit, dont les accents réverbérés aux échos de la montagne effrayaient jusqu'aux corneilles, jusqu'aux aigles, jusqu'aux dieux.

3

— Je vivais chez ma grand-mère, Salomé Drakos, dont je porte le nom, et qui m'a élevé, seule, sans tendresse mais avec énergie. Je ne me souviens pas qu'elle m'ait embrassé, ni donné une caresse. Pas même des gifles, qui sont des caresses un peu vives, mais offrent le contact d'une main sur la peau. Grand-mère préférait me corriger à coups de ceinturon. Un gros ceinturon en cuir large, noir et épais. Un objet militaire. Presque un baudrier. J'en ai encore les marques en bas du dos.

» C'était une grand femme tout en os et en aspérités, une sorte de squelette tendu d'une peau eczémateuse et desquamée, rongée par les acides. Elle travaillait depuis la fin de la guerre dans une usine de produits chimiques à Kreuzberg ; elle y avait contracté, outre son teint de fantôme, une maladie des bronches qui la faisait tousser des nuits entières, d'une toux claironnante, victorieuse, tragique, qui la laissait exsangue. La compulsion de cette toux faisait songer à une obscure aspiration au suicide, indiquait une démangeaison intérieure qui ressemblait à de la haine de soi. Ma grand-mère survivait aux coups de rasoir de cette trachéite incessante, s'éveillait dépitée.

» C'est d'elle que je tiens l'histoire de mes parents, mon histoire. Avant ma naissance, ma mère et ma grand-mère vivaient ensemble, dans cet appartement de Kreuzberg. A l'âge de quatorze ans, ma mère fut embauchée dans une aciérie située de l'autre côté de la Spree. Elle y restait le soir, logeant dans un dortoir commun. Elle préférait souffrir de la promiscuité plutôt que de la tyrannie de sa mère. A dix-sept ans, elle rencontra un ouvrier itinérant originaire de Crète. J'imagine un fier-à-bras moustachu plaisant beaucoup aux femmes et roulant sa bosse de chantier en chantier. Ils se sont aimés quelques semaines à peine mais ils se sont aimés : j'en suis la preuve. Mon père, je ne l'ai pas connu ; j'ignore jusqu'à son nom : il a quitté ma mère et Berlin peu de temps après m'avoir conçu. Neuf mois plus tard, ma mère est revenue chez ma grand-mère pour accoucher, puis m'a laissé en nourrice chez elle, ne pouvant me garder dans son dortoir. Cela se passait en juillet 1961. Un mois plus tard, le Mur était édifié. Le dimanche 13 août 1961, peu après minuit, Berlin fut coupé en deux, tranché vif. Ma mère se trouvait d'un côté, ma grand-mère et moi de l'autre.

» Jusqu'à ce que j'aie huit ans, elle se débrouilla pour venir une heure chaque dimanche à la fenêtre d'un immeuble d'en face, me faire des signes. Ma grand-mère m'avait raconté que les fenêtres des appartements les mieux situés étaient louées très cher, à l'heure, par leurs propriétaires. Ces fenêtres étaient notre parloir, de brèves ouvertures entre les grilles. Mais personne ne savait qui était en prison, et qui était en liberté.

» Durant les huit premières années de ma vie, je n'ai connu de ma mère qu'une silhouette lointaine qui, une heure par semaine, lançait ses mains en l'air. Grand-mère me portait à bout de bras, afin que je sois à mon tour bien visible, en jappant à mes oreilles : « Regarde ta maman ! Regarde ta maman ! » Elle m'agitait comme un drapeau à sa fenêtre, comme une serviette qu'on débarrasse de ses miettes, comme un paquet de linge mouillé qu'on essore. Je m'étonne encore qu'elle ne m'ait pas défenestré.

» Et puis, un jour, sans raison, ma mère a cessé de venir à sa fenêtre du dimanche. Longtemps nous l'avons attendue. En vain. Je n'ai jamais su ce qui lui était arrivé.

» Ce n'est qu'en novembre 1989, après la chute du Mur, que je me suis rendu à Berlin-Est. Grand-mère Salomé s'était éteinte depuis dix ans déjà, victime d'un cancer des poumons. Moi, je n'avais pas quitté Kreuzberg, ni l'appartement en bordure de la Spree. Je me souviens encore de cet après-midi d'automne où j'ai franchi le fleuve pour la première fois. Où je me suis trouvé de l'autre côté du miroir. Durant des heures j'ai arpenté les rues grises de Berlin-Est. Ma mère avait marché là, près de trente ans plus tôt. Je respirais enfin le même air qu'elle. C'était un air malsain, saturé de gaz carbonique et de fumées d'usines. Un air vicié. Vicié comme l'était le souvenir de ma mère.

» J'allais par les rues, à l'aveuglette, attentif aux moindres signes, à l'affût des plus infimes repères. Mais il ne restait rien qui pût me parler de mon passé. L'aciérie où travaillait ma mère était désaffectée. L'immeuble où elle se rendait le dimanche n'était plus habité. Les portes et les fenêtres en étaient condamnées par des parpaings cimentés en catastrophe et des planches de bois clouées en croix. J'interrogeai des passants. On me répondit que ces étais existaient depuis la construction du Mur ; que tout le monde avait été exproprié à la fin août 1961 ; que des squatters prenaient parfois le risque d'y pénétrer, afin de tenter de communiquer avec ceux d'en face, mais que la police les surprenait toujours tôt ou tard. Je songeai aux dimanches de mon enfance. Je n'avais jamais rien su. J'avais été élevé dans l'ignorance de tout.

» Voilà mon secret, Kiriaki. Mon secret d'enfant emmuré dans l'ignorance et le silence.

» Je suis un enfant de la faute, Kiriaki. Et le châtiment suprême est justement d'être placé dans l'ignorance de cette faute.

» Mais tu dois avoir faim, et je t'ennuie. Sortons.

Ils avaient été éconduits des restaurants par des serveurs ennemis qui affichaient complet devant des salles vides. Ils échouèrent dans une gargote qui transpirait la graisse, tenue par une matrone ventripotente qui, sans un mot et l'air réprobateur, leur servit des boulettes de viande tièdes, figées dans la sauce et nageant dans l'huile. Kiriaki prit le parti d'en rire.

— La plus grande faiblesse de la Grèce : on n'y mange jamais chaud. Les plats sont préparés le matin pour être servis le soir, froids ou réchauffés dans le meilleur des cas. Tu veux commander une omelette, à la place ?

— Tu peux être sûre que la patronne n'aura pas d'œufs. De toute façon je n'ai pas très faim.

— Moi non plus. Mais j'ai soif. Sers-nous du vin.

Adrian empoigna la mesure d'un litre en laiton orangé, grumeleuse de buée, et emplit leurs minuscules verres en Pyrex d'un liquide rouge foncé, presque noir, qui embaumait la vieille vigne. Kiriaki goûta, savoura, clappa des lèvres en connaisseuse.

— Au moins, le vin est bon. Il fera passer les boulettes. A notre santé ! *Yamas* !

Kiriaki choqua son verre contre la table puis le porta à hauteur de son front, à la crétoise, engageant du regard Adrian à l'imiter. Ce dernier hésita une seconde, puis agrippa son verre et le choqua contre celui de sa compagne.

— *Yamas* !

Ils burent. Puis le silence retomba sur eux, comme une menace. Ils ne savaient plus quoi dire, soudain gênés d'être là, confrontés, défiants. Ils reburent du vin. Mais l'arôme en était évanoui. Ils le burent tout de même, trop vite, afin de retrouver un peu de chaleur, ne parvinrent qu'à s'engourdir les sens. Kiriaki se dressa, les joues empourprées. Ses jambes flageolaient un peu.

— Je vais rentrer, Adrian. Seule. J'ai besoin de réfléchir.

Adrian fit mine de se lever aussi. Kiriaki l'arrêta d'un geste.

— S'il te plaît, n'insiste pas. C'est mieux ainsi. Bonsoir, Adrian.

Elle sortit de la taverne sans un regard en arrière. Même Kiriaki le fuyait. Désormais, il était absolument seul. Il se resservit du vin.

Ils l'attendaient au détour d'une rue sombre. Ils étaient trois. Trois gaillards emmoustachés. Même pas masqués, tant ils étaient sûrs de leur droit. Le premier l'assomma à moitié d'un coup de tête. Le deuxième lui planta son genou entre les jambes et lui laboura l'estomac de ses poings. Adrian s'effondra. Son épaule gauche retentit comme un soc sur les pavés disjoints, lui arracha son premier cri. Son bras formait un angle étrange avec son corps affalé. Le troisième enfin s'approcha, lui martela les reins avec ses bottes à bouts ferrés, lui cracha dessus, imité par les deux autres. Les trois agresseurs d'Adrian, sans plus se préoccuper de lui, firent volte-face et s'en allèrent d'un pas lent, reprenant leur balade nocturne interrompue un instant. La lune jetait une clarté pâle sur la ville.

Le cimetière était bâti sur une hauteur à l'extérieur de la vieille ville. De là-haut le regard plongeait dans la mer, et les tombes semblaient des barques échouées. Les petites croix s'alignaient en mâts privés de leurs voiles. Chaque embarcation comportait, au milieu de la stèle, un habitacle vitré dans lequel se trouvait une photo du défunt, une coupelle emplie d'huile, quelques pièces de monnaie, parfois des olives, du pain, de l'ail, des fruits. Pour les Crétois, la mort est une traversée, une longue croisière sur le Styx. Les vivants doivent assurer leur viatique aux disparus : le boire, le manger et l'argent à verser à Charon pour aborder aux Champs-Élysées.

C'était le matin. L'aube était encore pâle et la mer très noire, comme une prairie brûlée. Kiriaki circulait entre les tombes, attentive aux épitaphes, aux noms, aux dates. Elle sentait sous ses pieds vibrer la mémoire des Anciens, des milliers, des millions de gisants qui, par-delà la mort, et selon qu'ils avaient été ou non correctement honorés, continuaient de hanter ou consoler leurs descendants. Ces morts de Crète formaient une communauté puissante et influente, aux arrêts de laquelle devaient impérativement se soumettre la communauté des vivants, sous peine de malédiction. Les morts vivaient dans la mort comme des poissons dans l'eau ou des oiseaux dans le ciel, libérés de leurs corps de poussière. Ils allaient en leur voie d'éternité, dans un pays peuplé de saints, de démons et de dieux ; ils allaient à la rencontre de Dieu. Mais ils ne pouvaient avancer sans l'aide des vivants. Les morts ne sont qu'un maillon de la chaîne qui unit l'homme à son Créateur. Personne n'a le droit de briser cette chaîne. C'est pourquoi, en Crète, on aime les morts, on les vénère, on les craint, on les nourrit, on les consulte.

Kiriaki était venue consulter les morts de Réthymnon. Elle s'attendait à ce qu'ils lui fournissent la clé d'un nom. Elles les en priait humblement, s'agenouillant devant chaque mausolée, baisant les pierres froides, saluant les reliques. Elle invoquait la Vierge, suppliait son intercession, lui promettait en remerciement de ceindre l'église qui jouxtait le cimetière d'une écharpe brodée en fils d'or, ainsi qu'il est d'usage pour les grandes occasions. Parmi les barques des morts, elle cherchait celle qui avait emmené les ancêtres d'Adrian.

Elle la trouva enfin, au fond du cimetière, dans l'endroit le plus reculé, le plus inaccessible. D'effroi, elle se signa par trois fois, très vite, pour s'abriter du malheur.

C'était un triste spectacle, en vérité. Il s'agissait d'un tombeau, plus vaste, plus imposant que les autres. Les coups de burin n'étaient pas parvenus à effacer l'inscription qui trônait à son front en six lettres gigantesques : DRAKOS. En revanche, la dalle avait été fracassée à coups de masse, livrant la gueule béante d'une crypte. L'habitacle de verre avait été brisé, et les photos des gisants percées de clous. Les ronces et les herbes folles envahissaient ce lieu de carnage. Malgré les années, les décennies écoulées, on sentait encore la haine collective qui avait présidé à sa destruction. Ce n'était pas l'œuvre d'un fou, mais celui d'une communauté d'hommes blessés. Kiriaki connaissait trop les rites et les croyances de son pays pour ignorer ce que cela signifiait. En profanant, jadis, ce tombeau, les Crétois de Réthymnon avait jeté l'anathème sur l'ensemble de la famille Drakos ; non seulement sur les vivants, mais aussi sur les morts, les privant de barque et de viatique pour franchir le Styx, les condamnant ainsi à une errance éternelle au royaume des Enfers. Quel crime abominable leur avait valu pareille punition ? Kiriaki l'ignorait, mais elle comprenait enfin l'hostilité que ses compatriotes manifestaient ouvertement à l'égard d'Adrian ; elle comprenait les paroles outrées et le visage terrible de son grand-père. Adrian était issu d'une lignée maudite. Quelle que soit la faute commise jadis, il s'en trouvait responsable, et cette malédiction poursuivrait les Drakos de génération en génération, jusqu'à l'extinction complète de leur race. Telle était la loi de Crète. Et Kiriaki, en tant que membre de la communauté, devait la respecter, son cœur dût-il en être brisé à jamais.

Kiriaki s'agenouilla devant le tombeau profané des Drakos, posa son front à même le sol. De ses deux mains arrondies en coupelle, elle creusa la terre autour d'elle et s'en couvrit les cheveux, lentement, cherchant à s'ensevelir. Un râle gonfla le creux de son ventre, monta en elle en un chant inouï de désespérance, se mua en une longue plainte venue du tréfonds de soi, monotone, monocorde, sans respiration ni soupir ; une plainte venue d'en bas, de l'au-delà, ou plutôt de l'en deçà ; une plainte infinie, mélancolique, désarmée. Une lamentation funèbre. A lentes pelletées, Kiriaki enterrait son amour en hurlant à mi-voix.

4

La vieille Manoula bascula l'ensouple, entrelaça les fils de chaîne aux lisses tendues du cadre, enroula la duite autour de la canette, bloqua la foule écartant les jumelles du peigne et, s'appuyant contre la poitrinière, chassa d'un coup de fouet la navette de bois dans le couloir de fils. Le métier à bras trépignait et feulait, fauve agacé par le harcèlement sans répit de la tisseuse enjuponnée de noir, au crâne presque chauve emmailloté d'un fichu noir par-dessus quoi s'échafaudait un épais châle également noir. Ainsi elle était pareille aux antiques Parques ; à l'exemple de ces déesses infernales, elle filait, dévidait et coupait le fil de la vie des hommes ; depuis plus d'un demi-siècle elle leur ouvrait les portes de la naissance de ses mains expertes de sage-femme ; avant que son lait ne se tarît, elle les avait abreuvés à la source de sa poitrine ; un peu Pythie, elle leur disait la bonne aventure en observant le fond des tasses de café et leur enlevait le mauvais œil en bâillant férocement tout en laissant goutter de l'huile d'olive pure dans des jarres emplies d'eau salée ; depuis qu'elle était en grand âge, elle aidait à les porter en terre en jouant les pleureuses et chantant les mirologues. Manoula était alternativement chacune des trois Parques : Clotho la fileuse, donnant la vie ; Lachesis la dévideuse, supputant la chance ; enfin Atropos la coupeuse, arrêtant le destin ultime et sans appel. Elle tissait sans relâche le fil des naissances et des morts ; elle tissait le réseau complexe des âmes et des destins ; elle tissait enfin de splendides étoffes crétoises en laine rouge et noire qu'elle offrait aux mariages, baptêmes et funérailles en échange d'offrandes. Elle vendait les rebuts aux touristes.

La vieille Manoula ne voyait plus, mais ses doigts avaient conservé intacte la mémoire des êtres et des vies, le toucher des visages et des tissus. Il lui suffisait d'effleurer la surface des choses pour en savoir l'origine et en connaître le cœur. Elle était la mère de la communauté crétoise, et son esprit dérangé par les attaques de la vieillesse ne l'empêchait pas d'être crainte et respectée de tous. Elle était celle qu'on allait consulter en dernier ressort.

Elle habitait une baraque basse et carrée aux murs badigeonnés de chaux, juchée à l'écart du village d'Amnatos, au flanc de la montagne. On y accédait par un escalier en ciment aux degrés peints en bleu ciel le long duquel courait une théorie de bidons, jattes, caisses et boîtes en fer-blanc peinturlurés en couleurs criardes au fond desquels poussaient des fuchsias, des hibiscus et des rosiers grimpants. Tous les chats des alentours venaient glaner leur pitance dans la cuisine de cette maison perchée avant de paresser des heures entières sur les marches exposées au soleil. Colonisé par les chats, hérissé de pots de fleurs, l'escalier semblait impratiquable, monstrueux, long serpent crénelé aux reptations ordonnées par le remous des félins, mâchoire de saurien plantée de chicots fleuris, la langue tapissée de fourrures pelotonnées en boule.

L'étrange manducation s'interrompit, dérangée par un pas étranger sautant de marche en marche. Les chats s'égaillèrent en nuée d'oiseaux, bondissant par-dessus les fleurs, laissant la voie libre au visiteur importun, avant de refluer dans son sillage, mer fendue par l'étrave d'un bateau, aussitôt reformée après son passage.

Manoula, alertée, lâcha le fouet, laissa mourir la navette, serra le frein du métier stoppé en plein galop. D'une petite voix aigrelette, elle grinça :

— Qui est là ? Nommez-vous !

— C'est Kiriaki, ma mère.

— Kiriaki ? Viens par ici, que je te reconnaisse...

La vieille jeta devant elle les sarments de ses doigts, les referma sur le visage frais et lisse de la jeune fille, en profila les contours et méplats, les laissa glisser le long du front, s'enfuir à l'orée des tempes, s'enfouir dans la forêt des cheveux libres. Rassurées, les deux mains racornies effleurèrent la ligne du corps et revinrent se blottir entre les genoux de Manoula.

— C'est bien toi, ma belle. Tu es revenue voir ta vieille nourrice ? Assieds-toi à côté de moi. Que tu es grandie, et bien formée. Une vraie femme. Tu dois en avoir, des amoureux... Allez, viens avec moi. On va se préparer un bon café à la cuisine...

Manoula trépignait, ravie, ne tenait pas en place. Elle se levait, s'asseyait, se relevait comme si elle assistait à un office religieux en accéléré. Kiriaki riait de ces gamineries de vieillarde, de cette insouciance puérile rendue au grand âge. Cela lui rappelait les jeux de son enfance et les années de joie passées dans cette maison. Ses parents, Œdipe le berger et Sabbatia la toquée, étaient morts tous les deux au moment de sa naissance. Son grand-père Elleftéris l'avait alors confiée à Manoula qui l'avait élevée jusqu'à l'âge de douze ans.

L'aveugle furetait dans sa cuisine comme si elle avait eu cent yeux ; elle allumait le feu sur le réchaud, emplissait d'eau le briki de cuivre à long manche, y versait le sucre et le café, surveillait l'ébullition à l'oreille, au premier chuintement retirait du feu et laissait couler le liquide brûlant dans deux tasses miniatures posées sur un plateau de métal blanc, y adjoignait les traditionnels verres d'eau pure et l'assiette de kourabiès, tout cela sans cesser de parler, en un babil permanent qui s'adressait non seulement à sa visiteuse, mais encore à elle-même, aux chats qu'elle balayait de la table pour y faire un peu de place, aux chaises paillées qu'elle dressait côte à côte, au café qui fumait, à la fraîcheur de la pièce, aux choses de la vie. Elle évoluait dans un monde d'oreille et de toucher et entretenait, solitaire, de longs et fructueux conciliabules avec les murs.

— Kiriaki, mon bébé, ma petite fille, mon joli rayon de miel, que je suis heureuse de te sentir près de moi. Tu ne viens plus jamais, depuis que tu fais la guide, et moi je me dis, en vieille bête que je suis : « Ta Kiriaki t'a oubliée, pauvre Manoula, ta peau est trop ridée et usée pour qu'elle vienne la caresser et l'embrasser. Tu es trop dégoûtante à présent, nourrice sans lait, grand-mère à chats. » Voilà comment je me traite, sans rire, mon petit poulet d'or, ma graine de sésame, mon morceau de halva, mon loukoum. Tiens-toi tranquille, cafetière, sinon tu vas encore te renverser par terre. Et que me vaut l'honneur et le plaisir et la joie immense de ta visite ? Tu es trop chaud, café, tu me brûles la langue. Que puis-je pour toi, ma fée, ma Diane, ma déesse ? Parle. Viens près de moi. Rapproche-toi, chaise, oh, pour que je touche les genoux et les bras de mon aimée qui s'est souvenue de sa vieille sorcière de nourrice...

Kiriaki riait de plaisir, retrouvait la consolation des caresses qui écartaient le malheur et la bonne odeur de pain cuit qu'exhalait Manoula.

— Ma mère, je suis revenue voir le Lion.

— Vous êtes réconciliés ? Il ne t'en veut plus d'être entrée à l'Ecole des guides ? Ah, que je suis heureuse. Il ne faut pas de querelles dans les familles. C'est très mauvais, très mauvais. Les Crétois sont têtus, et fiers ; l'honneur est pour eux plus que tout. Et l'honneur des Crétois va se nicher dans les plus petites choses. Dans une dette de jeu. Un regard de travers. Un mot plus haut que l'autre. J'ai vu des frères se fâcher à mort pour un plat de lentilles. Trente ans après, ils refusaient toujours de se parler. Tu connais le dicton crétois : « Qui m'a crevé les yeux ? — Mon frère. — Voilà pourquoi ils sont si bien crevés. » Un pays peuplé de mulets à deux pattes : voici ce qu'est la Crète ! Et Eleftéris, tout Lion qu'il soit, est le roi des mulets, tu peux me croire. Ah ! C'est que je le connais bien, mon bonhomme... Il n'oublie rien, jamais. Il a la rancune tenace. Tiens, l'été dernier, on l'a vu s'acharner sur un taon qu'il avait capturé, lui arracher les ailes avant de l'écrabouiller sous sa botte comme s'il s'était agi d'une vipère venimeuse. Quelqu'un lui a demandé ce qu'il lui prenait. Tu sais ce qu'il a répondu ? « Il l'a bien mérité. L'un des siens m'a piqué durant la guerre. » Tu te rends compte ? Ah ! Pays de mules et de mulets...

— Mère, à ce propos, il m'a semblé...

— Il a pardonné, c'est l'essentiel. Ainsi tu reviendras plus souvent me rendre visite, ma brebis en soie, mon narguilé parfumé à la fleur d'oranger, ma gimblette au sésame, ma théière en étain, ma petite lune en sucre. La maison et les bras de Manoula te sont toujours ouverts. Viens, que je t'embrasse, mon oiseau, mon cœur...

Manoula attira la tête de Kiriaki contre ses seins flétris, lui caressa la nuque, les épaules. Soudain, elle se rétracta, repoussa le corps de la jeune fille, comme s'il brûlait.

— Il s'est passé quelque chose, je le sens. Tu ne m'a pas tout dit. Tu ne t'es pas réconciliée avec le Lion. Je sens sa colère sur toi. Dix fois plus forte qu'avant. Pourquoi ? Raconte... Raconte vite, je t'en prie...

La vieille nourrice chevrotait, mal à l'aise. Elle était pleine de pressentiments obscurs, d'intuitions malsaines. Elle redevenait Parque. Kiriaki lui conta sa visite au Lion, prononça le nom d'Adrian Drakos, évoqua le cimetière, le tombeau profané. A mesure qu'elle parlait, Manoula s'étiolait, se fanait, multipliait les signes de croix en bredouillant des prières d'exorcisme. Soudain, elle avait cent ans.

— C'est un grand malheur, Kiriaki. Un grand malheur. Ton grand-père a raison : tu dois oublier ce garçon. Il doit rentrer chez lui, là-bas, en Allemagne. Sa place n'est pas ici. S'il reste, il y aura une grande catastrophe...

— Mais pourquoi, mère, pourquoi ? Je dois savoir, tu comprends ? J'ai le droit de savoir... Je ne peux le quitter, ma mère, c'est trop tard. Il est en moi, dans mon cœur. L'abandonner serait jeter mon cœur au loin...

Manoula pleurait. Des larmes coulaient de ses yeux morts. Elle crochetait ses doigts les uns aux autres, comme des serres, tirait les fils de son châle, y lisait des arcanes cachés. Elle déroula l'épais tissu noir afin de dissimuler en entier son visage. Elle ne fut plus qu'une silhouette d'ombre. La nourrice avait disparu. A sa place se dressait la sibylle qui, en silence, dévidait l'écheveau du passé.

Le capétan Michalis se tenait à l'intérieur de son kiosque de buraliste à l'entrée du village d'Anoghia. Sa jambe droite tranchée à la guerre lui avait valu cette concession de la part du gouvernement, assortie d'une faible pension. Depuis des années, le puissant chef de guérilla, qui avait combattu quatre années durant aux côtés du Lion, et dont le front bas et têtu lui avait valu le surnom de Sanglier, vendait des timbres, des cartes postales, des magazines, des jouets, des bonbons et des cigarettes dans un petit habitacle en plein air suffisamment spacieux pour abriter, outre ses marchandises, une chaise. Luxe suprême, un téléphone trônait parmi les friandises et les joujoux, l'un des trois téléphones publics du village devant lequel se bousculaient, aux heures d'affluence, les commères du quartier.

Le capétan Michalis était veuf, sans enfants, et son kiosque à tabac lui servait tout à la fois de lieu de travail, de cantine et de foyer. Il y prenait ses repas, qu'on lui apportait de la taverne voisine — des gratins de macaronis, dont il raffolait, ou bien des salades de fèves —, et y dégustait à toute heure du jour ou de la soirée de minuscules mais nombreuses tasses d'un café très fort. Il fumait beaucoup, n'ayant autour de lui que l'embarras du choix. Ses cigarettes préférées, à cause de leur arôme lourd et entêtant de tabac blond, étaient les « Santé », dont les paquets de couleur rouge étaient agrémentés d'une vignette à l'intérieur de laquelle une ravissante poupée blonde lui faisait de l'œil en souriant. S'il en avait eu la place, le capétan Michalis aurait sans doute couché dans son réduit ; mais il ne pouvait s'y tenir qu'assis, aussi était-il contraint de louer une chambrette à une voisine, pourvue de seins énormes et d'un duvet au-dessus de la lèvre supérieure, qui attendait depuis trente ans qu'il se remariât avec elle. Mais le capétan Michalis avait juré de rester fidèle à sa défunte épouse. A la vérité, il était surtout soucieux de préserver sa solitude et la quiétude de son esprit.

L'arrêt du car qui joignait Réthymnon à Hérakleion se situait juste en face de sa guérite. Le capétan Michalis ne se lassait pas d'observer le manège de ces véhicules antédiluviens qui, toutes les heures, stoppaient puis repartaient dans un fracas d'essieux malmenés et un nuage de fumée noire éructé par les pots d'échappements aux gueules barbouillées de goudron. Des voyageurs montaient et descendaient de ces pachydermes épuisés, et le capétan Michalis les hélait de loin afin d'obtenir des nouvelles fraîches de la ville. Ainsi, sans jamais bouger de son kiosque, le capétan unijambiste savait tout ce qui se passait ailleurs, connaissait les potins du pays et aidait à les propager. Sa guérite était pour lui le centre du monde, puisque le monde venait à lui sans qu'il eût à bouger. Cette situation idéale le préservait de l'ennui et des lamentations de la vieillesse. Le capétan Michalis était un roi trônant en plein air, cigarette au bec, une tasse de café dans une main et, dans l'autre, un komboloï d'ambre jaune qu'il égrenait entre ses doigts, dieu du temps décomptant les secondes qui lui restaient à vivre.

Ce matin-là, le car en provenance de Réthymnon grimpa, hors d'haleine, la montée de la rue principale, lâcha trois jets d'un gaz opaque et expira définitivement juste devant le kiosque. Dans un juron, le chauffeur bloqua le frein à main, sauta au bas de son tacot et souleva le capot du moteur. Une âcre fumée s'en échappait, accompagnée d'une odeur caramélisée de caoutchouc brûlé. Tout en invoquant la Vierge et en se lamentant sur la mort soudaine de son fidèle véhicule, le chauffeur se mit à larder les flancs de la victime de formidables coups de pied.

Des femmes en noir, les bras encombrés de paniers débordant de larges pains ronds et de victuailles, parfois de poules vivantes ou de demi-moutons qu'elles ramenaient du marché, s'enfuirent des entrailles de la baleine échouée dans un grand envol de jupes, tout en se signant copieusement pour rendre grâce à Dieu de leur avoir épargné une mort certaine. A leur suite descendit une jeune fille. Elle ne portait rien dans les bras et avait les cheveux libres. Une touriste ? Le capétan Michalis plissa des yeux en la voyant s'avancer vers lui. Ce visage lui disait quelque chose. La jeune fille déposa un billet de cent drachmes sur le rebord de la fenêtre du kiosque.

— Un paquet de « Santé » et une boîte d'allumettes, s'il te plaît, capétan Michalis.

Le visage de l'infirme s'éclaira enfin.

— Mais c'est la jeune Kiriaki ? La petite-fille de mon frère d'armes le capétan Mavros ? Cela fait combien d'années que je ne t'ai pas vue, ma belle ? La dernière fois, tu étais encore une gamine. Mais aujourd'hui... Qu'est-ce qui t'amène à Anoghia ?

— Je suis venue te voir, capétan Michalis. J'ai des questions à te poser.

— Eh bien, pose. On verra bien si je peux répondre. Mais d'abord va te chercher une chaise et un café ; tu ne vas pas rester debout devant moi. Et commande-moi un autre café, tant que tu y es. *Skéto*, sans sucre, s'il te plaît.

Kiriaki revint avec une chaise paillée et un plateau en fer émaillé sur lequel fumaient les deux tasses. Elle s'installa à côté du vieillard, qui avait ouvert la porte latérale de son kiosque, et choqua sa tasse contre la sienne.

— *Yassou*, capétan.

— *Yassou*, mon enfant. Alors, que veux-tu savoir, au juste ?

— Tu as bien fait la guerre avec mon grand-père, n'est-ce pas ? Tu es resté à ses côtés durant toute la période de l'Occupation ?

— Nous étions comme les doigts de la main. Nous dirigions chacun un groupe d'Andartès, de fiers gaillards toujours prêts à faire le coup de feu. Nos repaires étaient voisins, et nous faisions la loi dans les montagnes de l'Ida. Nous sommes restés alliés jusqu'à la libération de la Crète.

— Et la famille Drakos, tu l'as connue, capétan ?

Le capétan Michalis la fixa soudain de son petit œil porcin, sans répondre. Puis il secoua lentement sa hure pleine de poils drus.

— Jamais entendu ce nom-là.

Puis il ferma les yeux. Kiriaki comprit qu'il ne dirait pas un mot de plus.

Il errait de cellule en cellule, l'âme en peine et le corps somnambule. Moine sans Dieu, prisonnier d'un monastère déserté. Arpenteur sans jalons ni équerre. Où qu'il allât, il rencontrait un mur. Le labyrinthe était sans issue. Et il n'avait aucun fil d'Ariane pour se guider. Adrian Drakos hantait les couloirs du Thésée sans but ni repos.

De son agression nocturne, il conservait des ecchymoses et une épaule luxée. Il était rentré seul à l'hôtel, s'était soigné tant bien que mal, transpirant beaucoup et pris de nausées. Afin de bloquer son bras gauche, qui le lançait dès qu'il faisait un mouvement, il s'était confectionné une écharpe dans un morceau de drap qu'il avait tailladé de ses dents.

Avec son bras sans vie et son visage en sang, il semblait un soldat perdu retour d'une guerre meurtrière et absurde.

Il partirait bientôt. Le jour même. La chaîne hôtelière dont il dépendait, inquiète de ses mauvais résultats, avait décidé de lui trouver un remplaçant. Adrian était rappelé à Berlin, comme on rappelle un chien pour le battre. Il ne reverrait pas Kiriaki avant son départ. Il sentait qu'elle était perdue pour lui. Cela n'avait pas d'importance. Plus rien n'avait d'importance, désormais. La flamme qui veillait en lui, enfouie tout au fond de lui, et que la jeune Crétoise avait nourrie et entretenue par son amour et sa gaieté, venait d'expirer comme une bougie que l'on mouche. La femme qu'il aimait sans avoir su l'aimer, lassée, l'avait abandonné. Le pays de ses ancêtres lui avait fermé ses portes. Son histoire s'arrêtait là, face à un mur d'hostilité et d'ignorance. Le Mur, ce mur de Berlin qu'on avait abattu dix ans auparavant, était collé à lui comme une seconde peau. Il rentrerait à Berlin le soir même, Berlin qu'il n'aurait jamais dû quitter, Berlin, son île naufragée.

Manoula dévidait la canette, détendait les fils de chaîne, défaisait lentement la trame du tissage en cours. Elle détruisait son œuvre, calmement, posément, et en ressentait de l'allégresse. Plus jamais elle ne se mêlerait d'ourdir la vie et le destin des hommes. Elle en avait fini avec la pratique des mancies et les extases devineresses. Elle aspirait à une stricte mortalité, à l'oubli des arcanes, à l'ignorance brute qui caractérise la condition humaine. Elle ne voulait plus souffrir de cette connaissance qu'elle avait du cœur des autres. Elle souhaitait devenir amnésique ; ignorer le passé et oublier l'avenir. Ne plus survivre que dans l'instant, la seconde qui goutte, le chapelet qui s'égrène, le sable rendu au vent et l'écume à la mer. Elle désirait se retrancher au sein de l'infinitésimale éternité du présent.

Elle démontait son métier à tisser, pièce après pièce, en ouvrier congédié, en artisan failli. Elle le brûlerait ensuite, capitaine échoué brûlant ses vaisseaux. Elle ne voulait plus rien faire pour les autres, jamais. A quoi bon ? Elle n'avait pu intercéder auprès des dieux furieux, endiguer la colère des Parques et des Erinyes. Toute sa science avait été impuissante à aider sa petite Kiriaki plongée dans le malheur.

Kiriaki divaguait par les chemins de la Crète. Au loin l'horizon s'effritait et laissait voir, sous le crépi nuageux du ciel, un mur. Le vent était tombé d'un coup et la chaleur devenait insupportable. Là-bas, une tempête levait en mer, galopait vers les terres, en furie. Des essaims de corneilles tournoyaient en croassant dans la touffeur.

Puis, plus rien. Un silence absolu. Plus un oiseau, plus une bête, plus un souffle de vent. Les arbres s'étaient figés en poses torturées et suppliantes. Une odeur âcre d'humus prenait aux narines. Le temps était arrêté, en un vertige de fin du monde. Le pouls de la terre ne battait plus.

Alors, la pluie. Brusquement. Une pluie grasse, brûlante, qui ne mouillait pas mais cognait, coupait, entaillait.

Kiriaki se mit à couvert sous une futaie. La pluie l'avait foudroyée. Essoufflée. Privée de ses sens. Vidée de son esprit. La jeune fille n'était plus qu'une bûche, une branche cassée, une infime partie, inconsciente d'elle-même, de l'immense forêt qui tanguait et craquait comme un navire perdu dans l'ouragan. Depuis son refuge, elle observait sans effroi les tombereaux de pluie déversés sur les routes en coulées de lave, le rugissement des flots, la terre violentée et mitraillée par l'eau, les fleurs déchiquetées, les sentiers éventrés, la vengeance des dieux. Elle songeait à la guerre, à la Crète blessée, aux plaies à vif qui refusaient de cicatriser, à la plainte des morts qui empêchait les vivants de dormir. Les Erinyes déployaient leurs vastes ailes noires et membraneuses, agitaient leurs bras effrayants autour desquels s'enroulaient des serpents, brandissaient des torches enflammées et des fouets qui claquaient comme des ordres, dansaient dans l'orage en sautant sur leurs pieds d'airain et en aboyant à la mort en chiens épouvantés. De leur doigt menaçant elles désignaient Kiriaki, lui intimaient l'ordre de sacrifier son amour. Elles ne retrouveraient le repos qu'à ce prix. Adrian et Kiriaki reposaient depuis toujours au creux de la main d'un dieu, leur sort mis en balance. Ce dieu venait d'ouvrir la main et leur avait soufflé dessus, les rejetant loin de lui, au cœur de la tourmente.

5

Seigneur Jésus-Christ, aie pitié de moi. Seigneur Jésus-Christ, aie pitié de moi. Seigneur Jésus-Christ, aie pitié de moi. Depuis près de soixante ans, dans l'enfermement pieux du monastère d'Arkadi, le moine Panayotis Pelagos prononçait sans relâche ces sept mots sacrés, à l'exclusion de tout autre. Il les disait sur le souffle, au rythme de la respiration calmée. Seigneur Jésus-Christ à l'inspir, aie pitié de moi à l'expir. A raison de treize respirations à la minute — chaque minute est une Cène —, Panayotis psalmodiait plus de dix-huit mille Seigneur Jésus-Christ, aie pitié de moi par jour — il ne dormait jamais, sommeillait tout au plus, par effraction, sans interrompre le mouvement des lèvres implorant compassion. A la fin du siècle proche, pour laquelle il espérait l'Apocalypse et la libération de ses tourments, il atteindrait le chiffre de quatre cents millions de prières. C'est à ce prix que Panayotis évaluait, non la sagesse du cœur, mais l'oubli de l'esprit. Chaque seconde de son existence consistait à surseoir à l'émergence du souvenir, et ce jusqu'à la fin des temps. La pitié du Seigneur Jésus-Christ, qu'il appelait sur lui avec tant de constance, avait valeur d'aveuglement, de surdité, d'amnésie. Son paradis était fait d'absence. Et Seigneur Jésus-Christ, aie pitié de moi était le seul rempart qui le protégeait de l'enfer de la mémoire.

Parfois une indicible fatigue le prenait ; son attention faiblissait ; sa langue s'engourdissait ; son palais asséchait les mots au seuil de la gorge ; son souffle se bloquait en apnée ; les sept mots se figeaient en pierres impossibles à cracher, bousculaient l'ordonnance de la phrase divine, la vidaient de son sens et de sa fonction d'apaisement, la dévastaient. De moi pitié aie, Jésus-Christ Seigneur. Le rempart des mots élus vacillait. Il croulait en sons inarticulés, inaptes à endiguer le flux pressant des autres mots, des milliers d'autres mots enfouis dans la mémoire de Panayotis qui déjà s'agençaient en phrases, s'articulaient en paragraphes, se transformaient en récits d'imprécations et de malheur, réveillaient l'ancienne haine, la malédiction ancestrale. Le temps à peine d'un clignement d'yeux, Panayotis alors se souvenait.

Mais pitié de lui Seigneur Jésus-Christ avait. A l'insupportable nul n'est tenu. Panayotis, foudroyé, s'évanouissait, et le souvenir atroce avec lui. Pétrifié dans le néant, le moine semblait mort, soulagé, bienheureux, endormi. Cela ne durait pas. D'elles-mêmes, ses lèvres remuaient dans son visage, s'étiraient et s'arrondissaient sous l'impulsion de la prière. Panayotis s'éveillait de ces morts brèves au son de sa propre voix qui à nouveau récitait, sur la scansion du souffle, treize fois par minute, sept cent quatre-vingts fois par heure, dix-huit mille sept cent vingt fois par jour : Seigneur Jésus-Christ, aie pitié de moi.

Cherchant l'oubli, il sombra peu à peu dans celui de ses contemporains. Vivant hors du temps, il ne craignait plus rien des hommes. Et bien qu'âgé de bientôt soixante-quinze ans, il était sans âge. C'était un homme qui recelait du mystère.

Sans cheveux, sans dents, sans barbe, son visage paraissait une lune tendue de la peau rose et lisse d'un nouveau-né. Les yeux surprenaient par leur couleur et leur éclat : d'un jaune pailleté d'or, ils étaient les miroirs où se reflétait le fond d'or des icônes. De la bouche édentée s'échappait une haleine constamment embaumée par le nom de Jésus. Les saints ont cette odeur, mélange de fleurs et d'encens, qui transpire d'eux comme d'un brûle-parfum. Saint, Panayotis l'était peut-être : il en avait la constance et l'abnégation, la maigreur — il ne s'alimentait que d'un peu d'eau sucrée chaque matin —, la foi immarcescible en un au-delà meilleur. Jusqu'à son nom, qui en grec signifiait : Tous les Saints, la communion de tous les saints. Un élément lui manquait cependant, essentiel : c'était la quiétude du cœur, la quiétude et la sobriété, ce qu'un moine de l'Athos du XVIIIe siècle, Nicodème de Naxos, avait appelé la garde du cœur.

Ce manque remontait au mois de mai 1944. Panayotis avait vingt ans alors. La prière de Jésus était là, suspendue en l'air, prête à être happée par la première âme venue. Le jeune moine s'en était saisi comme d'une cuirasse, comme d'un voile pour se masquer la face. Il n'avait fait que parer au plus pressé : conjurer l'insupportable souffrance, chasser la tentation de la folie et de la mort. Continuer, sinon à vivre, du moins à respirer. La prière lui avait rendu le souffle ; il respirait la prière, plus qu'il ne priait.

La tradition spirituelle enseigne que la prière de Jésus, énoncée en permanence, entre progressivement dans le cœur de celui qui la dit, trouve le lieu du cœur où l'âme siège, s'y installe et procure alors à l'être qui s'en trouve habité une sérénité que rien ne vient plus altérer. Celui qui dit la prière perpétuelle ne connaît plus ni faim, ni soif, ni sommeil, ni désir.

En près de soixante années de pratique assidue, Panayotis n'était jamais parvenu à introduire la prière de Jésus dans son cœur. Le souffle divin lui entrait par la bouche, gagnait ses poumons, puis ressortait sans avoir pu forcer les serrures de son cœur blessé. Il était le prisonnier volontaire du monastère d'Arkadi, au sein duquel il purgeait une peine dont il avait oublié les chefs d'accusation ; mais il était surtout le prisonnier involontaire de son cœur cadenassé à double tour sur un terrible mystère.

Sitôt l'aurore allumée à l'est, Panayotis sautait à bas de sa paillasse où il reposait quelques heures sans cesser de prier et consacrait sa journée à peindre des icônes. Il s'arrêtait avec le dernier rayon du soleil. Depuis plus d'un demi-siècle, il s'évertuait ainsi à métamorphoser des planches de bois brut en éclats dorés de la présence divine.

Chaque œuvre exigeait une semaine pour sortir du néant, à l'image de la Création. Le lundi, Panayotis polissait la planche de tilleul et l'enduisait d'une couche de jaune d'œuf. Le mardi, il traçait les contours de ses personnages au pinceau fin trempé de vermillon. Le mercredi, il parait le fond d'or au-delà des silhouettes vermillonnées, de cet or des icônes que l'on nomme « lumière ». Le jeudi voyait naître les bruns, les noirs et les verts de la terre, des arbres, des nuages, et les bleus et pourpres rehaussant le drapé des étoffes et vêtements. Le restant de la semaine était réservé à la délicate élaboration des carnations et morbidesses. Le vendredi entier était consacré à la peinture des mains, le samedi à celle des visages. Panayotis allait toujours des teintes sombres vers les teintes claires, sans repentir. Les chairs noires et brunes, cadavériques, prenaient vie par les cuivres, ocres et cramoisis qui les rafraîchissaient. Le dimanche, enfin, Panayotis adoptait un petit pinceau grâce à quoi il déposait sur l'icône achevée deux minuscules taches de céruse : le blanc des yeux.

Parmi les saints que glorifiait le nom de Panayotis, et dont les effigies austères ou gracieuses auraient pu inspirer son art de peintre, un seul avait répondu à l'appel : saint Georges. Le saint armé de la colère de Dieu avait pris possession de l'âme du moine prieur et élu domicile à demeure dans ses doigts afin de lui inspirer l'image de son perpétuel combat avec la Bête. C'est ainsi que Panayotis, tout en psalmodiant sa prière de Jésus, était demeuré fidèle à un unique modèle d'icône : *Saint Georges terrassant le Dragon.*

Saint Georges était représenté à cheval, la main droite, relevée à hauteur des oreilles, pesant sur une lance incurvée vers le bas, dont la pointe transperçait de part en part la gueule ouverte d'un dragon couché sur le dos. Le cheval de saint Georges, en appui sur ses postérieurs, se dressait au-dessus de la bête atterrée dont le regard de feu était fixé sur le saint qui, dédaignant sa proie, détournait le visage vers l'arrière. En haut et à droite de la scène, d'un nuage surgissait la main de Dieu, dont le pouce et l'annulaire étaient joints, et l'index et le majeur dressés, ainsi que l'exige la bénédiction orthodoxe. Toutes les icônes peintes par Panayotis observaient avec minutie cette composition, reproduisaient à l'infini et de façon inchangée les attitudes du saint et du dragon. Pourtant le sentiment qui se dégageait d'elles avait évolué avec le temps.

Panayotis avait peint plus de trois mille icônes de saint Georges. Les premières exaltaient une violence brute bien propre à jeter les fidèles dans l'effroi. Saint Georges terrassant le Dragon, en ces lointaines années d'après-guerre où la Crète cicatrisait avec peine les blessures infligées par quatre années d'occupation nazie, rappelait l'horreur des champs de batailles, l'odeur du sang et des charniers, la sainte haine, voulue par Dieu, d'un ennemi monstrueux et, à la fin des fins, la victoire des forces du Bien sur celles du Mal.

Dans l'une d'elles, peinte à la fin du printemps 1944, les pattes dressées du cheval de saint Georges sont sur le point de s'abattre, à la seconde suivante, sur la gueule de cauchemar d'un dragon à la robe rouge sang. Le saint vengeur, écœuré d'une vision si repoussante, a rejeté la tête en arrière, arborant au front et aux commissures de la bouche les plis du mépris et du dégoût. Dans les nues, Dieu lance des éclairs en Jupiter tonnant.

Au fil des années, les sourcils froncés et la moue haineuse s'effacèrent du visage de saint Georges, au profit d'une expression nonchalante et douce qui ressemblait à de l'indifférence. Sa main droite n'empoignait plus la lance, mais reposait dessus, dans le geste du voyageur fatigué qui s'appuie sur son bâton de marche pour détendre ses jambes. Le cheval dansait comme s'il voulait s'élancer dans les airs et le dragon, dont le corps écailleux arborait désormais une belle teinte émeraude, avait l'air d'un gros poisson occupé à têter l'hameçon que venait de lui lancer le saint. Le combat au corps à corps entre le cavalier et la bête s'était métamorphosé en partie de pêche. Et la main de Dieu, dont les doigts pointés chatouillaient les nuages, n'était là que pour sortir ce bon saint Georges de sa torpeur et l'enjoindre à ferrer avec un peu plus de vigueur sa pêche miraculeuse. Que s'était-il passé ? Les personnages étaient bien les mêmes, les gestes identiques, la structure formelle de l'icône respectée. Le moine Panayotis, en reproduisant, à la lettre, toujours la même icône, en avait, sans le vouloir, changé l'esprit.

La Crète, elle aussi, avait bien changé. Les guerres étaient éteintes, les plaies cicatrisées, les haines apaisées, et les ennemis d'hier étaient devenus, sinon les amis, du moins les clients d'aujourd'hui. Les armées d'occupation avaient cédé le pas à des colonies de touristes. Et les icônes guerrières de Panayotis s'étaient doucement assagies. Après plus d'un demi-siècle passé dans la compagnie des icônes, Panayotis avait perdu de vue l'objet de son combat. Il était las de ce dragon qui lui dévorait le cœur, qui rongeait sa garde du cœur. Il aurait tant aimé, lui aussi, pardonner. Mais comment pardonner sans souvenir des offenses ? Et ce souvenir-là, Seigneur Jésus-Christ, aie pitié de moi, il ne pouvait toujours pas le regarder en face.

Le temps avait passé, emportant avec lui le souvenir des outrages et des injures. La terre de Crète avait bu le sang versé par ses enfants et n'en réclamait plus le tribut avec autant de force. Les fidèles avaient pris en détestation les évocations de massacres et leur cœur était las de vengeances. Au panthéon des bienheureux, saint Georges n'était plus en odeur de sainteté auprès des jeunes générations, les premières depuis plusieurs siècles à avoir été élevées uniquement dans la paix. Panayotis, qui n'avait jamais cessé d'enluminer l'éternel combat entre le soldat de Dieu et la bête démoniaque, passa bientôt pour un vieillard sénile aux marottes dérisoires. Mais le moine n'avait rien choisi ; saint Georges, même affadi et affaibli, en lui toujours implorait vengeance pour un crime oublié de tous et dont les auteurs étaient sans doute morts depuis longtemps. La faute cependant demeurait, exigeant réparation, par-delà le temps, la mort et l'oubli. Si grave que depuis plus d'un demi-siècle un dieu tenaillait l'âme du moine, soufflait sur les braises de son cœur incendié et l'empêchait de trouver le repos.

Kiriaki se prosterna et baisa la main droite de son grand-oncle Panayotis. La cellule, envahie d'icônes mises à sécher, sentait le vernis frais. Le jour à peine levé jetait ses timides mains au travers des étroites lucarnes du monastère fortifié. Arkadi marquait la frontière. Frontière entre la plaine et la montagne, entre la société et la solitude, entre les guerres étrangères et la paix intérieure, entre l'humain et le spirituel.

Kiriaki venait rarement saluer le vieil homme, bien qu'elle l'adorât. Elle respectait trop son vœu de silence et d'isolement, sa prière perpétuelle et son art de l'icône. Lorsqu'elle accompagnait des groupes de touristes dans ce lieu sacré, elle baissait la voix jusqu'au murmure, afin de ne pas déranger son grand-oncle qui, calfeutré dans sa cellule, peignait et priait.

Panayotis releva Kiriaki, du pouce lui dessina une croix sur le front, l'invita à s'asseoir au milieu des icônes. Lui se jucha sur un tabouret de bois tel un grand oiseau déplumé. Ses lèvres en mouvement mâchonnaient en silence la prière de Jésus. Il ne dit pas un mot. Immobile, il communiquait avec Kiriaki par les yeux et le cœur. Elle se leva brusquement et se mit à déambuler dans l'étroite cellule. Panayotis l'observait, les yeux brillants, les lèvres agitées. Les larmes surgirent d'un coup et noyèrent en un instant le visage de la jeune fille. Elle se jeta à genoux et posa son front brûlant contre les pieds nus du moine immobile.

— Je l'aime !... Je ne peux vivre ni avec lui, ni sans lui. Je suis perdue, perdue...

Les lèvres du moine ne bougeaient plus. La prière de Jésus s'était interrompue d'elle-même. Son regard erra dans le vague, éperdu, à la recherche d'une aire où se poser. Il s'abîma enfin dans l'or taché de rouge d'une icône de saint Georges terrassant le Dragon qui lui faisait face. Le saint semblait heureux, il lui souriait et lui désignait du bout de sa lance le dragon maîtrisé, comme une réponse.

Alors le cœur de Panayotis s'ouvrit, se dilata et s'emplit d'une intense chaleur. Il sentit son cœur cogner dans sa poitrine. Et ce cœur, à chaque pulsation, scandait un chant intérieur, qui murmurait : Seigneur — Jésus — Christ — Aie — Pitié — De moi.

La bouche de Panayotis se referma, apaisée. Son esprit lâcha prise. Ses doigts se dénouèrent. Il se dressa, prit le visage de Kiriaki entre ses mains, sut ce qu'il avait à faire. Le monde s'éclaircissait autour de lui. La prière perpétuelle vivait en lui désormais. Elle était entrée à jamais dans son cœur.

Après avoir poussé Kiriaki dehors, il avait choisi l'une de ses plus belles icônes portatives, peinte au sortir de la guerre. Saint Georges et son dragon y dansaient une sorte de danse extatique et sensuelle, comme deux fauves affrontés en une joute de mort et d'amour. Il l'avait recouverte d'un papier d'emballage emprunté à la baraque aux souvenirs et, la serrant contre lui, il avait tiré les verrous, ouvert la porte du monastère et était sorti à la rencontre du monde comme si de rien n'était. Les paysans qu'il croisait à l'orée des villages se signaient par trois fois. Ils voyaient passer un fantôme.

Il s'égara un peu dans les faubourgs de Réthymnon. Tout avait tellement changé. Il avait souvenir d'une ville humiliée, massacrée par la guerre. Il découvrait des échoppes de luxe, des hôtels confortables. Une nouvelle civilisation.

Il parvint enfin au bâtiment de la Poste. Déchiffrant les inscriptions au-dessus des guichets il tenta de se repérer. Finalement, il fit queue dans la file la plus nombreuse, au milieu de grosses femmes à moustaches, de petits commerçants aux tonsures précoces et de grands gaillards de marins qui sentaient le poisson.

Lorsque enfin arriva son tour, il déposa son précieux paquet sur le comptoir et, d'un geste, demanda une plume à l'employé. D'une belle écriture à la graphie désuète, il inscrivit ceci :

Mark Fafner
Berlin
Allemagne

Panayotis avait retrouvé la mémoire.

DEUXIÈME PARTIE

L'Ascension inversée

6

Ce jour-là, le ciel de Crète s'ouvrit.

Depuis le matin, les quarante frères du monastère d'Arkadi priaient pour l'Ascension de Notre-Seigneur Jésus-Christ. Après l'office de Saint-Jean Chrisostome et la frugale collation qui l'avait suivi, chacun s'était retiré dans sa cellule afin de se recueillir en attendant les vêpres. C'est alors que, au plus fort de l'après-midi, la voix de jeune coq de frère Ilias brisa le silence.

— Les anges ! Les anges tombent du ciel ! Christ revient ! Hosannah !

En quelques secondes, tous les moines s'égaillèrent dans la cour.

Au-delà des murailles du monastère, vers le nord, en direction de la mer, des fleurs géantes constellaient le ciel. Leurs corolles multicolores éclaboussaient la transparence de cette chaude journée de printemps.

Il en pleuvait de toutes les couleurs. Des jaunes, des roses, des bleues, des vertes, des mauves, des blanches, des noires. Le ciel se changeait en une prairie azurée parsemée de paquerettes, de coquelicots, de violettes. C'est ainsi, du moins, que se le représenta le jeune moine Panayotis. Ilias, lui, tenait à ses anges. Frère Kostas penchait pour des oiseaux. Chacun défendait son imagerie, convaincu qu'en ce jour d'Ascension un miracle sans précédent se produisait dans le ciel de Crète. L'heure du jugement dernier avait-elle sonné ? Dieu, en sa parousie glorieuse, descendait-il sur terre, auréolé de ses anges, ses oiseaux et ses champs de fleurs ? Les moines levèrent le nez au zénith, persuadés qu'ils allaient y contempler la face sévère et adorée du Christ en gloire, du Pantocrator qui ornait la coupole de leur église.

Au lieu du visage sublime, le ciel était zébré de cigares volants, tandis qu'à l'horizon la rumeur lointaine de fusillades et de détonations accompagnait, en guise de musique céleste, cette vision de fin du monde.

Prévélis, le chevrier, fit brutalement irruption dans l'enceinte du monastère et se mit à beugler :

— Les Allemands ! Ce sont les Allemands qui débarquent ! Là-haut, voyez ! Ils sautent en parachute !

Prévélis, à force d'avoir couru, haletait en soufflet de forge tout en annonçant la nouvelle. L'higoumène le pria de s'asseoir, manda le frère hôtelier afin qu'il aille quérir de l'eau et du raki pour aider le chevrier à retrouver ses esprits, puis lui enjoignit de reprendre son récit depuis le début. Prévélis, après avoir ingurgité un litre d'eau et lampé trois rasades d'alcool, vociféra :

— J'étais à Loutra, avec mes chèvres, lorsque j'ai croisé un détachement de militaires venant de Réthymnon. C'est grâce à eux que j'ai su ce qui se passait. J'ai couru pour vous avertir... Ils ont débarqué à l'aube, au-dessus de l'aéroport militaire de

Malème. Ils étaient des milliers, paraît-il, accrochés à leurs champignons de toile. Et voilà qu'ils remettent ça au-dessus de Réthymnon...

L'higoumène Emmanuel triturait sa barbe d'un air pensif. C'était un homme haut et large, taillé dans le roc des montagnes, au visage très rouge percé de deux pépites bleu d'azur qu'il dirigea vers le ciel en marmonnant une vague prière silencieuse.

Les quarante moines attendirent patiemment la réaction de leur supérieur. Ils savaient que le saint homme consultait le Ciel. A force de jeûnes, de méditations et de prières, l'higoumène d'Arkadi avait acquis la faculté de voir ce qui était invisible au commun des mortels. Les corps glorieux des Bienheureux n'avaient aucun secret pour lui. Le panthéon des élus du Christ formait une juridiction céleste auprès de laquelle il avait accoutumé d'exposer les questions qui le hantaient, et les multiples saints qu'égrenait le calendrier de l'année orthodoxe n'étaient à ses yeux que des ministres chargés d'intercéder auprès de Dieu en faveur des humains. Aussi n'honorait-il les saints qu'à proportion de leur efficacité, et il n'était pas rare de l'entendre récriminer tout haut contre ces alliés invisibles lorsqu'ils demeuraient sourds trop longtemps à ses doléances. Parfois il les menaçait de réduire leur part d'offrandes ou de les priver quelque temps des fumées apaisantes de l'encens. Un jour, il conçut une telle colère contre saint Minas qu'il décrocha son icône de l'iconostase de l'église et la jeta sur un tas de fumier. L'higoumène Emmanuel ne craignait ni le blasphème ni les feux de l'enfer. Seule comptait à ses yeux la justice, et tant que sa cause était juste, elle devait être entendue. Dût-il en découdre avec un saint récalcitrant.

Son silencieux colloque achevé, l'higoumène se

campa sur ses deux solides pieds et dévisagea un par un les moines qui l'entouraient.

— Mes frères, l'heure est grave. Nos ancêtres, vous le savez, ont sacrifié leur vie pour se débarrasser de l'envahisseur turc. Ici même, dans ce monastère, des moines ont lutté l'arme au poing, portés par le souffle de Dieu. Ils ont conquis leur Paradis à coups de canon... Je viens d'interroger saint Georges, et il m'a répondu que les étrangers qui nous tombent du ciel aujourd'hui sont pires encore que les Turcs. C'est pour nous un devoir sacré de les combattre et de les tuer jusqu'au dernier. Empoignons nos fusils, nos couteaux, tout ce qui peut nous tomber sous la main et soyons prêts à défendre notre terre au prix de notre vie. Le saint est formel : il ne doit pas rester un seul envahisseur vivant en Crète. Leur sang fertilisera le sol de la patrie...

Rompant brusquement le rang de ses auditeurs, l'higoumène se rua vers la réserve d'armes que les moines conservaient à proximité du réfectoire.

Ce même mardi 20 mai 1941 au matin, à 7 heures précises, un jeune cadet de l'armée britannique se présenta à la villa que le général Freyberg, commandant suprême des forces alliées en Crète, occupait en front de mer entre Malème et La Canée. Le cadet était porteur d'un message que le général parcourut d'un air las avant de déclarer :

— Vous me ferez bien l'honneur de partager mon breakfast ?

Le cadet se nommait Woodhouse. Il faisait partie de ces vingt mille soldats anglais, australiens et néozélandais qui avaient participé à la campagne de Grèce avant de refluer vers la Crète après la victoire des Nazis. Il avait débarqué dans la baie de Souda un mois plus tôt. Le bateau qui l'y avait conduit avait été bombardé trois fois durant la nuit. A l'arrivée, rien n'était prêt pour accueillir ces milliers de militaires en repli : ni baraquements, ni tentes, ni cantines. Aucune affectation précise ni commandement réel. Woodhouse avait élu domicile sous un olivier en bordure de la route qui relie Malème à La Canée, à proximité de la villa du général Freyberg. Voici un mois qu'il vivait sous cet olivier, dormant à la belle étoile, faisant la sieste au soleil, observant le ciel de jour et de nuit. La nuit, les flottilles d'étoiles qui voguaient au firmament. Le jour, les bombardements incessants des avions allemands. Sous son olivier, Woodhouse se sentait à l'abri. La guerre se déroulait sur mer, ou dans le ciel, là-bas, au loin ; en quoi cela les concernait-il, lui, son olivier et son arpent de garrigue ?

Woodhouse accepta sans hésiter l'invitation du général. Depuis plusieurs jours il se nourrissait exclusivement d'olives et de pain sec, et l'idée d'un petit déjeuner à l'anglaise lui fit presque monter les larmes aux yeux.

Ils s'installèrent tous les deux sous la véranda de la villa. Sur la table, il y avait du thé, du jus d'orange, des œufs brouillés, des toasts grillés et de la marmelade. Le jour montait très vite, et Woodhouse pressentit qu'il ferait encore plus chaud que la veille.

Après avoir découpé délicatement un morceau de toast, le général entreprit d'y étaler ses œufs brouillés avec l'extrémité de son couteau. Sans lever les yeux de son assiette, il s'adressa à son interlocuteur d'une voix extrêmement douce.

— Vous êtes anglais, n'est-ce pas, Woodhouse ?

— Oui, mon général.

— Vous étiez en Grèce, et maintenant vous êtes ici.

— Oui, mon général.

— Moi, je suis néo-zélandais.

— Oui, mon général.

— On nous surnomme les « Kiwis ». Et vous ? Les « Roastbeefs », je crois ?

— Oui, mon général.

— Métaphores culinaires. Dans un pays où il n'y a rien à se mettre sous la dent, à part des pierres et du vent. En ce moment même, nous sommes en train de finir mes derniers œufs, et bientôt je n'aurai plus de thé. J'en serai réduit à boire des infusions de thym. Il paraît que c'est très bon pour les artères... Est-ce vrai, Woodhouse ?

— Oui, mon général.

— Nous sommes bien loin de chez nous, n'est-ce pas, Woodhouse ? Nous sommes ici, au bout du monde, à attendre que quelque chose se passe...

— Oui, mon général.

— Croyez-vous en Dieu, Woodhouse ?

— Oui, mon général.

— Moi, je crois au hasard. Je crois en la suprématie et la toute-puissance du dieu Hasard. Les Anciens avaient un nom pour cela : la Fatalité. Avez-vous lu Homère ?

— Oui, mon général.

— Je suis un grand lecteur d'Homère. Ulysse était crétois d'ailleurs, le saviez-vous ? L'*Iliade* demeure mon livre préféré. Un grand livre de stratégie militaire. Et les plus belles pages sur la Fatalité que j'aie jamais lues. Vous pensez avoir tout prévu d'avance, et c'est autre chose qui se passe. C'est le Hasard qui décide. Tout ce qu'on peut faire, c'est attendre, et tenir. Attendre jusqu'à la fin, et tenir jusqu'au bout.

Le général s'arrêta de parler et réfléchit. Deux jours plus tôt, deux aviateurs allemands avaient sauté de leur avion en flammes. Ils avaient été recueillis par des marins crétois en qui, mal renseignés par leurs services de propagande, ils avaient cru trouver des alliés, et auxquels ils s'étaient empressés de livrer le jour et l'heure du débarquement des troupes de Hitler. Les Crétois avaient livré les Allemands aux soldats britanniques, et l'information était aussitôt remontée aux oreilles du général Freyberg. Ce dévoilement anticipé des plans de l'ennemi semblait au premier abord un atout essentiel dans le jeu des forces alliées. Mais à y bien réfléchir, le général songea qu'il s'agissait d'un leurre. En quoi le fait de savoir qu'une catastrophe va arriver vous met-il à l'abri de cette catastrophe ? Les Allemands allaient sauter sur la Crète à l'aube du 20 mai 1941, entre 7 h 30 et 8 heures. Et alors ? Qui pouvait connaître à l'avance le sort de la bataille ? Quel Homère en écrirait un jour le récit ?

Le général avala une bouchée d'œufs brouillés et se tourna vers le cadet.

— Quelle heure est-il, Woodhouse ?

— 8 h 10, mon général.

— Vous les entendez ?

— Les bombardements ont repris depuis une heure, mon général. Stukas et Messerschmitts. Comme chaque matin.

— Comme chaque matin. Vous avez raison. On finit par s'y habituer, n'est-ce pas ? On finit par ne plus les entendre. N'est-ce pas ?

— Oui, mon général.

L'attention du cadet fut alors attirée par une vision inhabituelle. A la suite des bombardiers classiques, le ciel s'était noirci d'énormes avions volant très bas et à faible vitesse. Et soudain, voici que des milliers de parachutes de différentes couleurs s'épanouissaient dans le ciel. Woodhouse, bouche bée, observa un moment en silence ce spectacle fantastique. Le général, tout occupé à ses œufs, n'avait rien remarqué. Woodhouse hésitait à le lui signaler. La bienséance et l'étiquette exigeaient qu'il gardât le silence jusqu'à ce que le général s'adressât à lui. Au bout de quelques minutes, il n'y tint plus.

— Mon général... Je vous prie de m'excuser, mais je crois qu'il se passe quelque chose d'étrange dans le ciel...

Le général, interrompu dans ses pensées, tourna légèrement la tête en arrière et vit les parachutes. Il fit un petit bruit avec la bouche, une sorte de renvoi. Quelque chose comme :

— Hmph.

Puis il regarda Woodhouse, et lui demanda :

— Quelle heure ?

— 8 h 15, mon général.

— Ils sont en retard. Décidément, ces messieurs ne connaissent même pas la politesse de l'heure.

Et, sans un autre regard vers le ciel, le général entreprit délicatement d'étaler le fond de son dernier pot de marmelade sur son dernier toast grillé.

A quelques kilomètres de là, au sud de La Canée, le roi Georges II de Grèce humait la fraîcheur matinale dans le jardin de la villa de son Premier ministre, M. Tsouderos. Devant l'imminence de l'invasion allemande, il avait quitté la veille sa propre villa, sur les conseils de l'attaché militaire en Grèce, le colonel J.S. Blunt. Les services de renseignements britanniques savaient que les Nazis avaient l'intention de capturer le roi, afin de pouvoir faire pression sur les Alliés, et tout devait être mis en œuvre pour assurer la sécurité du souverain.

Depuis son départ d'Athènes, le 22 avril précédent, en compagnie de son gouvernement, le roi vivait en exil dans son propre pays. La Crète, ce n'est pas la Grèce, songeait-il. Les gens y sont différents, d'une autre race, presque d'une autre langue, rocailleuse et bourrue, durement accentuée. Des paysans fiers et insoumis. Ils lui avaient donné du fil à retordre, ces Crétois, avec leur volonté d'indépendance, leur insupportable complexe de supériorité, leur libéralisme et leur antimonarchisme à fleur de peau. Le roi Georges se serait davantage senti chez lui en Egypte que dans cette île sauvage perdue aux confins de la mer Egée. Heureusement, il avait été accueilli par ses amis anglais qui lui avaient offert l'hospitalité dans ce qui était pourtant son propre pays. Cela l'avait un peu consolé de l'humiliation de savoir que, depuis un mois, le drapeau nazi frappé de la svastika flottait sur l'Acropole d'Athènes.

Le roi, lui aussi, vit l'explosion dans le ciel, et les bouquets de parachutes éclos au firmament.

— M. Tsouderos, venez voir, je crois que nous avons de la visite.

Le Premier ministre rejoignit son souverain au jardin, et tous deux observèrent silencieusement les champignons vénéneux qui tombaient du ciel.

L'attaché militaire fit son apparition au seuil de la maison.

— Votre Majesté, je crains que nous n'ayons à quitter la villa.

— Quand, colonel ?

— Sur-le-champ, Majesté. Il faut vous mettre d'urgence à l'abri. Les collines ne sont pas loin...

— Prendre le maquis, n'est-ce pas ? Et ensuite ?

— Vous traverserez les montagnes en direction du sud, vers Sfakia. De là, un navire allié vous accompagnera jusqu'en terre libre, en Egypte.

— Bien. Dans ce cas, apprêtons-nous.

Pendant qu'ils discutaient, une cinquantaine de parachutistes furent largués à proximité de la villa. Certains atterrirent à moins de deux cents mètres et se mirent aussitôt à couvert. Sous peu, la villa serait encerclée. Le colonel Blunt donna aussitôt le signal de la fuite.

Le convoi royal atteignit les collines vers 9 h 30. Le roi marchait en tête, suivi de son Premier ministre et de l'attaché militaire, du prince Pierre, cousin de Sa Majesté, du colonel Lévidis et de M. Varvaressos, le gouverneur de la Banque de Grèce. Ils étaient accompagnés d'un escadron de soldats néo-zélandais et de quelques gendarmes crétois. En tout, une quarantaine de personnes. Un gouvernement en fuite, et un roi en route pour l'exil.

Georges II avait revêtu la grande tenue de général grec, avec brandebourgs d'or sur les épaules et médailles militaires sur la poitrine. Le colonel Blunt lui fit remarquer que ce n'était guère discret, pour une retraite. Le roi, un peu hautain, lui répondit :

— Qu'attendiez-vous du roi ? Qu'il se déguise en marin ou en paysan pour sauver sa peau ? Un roi se doit de ressembler à un roi ; sinon, il n'est qu'un imposteur, et prend le risque d'être traité comme tel.

Un peu plus tard, le colonel Blunt pria Sa Majesté de se mettre à l'abri lorsque les bombardiers allemands les survolaient d'un peu trop près. Sur le même ton, le souverain lui rétorqua :

— Je ne tiens pas à gâcher ma tenue blanche en me vautrant dans les fossés. Quant au reste, sachez que je n'ai rien à craindre. Un roi a un destin. Que je périsse ou que je sauve ma vie, cela est écrit d'avance par les dieux dont je ne suis que l'instrument. Et si je n'ai plus mon sceptre, laissez-moi au moins mon panache. Je ne plierai pas le genou devant ces messieurs venus d'Allemagne. A cause d'eux, j'ai déjà perdu mon pays ; je ne tiens pas, en outre, à perdre la face.

Ils avaient commencé d'escalader les premiers contreforts des montagnes qui forment le cœur de la Crète et son épine dorsale, lorsque le roi se retourna vers le gouverneur de la Banque de Grèce.

— M. Varvaressos, vous avez emporté le coffret ?

— Le coffret abritant les titres et les valeurs que nous avons pu sauver ? Oui, Votre Majesté. Il ne m'a pas quitté un seul instant.

— Bien. Et mon insigne de l'ordre de la Jarretière ?

— Dans la précipitation du départ, nous l'avons oublié dans la villa de M. Tsouderos.

— Incapable... Nous devons retourner sur nos pas. Il me faut absolument mon insigne de l'ordre de la Jarretière. Colonel Blunt...

— Votre Majesté, je vais envoyer un détachement en arrière pour tenter de récupérer ce qui peut l'être. Mais je vous en prie, il vous faut continuer votre chemin. Si vous reveniez sur vos pas, les Allemands se saisiraient de vous.

Dans les montagnes, au fort de l'après-midi, ils croisèrent un groupe armé de civils crétois qui s'en allaient faire la guérilla. Se trouvaient là des hommes et quelques femmes qui empoignaient des haches, des pelles et d'antiques fusils qui avaient servi à combattre les Turcs un siècle auparavant.

Le groupe qui accompagnait le roi parut suspect aux Crétois. Ils avaient entendu dire que les Allemands étaient rusés et n'hésitaient pas à emprunter des uniformes grecs ou alliés pour mieux surprendre leurs victimes. Le chef de la guérilla brandit son tromblon et en menaça le cortège royal. Le fidèle prince Pierre fit bravement un pas en avant.

— Ne voyez-vous pas que nous sommes grecs, que nous parlons grec ?

Le paysan crétois l'observa avec méfiance :

— Les Allemands aussi parlent grec, quand ils le veulent. Nous, nous savons qui nous sommes. Nous sommes crétois. Vous, vous êtes des étrangers, des espions. Sinon, que feriez-vous dans les montagnes ?

Le colonel Blunt intervint :

— Messieurs, il s'agit d'une méprise. Nous accompagnons Sa Majesté, votre souverain, dont les Nazis cherchent à s'emparer.

Les Crétois, à moitié convaincus, laissèrent passer le convoi. En les voyant disparaître derrière les collines, le chef crétois maugréa entre ses dents :

— Allez donc vous cacher, mes princes. Nous, nous descendons dans la plaine, la barbe au vent et la poitrine nue, et nous allons mourir pour vous.

Après cinq heures de marche, l'expédition gagna une grotte enfouie dans la montagne, et ordre fut donné de bivouaquer pour une heure. Des muletiers en transhumance leur monnayèrent une dizaine de mules. Bientôt la troupe du roi devrait escalader les montagnes Blanches, et il était préférable de libérer les hommes de leurs charges.

C'est dans cette grotte qu'ils furent rejoints par le détachement renvoyé à La Canée par le colonel Blunt. Les hommes étaient épuisés, certains blessés, et ils apportaient de tristes nouvelles : la villa du Premier ministre, ainsi que celle du roi, avaient été réquisitionnées par les Allemands, et il était impossible d'y pénétrer. L'ordre de la Jarretière était perdu. Le soir déclinait. On se remit en chemin. Un gouvernement en fuite. Un roi en route pour l'exil.

Dans la soirée, ils firent halte dans le village de Thérison, au pied des montagnes Blanches. On aurait dit un village fantôme. Personne dans les rues. Les petits cafés aux chaises vides. Les pas-de-porte désertés. Le colonel Blunt fit longuement résonner les heurtoirs. Une seule porte s'ouvrit. Celle du patriarche. Un homme raide, vêtu de noir, à la figure de bois brut embroussaillée de barbe, qui allait sur ses cent ans. Il était le seul être vivant à Thérison cette nuit-là. Les autres, hommes, femmes et enfants, étaient descendus dans la vallée pour se battre contre les Allemands. Le centenaire aurait bien voulu se joindre à eux, mais il était atteint de goutte et pouvait à peine marcher.

Les voyageurs déclinèrent leur identité, mais le vieillard n'en fut pas autrement impressionné. Il était presque aussi vieux que la Crète elle-même. Il avait connu l'occupation des Turcs, les guerres d'indépendance, le rattachement à la Grèce, les disputes entre libéraux et monarchistes. En 1909, plus de trente ans en arrière, ce village avait même été le siège de la révolution d'Elefthérios Vénizélos contre le prince Georges, oncle du roi. Alors, que le roi de Grèce en personne lui rendît visite sans prévenir, qu'est-ce que cela pouvait bien lui faire ? Cela n'abolissait ni la pauvreté, ni la vieillesse, ni la maladie, ni la mort. Ni, surtout, la fierté de se tenir droit dans ce monde, les pieds sur terre et la tête dans le ciel. Un roi, qu'est-ce que c'était ? L'homme est son propre roi, se dit le patriarche. Et royalement il les laissa entrer chez lui.

Sans un mot, il apporta le pain de seigle noir, rassis d'une semaine, qu'il fallait assouplir d'eau avant de pouvoir le mâcher. Le fromage de chèvre. La cruche de vin noir, ainsi que le nomment les Crétois. C'est tout ce qu'il avait. Un repas de pauvre. Un repas de roi. Sa Majesté le comprit, signa le pain en lui faisant une incision en croix à l'aide de son couteau, puis versa quelques gouttes de vin sur le sol, pour que la terre boive. Puis Elle partagea le frugal dîner en parts égales. Ils mangèrent.

Une clameur retentit au-dehors. Un bruit de course, des appels, puis des poings martelant le panneau de la porte. Aussitôt les soldats se disposèrent en demi-cercle autour du roi. Ils s'imaginaient déjà la pièce envahie d'uniformes allemands. La porte s'ouvrit sur une quinzaine d'hommes échevelés, hirsutes, l'air sauvage, vêtus de blouses rayées. Il s'agissait des détenus de droit commun de la prison d'Alikianou, que les Allemands avaient libérés le jour même pour transformer leurs geôles en chambres d'hôpital. Depuis le matin ils couraient la montagne pour trouver des armes et s'en servir contre leurs libérateurs. C'étaient des êtres frustes, mal dégrossis, éructant un patois presque inaudible pour des oreilles de l'aristocratie grecque. Beaucoup avaient tué, ou volé, ou menti. C'étaient des voyous, des mauvais garçons, des gibiers de potence. Certains avaient été arrêtés par ces mêmes gendarmes qui accompagnaient le roi dans sa retraite. Ils ne valaient pas grand-chose, mais ils étaient patriotes. A peine sortis de la prison, ils avaient emprunté naturellement le chemin de la guérilla. La défense de la Crète passait avant leur propre liberté, devenait le symbole même de leur liberté. Un Crétois s'accommode de tout, sauf de l'exil et de l'esclavage. Ces hommes avaient accepté leur enfermement tant que leur pays restait libre ; mais une fois la Crète asservie, leur liberté n'aurait eu que le goût amer de l'humiliation. Voilà pourquoi les quinze détenus de la prison d'Alikianou tenaient à se battre pour servir le pays qui les avait condamnés. Un roi comprend ce genre de sentiments. Georges II voulut exercer, pour la dernière fois peut-être, sa souveraineté. Il gracia collectivement les quinze parias, leur décerna à chacun un grade d'officier de son armée personnelle et exigea que chacun d'entre eux fût pourvu d'un fusil et d'un jeu de munitions. Un à un, en signe d'allégeance, ces hommes s'inclinèrent pour baiser la main du roi avant de redresser très vite la taille car un Crétois ne s'agenouille jamais, pas même devant son roi, ni même devant Dieu. Leurs barbes étaient pleines d'écume, comme aux naseaux des chevaux qui ont trop galopé. Ils s'égayèrent dans la nuit en dansant et en chantant le chant des Andartès — le chant des partisans crétois.

La traversée des montages Blanches prit encore deux jours entiers. Au soir du 21 mai, Sa Majesté et sa cour se trouvaient les pieds dans la neige, par 2 500 mètres d'altitude. En short kaki et chemisette d'été, les Néo-Zélandais grelottant de froid firent rissoler un mouton entier à la broche, avant d'aller se blottir pour la nuit dans les anfractuosités du rocher, à l'abri du gel.

Le lendemain, ils descendirent l'autre versant de la montagne et s'engagèrent dans les gorges de Samaria, blessure dantesque qui conduit, de cascades en forêts, des sommets enneigés des montages Blanches au souffle bleuté de la mer.

Ils parvinrent à Aghia Roumeli en fin d'après-midi. Le petit port de pêche respirait l'insouciance des bords de mer les soirs d'été. En trois jours, les fugitifs avaient connu l'été, puis l'hiver, puis l'été à nouveau. Quelques heures leur avaient suffi pour traverser toutes les saisons de la Crète et tous ses paysages. Un continent à l'échelle d'une île. Une saison par jour. L'épopée d'un roi aux dimensions d'une excursion.

La fine fleur de la diplomatie anglaise les attendait à l'ombre d'une tonnelle. La mer, large, s'ouvrait au sud, libre, tandis qu'au nord retentissait le fracas de la guerre.

Lady Palarait, l'épouse du ministre britannique d'Athènes, improvisa un souper à base de poisson frit et de pommes de terre tandis que Sa Majesté, en compagnie du colonel Blunt, goûtait une dernière fois au vin rouge sang de la Crète.

— Aurons-nous longtemps à attendre, colonel ?

— Le général Freyberg a lancé un SOS aux navires de guerre qui croisent dans les parages. Nous devrions appareiller dans la soirée. Nous serons en Egypte avant l'aube.

— La fuite du roi continue.

— Vous n'aviez pas le choix, Majesté. Entre les mains de Hitler, vous auriez gravement desservi votre pays. Grâce à Dieu, vous êtes toujours libre, et vivant.

— Je suis libre, colonel, mais mon pays ne l'est plus. Quant à vivre... A quoi sert un roi vivant en exil ?

— Vous serez le symbole de la lutte, de la résistance...

— Des mots, des abstractions... Quel rapport avec la vie ? La vie est ici, dans ce pays que nous fuirons ce soir, dans ces montagnes que nous avons traversées en voleurs, chez ces villageois qui nous ont reçus et que nous avons quittés au matin, sur ces champs de bataille qui n'accueilleront pas l'aumône de notre dernier souffle... Être vivant, c'est être prêt à mourir, à tout instant, pour défendre ce qui nous est cher. Si un roi n'a pas le droit de mourir, c'est qu'il ne fait déjà plus partie des vivants... Comment disiez-vous ? Un symbole, oui... Une idée couronnée... Rien de plus... Il y a plus de vie dans ce vin que je bois que dans la tête d'un roi...

Le roi engloutit en trois gorgées son verre de vin. Le colonel Blunt se tut, gêné. Le roi demeura silencieux quelques minutes, puis fit signe à son Premier ministre d'approcher.

— M. Tsouderos, combien y a-t-il de familles vivant dans ce village ?

— Une vingtaine d'hommes valides. Autant de femmes. Quelques vieillards. Des enfants.

— Allez leur demander s'ils désirent accompagner leur roi qui part cette nuit pour l'Egypte. Ils sont mes invités personnels. Ils prendront le bateau avec nous, et partageront notre ordinaire. Nous leur rendrons ainsi l'hospitalité qu'ils nous ont offerte. Allez, M. Tsouderos, j'attends ici le résultat de vos démarches...

Puis le roi sombra dans le silence et se perdit dans ses pensées. Le colonel Blunt jugea qu'il serait incorrect de sa part de troubler la rêverie du souverain. Le regard tourné vers le large, Georges II fixait intensément la ligne d'horizon, un léger sourire aux lèvres, attendant que le ciel s'ouvre tel le rideau d'un théâtre au début d'un spectacle.

M. Tsouderos revint moins d'une heure plus tard, l'air embarrassé. Le roi l'interpella jovialement.

— Eh bien, M.Tsouderos, avez-vous établi la liste de nos invités ? Combien de villageois sont-ils prêts à venir avec nous ?

— Pas un, Votre Majesté.

— Pas un ?

— Ils regrettent, et vous prient sincèrement de les excuser. Ils ne cherchent aucunement à vous offenser, bien au contraire. Mais ils prétendent que leur place est ici, qu'ils ne doivent pas en bouger. Ils sont crétois, m'ont-ils répondu, et tant que la Crète sera en danger, ils combattront pour elle. Je pense, Votre Majesté, qu'il serait vain d'insister.

— En effet, M. Tsouderos. Je vous remercie. Vous me ferez prévenir lorsque le navire sera à quai. D'ici là, je désire demeurer seul. Apportez-moi simplement une autre carafe de ce vin crétois.

Ce n'est qu'à 1 heure du matin que le navire de guerre britannique *H.M.S. Decoy* répondit aux signaux de détresse lancés depuis la plage par les soldats néo-zélandais. Mais les Allemands étaient connus pour lancer de tels signaux dans le but de tendre des pièges aux navires imprudents, aussi l'attaché naval britannique et le premier secrétaire de la légation britannique durent-ils emprunter une barque de pêche pour se rendre jusqu'au navire et prouver leur identité. Enfin, peu avant 2 heures, l'embarquement eut lieu. Le roi, son gouvernement et la légation britannique quittèrent définitivement la terre de Crète. Sur le quai, des vieillards à barbe blanche, habillés de noir, assis très droit sur des chaises de paille, figés dans le silence et l'immobilité comme des statues, comme des bornes, les regardaient partir vers d'autres continents. Au matin, le *H.M.S. Decoy* aborda sans encombre aux rives d'Alexandrie.

7

Certains venaient de Silésie, d'autres de Bulgarie. Durant des semaines ils s'étaient entraînés de nuit, dans le plus grand secret. Leurs vêtements étaient neutres, sans badges ni insignes. Ils ne portaient sur eux que leur carte d'identité civile, sans indications de grades militaires. Puis, en trains et en camions bâchés, sur lesquels toute inscription avait soigneusement été effacée, ils avaient rejoint le nord de la Grèce. Début mai, ils atteignaient Salonique. Quelques jours plus tard, ils établissaient leurs quartiers dans un camp militaire aux environs d'Athènes. Ils n'avaient pas traversé la ville, par mesure de sécurité, et n'avaient vu ni l'Acropole, ni le Parthénon. Parqués dans ce camp morne et plat, dont l'aridité désolée n'était rythmée que par le craquètement des cigales et le ronflement des avions, ils ignoraient tout de la mission qui les attendait.

Un soir ils apprirent qu'ils allaient décoller à l'aube pour une destination inconnue. Ils serrèrent leurs affaires personnelles dans des caisses scellées qu'ils enterrèrent dans le sol, puis écrivirent une dernière lettre à leurs familles. Cette nuit-là, ils dormirent peu.

Les premiers s'envolèrent au lever du jour, les autres en début d'après-midi. Ce n'est qu'en cours de vol qu'on leur apprit leur destination finale : la Crète.

Mark Fafner, enfermé depuis des heures avec ses compagnons dans la carlingue d'un Junker Ju 52, attendait de sauter sur la Crète. Il faisait partie de la deuxième vague, celle de l'après-midi. Son objectif : prendre la ville de Réthymnon, entre La Canée et Hérakleion.

Mark observa ses camarades. La plupart avaient moins de vingt ans. Tous appartenaient à la 7e division de parachutistes, l'un des plus beaux fleurons de la Luftwaffe. Ils étaient fiers de faire partie de ce corps d'élite, de cette escadrille d'anges bottés et casqués, de cette milice du ciel. Pourtant, nul ne les avait encore jamais vus à l'œuvre. Les paras constituaient une force nouvelle, vierge, magique. Seuls les vétérans avaient eu l'occasion de sauter sur un champ de bataille. Et encore, par deux fois seulement : aux Pays-Bas l'année précédente, et dans l'isthme de Corinthe trois semaines plus tôt, le 26 avril. Les paras n'avaient rencontré aucune résistance et la manœuvre avait duré moins d'une demi-heure. La Crète était un plus gros morceau, mais elle serait conquise avant le coucher du soleil. Ainsi en avait décidé Hitler, dans son nid d'aigle de Berchtesgaden, à des milliers de kilomètres de là.

La guerre avait surpris ces jeunes gens au beau milieu de leur travail, de leurs études, de leur vie de famille. Il y avait là des ouvriers qui avaient façonné, dans les aciéries Krupp, les pièces de cet avion qui les entraînait loin de chez eux ; des mineurs qui avaient usé leur jeunesse sous terre, à extraire le charbon qui faisait tourner les usines d'armement, et qui s'étaient engagés dans les paras pour voir enfin un peu de ciel bleu ; des étudiants en droit, en mathématiques, en médecine, en langues, qui avaient abandonné les bancs de l'Université dans l'espoir de devenir des héros ; des fils de famille et des fils de prolétaires à peine sortis de l'enfance, et parmi eux des orphelins et des fils des vaincus de 1918. Il y avait même un jeune séminariste qui, ses vœux à peine prononcés, avait troqué la soutane du prêtre pour la combinaison du militaire. Il fit un signe de croix et proféra à mi-voix cette étrange remarque :

— Aujourd'hui, c'est l'Ascension, et nous allons sauter sur la Crète. C'est l'Ascension inversée.

Pour secouer la léthargie qui s'était abattue sur ses camarades, un apprenti charcutier de Cologne entonna le premier couplet de l'hymne des parachutistes :

Rouge brille le soleil, regarde ! Demain peut-être il ne nous [sourira pas.
Lance les moteurs, qu'ils tournent à plein régime.
Vas-y à présent, décolle et vole vers l'ennemi.
Il n'y a pas de retour, camarade, pas de retour.
Viens, ne dis rien — viens !
Dans le bruit des moteurs, seul avec tes pensées,
Les pensées de ceux qui te sont chers et qui sont restés au [pays...

Un garçon éclata en sanglots. Il s'appelait Hans, venait de Prusse, n'avait pas dix-huit ans. Assis à côté de Mark, il était l'un de ses compagnons préférés, celui avec qui il aimait le plus évoquer cette Grèce éternelle qu'ils chérissaient tous deux et qu'ils avaient juré de libérer de la dictature anglaise. Mark lui passa le bras gauche sur l'épaule et entonna à son tour la complainte que tous connaissaient par cœur :

A présent, les gars, c'est l'heure de sauter.
Nous flottons dans l'air jusqu'à l'ennemi.
Vite, voici que nous touchons terre.
Il n'y a pas de retour, camarade, pas de retour.

Les autres avaient repris au refrain, et le chœur nostalgique de ces adolescents couvrait presque le souffle rauque et monotone du Ju 52. Rassuré par les voix lourdes et lentes de ses compagnons, Hans ravala ses larmes et apporta sa note aiguë et fragile au dernier couplet du chant :

Nous ne sommes qu'une poignée, mais notre sang [bouillonne !
Nous ne craignons ni l'ennemi ni la mort.
Nous savons une chose — pour l'Allemagne qui a besoin [de nous — nous mettons tout notre cœur,
Nous combattons, nous vainquons, nous mourons.
Aux armes, aux armes !
Il n'y a pas de retour, pas de retour.

Un avertissement bref interrompit le chant. Leur objectif était en vue. Ils allaient bientôt sauter.

Hans se tourna vers Mark, le visage très pâle. Il tremblait.

— Mark, j'ai peur. Fais-moi une injection s'il te plaît. Je vais en avoir besoin.

Hans extirpa de l'une des poches de son blouson une petite boîte en fer contenant une seringue hypodermique et deux ampoules d'une préparation à base de caféine. Ce dopant, faisant partie de l'équipement de base des paras, était censé décupler leurs capacités physiques et intellectuelles, et combattre la fatigue. De quoi leur fouetter le sang et leur remonter le moral juste avant qu'ils se fassent tuer.

Prestement, Mark enfonça l'aiguille de la seringue sous la langue de Hans. La piqûre sublinguale avait un effet beaucoup plus rapide.

— Merci, Mark. Maintenant, passe-moi une limonade...

Hans avait découvert qu'il existait une incompatibilité entre la caféine et l'acide citrique. La combinaison des deux redoublait les effets de la drogue. Il décapsula une bouteille de soda et but à la régalade. Le liquide lui coulait sur les lèvres, le menton, le cou, en une source jaillissante. Quand il eut fini de boire, deux flammes vertes s'étaient allumées au fond de ses prunelles. L'agneau s'était transformé en loup.

— *Achtung !... Zwei Minuten...*

D'un seul bond, les jeunes gens se dressèrent, s'alignèrent en bon ordre et accrochèrent l'extrémité de leur parachute à la courroie qui en déclencherait l'ouverture, après qu'ils auraient sauté dans le vide. Le cœur de Mark se serra. Des sauts en parachute, il en avait accompli des centaines à l'entraînement. Cette fois-ci, c'était différent. Ils allaient sauter sur un objectif réel. Ils allaient sauter sur la Crète.

La porte de la carlingue fut tirée brusquement, et l'air s'engouffra en hurlant dans l'habitacle. A travers l'ouverture béante, Mark découvrit enfin la terre qu'il avait ordre de conquérir avant le soir. Jusque-là, il n'avait connu que la pénombre de l'avion, tamisée par la clarté diaphane qui filtrait à travers les hublots. A présent, il avait du soleil plein les yeux, et le vent glacé de la mer lui coupait le souffle.

Ce qu'il vit lui parut irréel. Le ciel était aspergé de parachutes multicolores, formant une gigantesque attraction de fête foraine. A l'entraînement, on lui avait appris la signification de chaque couleur. Les parachutes rouges, lilas et bleus étaient réservés aux officiers, les noirs aux deuxièmes classes, les roses aux colis de médicaments, les jaunes aux médecins, les verts aux armes et aux munitions... Mais cette brassée de corolles jetée dans le ciel faisait surtout penser à un feu d'artifice que l'on aurait tiré en plein jour. Il n'y manquait même pas la fumée et le bruit des détonations qui fusaient du sol comme un orage qui monte. En bas, on était en train de les canarder en plein vol.

— Merde... Ces salauds nous tirent dessus !

— *Achtung... Raus !*

A la cadence d'un saut par seconde, les jeunes paras basculèrent un à un dans le néant. Hans sauta juste avant Mark. En le suivant, ce dernier ferma instinctivement les yeux. Il les rouvrit sur l'enfer.

La descente dura à peine vingt secondes. Vingt secondes pour mourir, ou pour être touché plus ou moins salement.

Mark fut atteint à mi-descente environ. Autour de lui, ses compagnons abattus en plein vol pesaient au bout de leurs sangles, poupées de chiffons désarticulées. Certains, défigurés ou mutilés, mais encore vivants, gueulaient dans le ciel vide. D'autres, prisonniers de leur parachute en flammes, n'étaient plus que des torches vivantes. Mark eut de la chance. Il reçut une décharge à l'épaule gauche et s'évanouit sous le choc. Dix secondes plus tard, les fils de son parachute s'emmêlèrent aux branches d'un olivier, amortissant sa chute. Cet arrêt brusque ranima sa douleur à l'épaule. Reprenant connaissance, il se retrouva suspendu à deux mètres au-dessus du sol.

De sa main valide, il remonta la visière de son casque et essuya la sueur qui inondait son front et tombait dans ses yeux. Il regarda autour de lui. Il se trouvait dans un champ d'oliviers écrasé de soleil, et le premier bruit qu'il perçut fut la stridulation des cigales, ponctuée par la rumeur lointaine des canonnades. Durant sa chute, il avait dû être déporté vers le sud-est, et avait atterri à l'écart des lignes néo-zélandaises.

Il gigota pour tenter de se détacher, mais les fils de son parachute étaient étroitement imbriqués aux branches noueuses de l'arbre, et la douleur fulgurante qui tenaillait son épaule l'empêchait de se concentrer et de coordonner ses mouvements. Finalement, il dut utiliser le couteau qu'il portait à la ceinture pour cisailler l'attache de son harnais. Sous l'effort qu'il fournit, la branche qui le soutenait se rompit, et Mark dégringola comme un fruit mûr jusqu'au sol nu et sec dans un froissement d'oiseau blessé. Il tomba sur le ventre, à peine retenu par ses ailes de drap noir, et son visage vint donner sur un buisson d'épineux qui lui griffa la bouche et les joues. Son premier contact avec la terre de Crète fut ce baiser forcé qui lui laissa aux lèvres un goût de sang et de rocaille.

Meurtri, blessé, flagellé, Mark parvint avec peine à se remettre sur pieds. Son épaule lui semblait avoir été plongée dans un chaudron d'huile bouillante. La sueur coulait de son front et imprégnait ses vêtements trop chauds. Il défit sa jugulaire et retira son casque. Ses cheveux, libérés de leur carcan, se dressèrent en épis de blé. Mark huma longuement l'air et ne reconnut aucune des odeurs qui emplissaient ses narines. Il réalisa qu'il était loin de chez lui et se sentit soudain très seul.

Très vite, son instinct de soldat reprit le dessus. Pour lutter contre la peur, il commença à se réciter les « dix commandements des parachutistes » qu'il avait appris par cœur à l'Ecole de l'Air :

« Vous êtes l'élite de l'armée allemande. Vous devez désirer le combat et vous entraîner de façon à pouvoir tout endurer. Pour vous la bataille sera votre accomplissement.

« Cultivez la vraie camaraderie, car avec l'aide de vos camarades vous obtiendrez la victoire ou la mort. »

Ses camarades... Où étaient ses camarades ? Il fallait les rejoindre au plus vite, se fondre en eux, retrouver cette impression de sécurité et de tendresse virile qu'il avait découverte à l'armée. A deux cents mètres de là, il repéra un parachute noir, pareil au sien, qui recouvrait de son ombre un olivier. L'un des paras avait connu la même mésaventure que lui. Il devait lui porter secours sans tarder. Il courut en trébuchant sur les pierres, tenant son bras gauche qui flottait, mât déraciné, dans la manche de sa combinaison de saut.

L'arbre gainé de noir grandit à vue d'œil, jusqu'à obscurcir l'horizon. Mark s'arrêta, haletant, au pied du tronc. A un mètre du sol, deux bottes se balançaient mollement dans la tiédeur de l'après-midi. Il appela :

— Eh !... Toi, là-haut !... Tout va bien ?

Il tira sur l'une des bottes pour attirer l'attention de son camarade évanoui, ce qui eut pour effet de faire tourner le corps du soldat sur lui-même et de dévoiler son visage. Mark aperçut un masque congestionné et grimaçant qui lui tirait la langue, une langue énorme et violacée, chenille obscène bavant hors de sa bouche. C'était Hans. Dans sa chute, le garçon s'était pendu avec les fils de son parachute.

La nuque brisée, suspendu tel un épouvantail à l'olivier qui lui avait ouvert ses bras de mort, auréolé du linceul noir avec lequel il avait été expulsé du ciel, le petit Hans n'avait connu de la guerre que les vingt secondes de sa chute. Il avait fini sa course là, pendu du Moyen Âge, dans cet arpent de terre désolé, à l'ombre d'un olivier. Dans le ciel, les corneilles tournoyaient en cercles de plus en plus serrés.

Il n'y a pas de retour, camarade, pas de retour.

Il lui fallut plus d'une heure pour décrocher Hans et lui offrir un semblant de sépulture. Il ne put l'ensevelir entièrement, tant la terre était aride et sèche, mais il eut soin d'emmailloter son visage dans un morceau de drap noir afin d'éviter que les oiseaux de proie ne lui arrachent les yeux et les joues. Exténué, il se laissa glisser à terre, les bras en croix, les yeux au ciel.

Le soleil rouge déclinait à vue d'œil. Il s'enfuyait à toute vitesse par-delà l'horizon en ne laissant derrière lui qu'une écume sanglante. Ses derniers rayons furent bientôt happés par les collines et en quelques secondes la nuit succéda au jour. Il se rappelait les longs et glorieux crépuscules de son pays, ces heures lentes entre chien et loup qui s'étiraient indéfiniment, nuançant les couleurs de la nature de toute la gamme d'ombre et de lumière. Le crépuscule crétois n'existait pas. Le soleil, décapité à coups de hache, basculait d'un seul bloc dans le cachot noir de la nuit. Il songea que la Crète était un pays où la mort vous fauchait en pleine vie, sans prévenir, alors que les couchers de soleil de l'Allemagne l'avaient depuis toujours accoutumé à une lente agonie.

Avec la nuit, le froid s'installa. Un froid brutal, aussi excessif que l'était la chaleur durant la journée.

Il frissonna. Son épaule lui faisait de plus en plus mal, et il était saisi de vertiges.

Il sentit qu'il lui fallait à tout prix se lever, marcher, tenter de rejoindre ses camarades rescapés, s'il ne voulait pas mourir sur place.

Il s'arracha à la terre et, se guidant sur Vénus qui venait d'apparaître au firmament, il se dirigea vers le nord-ouest, en direction de Réthymnon.

Des bruits étranges montèrent de la nuit. Des hululements, des croassements, des râles. L'espace était peuplé de présences hostiles qui s'acharnaient à le poursuivre. Il traversa une vigne dont les vieux ceps torturés le désignaient du doigt, tandis que les ramures des oliviers bruissaient dans le vent : « Va-t'en ! Va-t'en ! »

La lune dardait son dernier quartier dans le ciel et rehaussait d'un éclat blafard ces ombres fantomatiques. Il sentait le froid le pénétrer. Retrouverait-il ses compagnons ou était-il condamné à errer ainsi, dans ce paysage de cauchemar, jusqu'à la fin de la nuit ?

Il escalada une butte du haut de laquelle il pourrait avoir une vision générale du lieu isolé où il avait été abandonné. Ce qu'il vit acheva de le plonger dans la détresse la plus profonde.

Les siens étaient là, en bas. Une bonne centaine, à ce qu'il put en juger. La majorité semblait dormir. Mais à leurs poses tordues, recroquevillées, figées dans la souffrance, il comprit qu'ils ne dormaient pas. Ceux qui bougeaient encore agonisaient lentement en de longs soupirs plaintifs ; ceux qui ne bougeaient plus étaient déjà morts.

Une trentaine de survivants avaient dressé un barrage de fortune afin de protéger leur camp retranché. Armés de mitrailleuses, ils guettaient l'ennemi dans la nuit.

Mark s'apprêtait à dévaler la colline pour les rejoindre, lorsqu'une clameur parvint à ses oreilles.

— *Haka !*

De l'autre versant de la vallée, un nuage monta, soulevé par les piétinements d'un escadron de Polynésiens qui couraient en poussant leur cri de guerre rituel. C'étaient les guerriers maoris, versés dans l'infanterie néo-zélandaise, qui chargeaient dans la nuit, baïonnette au poing.

Les Allemands lancèrent quelques salves qui atteignirent les premiers rangs des fantassins, mais cela ne suffit pas à stopper l'élan mortel des soldats au galop.

— *Haka ! Haka !* s'égosillaient-ils en se déployant en arc de cercle et en fondant sur leurs proies.

Epouvantés par ces vociférations, ces faces sauvages et ces baïonnettes au clair, les Allemands relâchèrent un instant leur tir. Cette hésitation leur fut fatale. Les Maoris se jettèrent sur eux en pointant en avant leurs lames acérées. Ce fut le corps à corps. Les Allemands, pris de court, ne sachant plus comment riposter, baissèrent leur garde. Entraînés essentiellement au maniement des armes à feu, ils connaissaient peu la pratique des armes blanches. Les Maoris mirent à profit cette panique en visant de leurs lances les ventres, les cœurs, les yeux. Le sang gicla. Les paras gisaient à terre, mugissant comme des bêtes à l'abattoir, tandis que les Maoris fourrageaient et fouaillaient leurs entrailles. Mark gémit d'horreur et sentit des larmes aveugler son regard. Dans quel enfer avaient-ils été précipités, lui et ses camarades ?

Dans la plaine, les Maoris, éclaboussés du sang de leurs victimes, égorgeaient méticuleusement les blessés pour abréger leur agonie. Puis ils reprirent en bon ordre le chemin de leur camp, en laissant derrière eux les corps fumants de leurs ennemis.

Mark s'écroula à terre comme on sombre dans un gouffre. Peu lui importait désormais de mourir. La mort devait être plus douce que l'exil en lequel il se tenait. La grâce du sommeil vint le saisir alors qu'il se remémorait le dernier des commandements des paras :

« Gardez vos yeux grands ouverts. Soyez toujours au meilleur de vous-mêmes. Soyez aussi discrets que le chien d'arrêt, aussi résistants que le cuir, aussi durs que l'acier de chez Krupp, et ainsi vous incarnerez le véritable guerrier allemand. »

Les collines déchiquetées à l'horizon par le soleil naissant. Les nuées de corbeaux zébrant le ciel. Les claquements d'ailes des rapaces. Le vent chuintant dans les branches des oliviers. Le vacarme assourdissant des insectes. Le bruissement affairé des mouches. L'odeur de putréfaction s'exhalant des centaines de corps éventrés. Les vapeurs de chaleur qui font danser les herbes sèches dans un rayon d'argent. Le contact brûlant des pierres s'effritant sous les doigts. L'amertume salée de la sueur s'insinuant entre les lèvres.

Mark Fafner vit, entendit, sentit, toucha, goûta. Il était encore vivant.

En inclinant la tête, il perçut à l'orée de son regard une forme humaine qui se tenait à quelques pas de lui. Il avait de la peine à accommoder son regard brouillé par la fièvre ; tout lui paraissait noyé dans un halo ; la lumière du jour coulait à travers le prisme éclaté d'un vitrail d'église. Il distingua enfin une sorte de chevalier en armure, au visage enfantin et austère, le poing droit armé d'une lance, à cheval sur un destrier blanc. L'ange du châtiment et de la mort. Ou bien une Walkyrie vêtue en guerrier, arpentant les champs de bataille pour y découvrir les héros tombés au combat et les entraîner avec elle dans le château du Walhalla, le séjour céleste de son père cruel, le dieu Wotan.

Il essuya ses yeux embués du revers de sa manche, et les dirigea à nouveau vers cette apparition surgie de nulle part. L'ange et la Walkyrie avaient disparu. A leur place se tenait une jeune fille de dix-sept ans à peine, montée sur une mule, et étreignant un poignard à manche de corne dans sa main droite. Elle était habillée à la façon des guerriers crétois, braies flottant aux cuisses et resserrées aux chevilles, chemise noire, bottes de cheval aux tiges montant jusqu'aux genoux, foulard en dentelle noire noué autour du front et couronnant ses cheveux châtain clair flottant sur ses épaules. Immobile, elle le dévisageait, sans peur ni charité, mais avec une sorte de gravité attentive. Elle avait de grands yeux, de couleur jaune, dans lesquels les rayons du soleil faisaient miroiter des étincelles d'or.

Mark déglutit et tenta de prononcer une parole. Pas un son ne traversa ses lèvres scellées par la soif. La jeune fille le regardait toujours, sans rien dire, comme si elle lui reprochait calmement sa présence. Du temps passa. Une éternité entière. L'éternité d'un instant.

La jeune fille descendit de sa mule et fit trois pas en direction du soldat blessé. A présent, elle était au-dessus de lui, les pieds écartés de part et d'autre de ses jambes allongées, la tête au zénith, et il eut l'impression fugitive d'une éclipse de soleil.

Elle leva son bras droit vers le ciel, son bras prolongé du long poignard à manche de corne, la pointe effilée dirigée vers le cœur du soldat, prête au sacrifice.

Il attendait le coup comme une délivrance. Il n'y a pas de retour, camarade, pas de retour. Il éprouva le besoin de prier. Cette fois-ci le souffle jaillit de ses poumons et ses paroles fusèrent en flèches dans l'air bleu du matin. Sa bouche s'ouvrit et articula quelques mots.

— *Aghia Panaghia.* Ô Souveraine Immaculée, Vierge et Mère de Dieu et de l'Humanité tout entière, tu es bénie entre les femmes...

Spontanément, il s'était exprimé non pas en allemand mais en grec, langue que naguère il avait étudié à Berlin. Saisi d'un étourdissement, il vit le monde tournoyer autour de lui. Les étoiles tombaient sur la terre, le soleil plongeait dans la mer, les planètes, étaient emportées en une giration folle. Le monde s'écroulait, et avec lui les vestiges des anciennes illusions. Tout là-haut, dans le ciel, un poignard lentement amortissait sa chute. Il s'évanouit.

La première chose qu'il vit en revenant à lui fut l'arrière-train d'une mule. A quelques centimètres de son visage, la queue de l'animal fouettait nerveusement l'air pour écarter les mouches, et il pouvait sentir le fumet poivré du crottin qui ponctuait la route derrière eux en petits tas irréguliers. Il réalisa qu'il était attaché sur le dos de la mule, allongé sur le ventre et la tête opposée au sens de la marche. Si son épaule ne l'avait pas autant fait souffrir, il se serait insurgé devant le ridicule de la situation. Mais il ne se sentait pas la force d'une quelconque révolte. Il ne pouvait que subir et attendre.

La mule et son fardeau de chair blessée avançaient sur les chemins rocailleux des montagnes de Crète.

Il rouvrit les yeux dans une chambre inconnue. Depuis quelques heures, les périodes d'éveil et d'inconscience se succédaient à intervalles de plus en plus courts, et rythmaient le temps de façon différente. Dix fois il avait perdu connaissance sur le dos de la mule, et dix fois les ténèbres de la nuit avaient recouvert l'éclat du soleil. Le souvenir de la jeune fille entrevue à l'aube lui semblait remonter à des semaines en arrière. Et les hurlements de ses camarades en train de mourir résonnaient à ses oreilles en échos d'une autre vie.

Il laissa ses yeux s'accommoder à la pénombre de la pièce dans laquelle il était allongé. Elle ne devait pas mesurer plus de deux mètres sur trois. Les murs blanchis à la chaux s'incurvaient à un mètre du sol pour suivre le dessin d'une voûte en plein cintre. Pas de fenêtres, mais une lucarne basse qui laissait filtrer un jour approximatif. Une simple porte de bois, sans poignée ni loquet, entrebâillée sur l'amorce d'une cour. Pas de lit, mais une paillasse à même le sol, sur laquelle reposait le soldat blessé. Pas de meubles, aucun ornement. Une chambre emplie de néant et de silence.

Le mouvement qu'il fit pour se dresser lui arracha un grognement. Son épaule avait triplé de volume. Quelqu'un avait découpé la manche de sa chemise pour la mettre à nu, et Mark s'effraya des plaques noires et violacées qui en soulignaient les reliefs. Son épaule était un champignon bizarre poussé dans la nuit, une plante carnivore géante qui rampait sur le sol à côté de lui. Il était dévoré par son propre bras. Il sombra à nouveau dans le noir.

Parfois il sentait une présence à ses côtés. En ouvrant les yeux il reconnaissait, penché au-dessus de lui, le visage de la jeune fille rencontrée le matin. Ce visage, il le voyait toujours très distinctement, illuminé par une source de lumière intérieure. Le reste du corps, en revanche, se noyait dans le flou et la pénombre ou bien subissait des métamorphoses. La chemise et le foulard noir se transformaient en robe de bure. Les cheveux effleuraient librement les épaules ou bien étaient tirés en chignon sur l'arrière de la tête. Il arrivait même que ce visage se détachât de ces corps successifs, soudain gommés, et se mît à flotter, astre doré, dans la pénombre de la chambre. Cet astre animé le dévisageait de ses grands yeux jaunes, avec candeur et gravité, et l'interrogeait. Une longue question muette.

Cette présence le rassurait, le retenait de se livrer entièrement à la douleur. Un soleil était entré dans sa chambre et lui chauffait la face.

8

Le tocsin du monastère d'Arkadi avait longtemps retenti dans la nuit, sonnant la révolte. Sous l'impulsion de l'higoumène Emmanuel, les quarante moines avaient revêtu des harnachements de soldats. L'higoumène était le plus impressionnant. Poignards, cartouches de munitions et croix pectorale pendaient à sa soutane, s'entrechoquant au rythme de ses mouvements. Avec son corps enflé, sa face rouge où perlaient des gouttes de sueur, sa barbe noire et ses cheveux blancs qui s'échappaient en longues mèches de sa toque, il avait tout de l'ogre affûtant ses canines, de l'homme des bois rendu à l'état de sauvagerie. A chaque instant, il lançait des ordres brefs à ses moines qui lui obéissaient avec une discipline toute militaire. En quelques heures, le pieux monastère s'était transformé en camp retranché, prêt à soutenir le siège et à résister aux assauts des envahisseurs.

Les cloches carillonnaient jusque dans les villages voisins, Charkia, Kavousi, Eleftherna, Prinés. Des hommes avaient bondi hors de leur maison pour courir vers la montagne, à l'appel des moines. Les premiers à se présenter devant les fortifications du monastère furent une vingtaine de jeunes gens armés, originaires d'Amnatos, sur la route venant de la vallée. C'étaient de fringants palikares, bottés de frais, dos cambrés et têtes hautes, vêtus de noir, le front ceint de la traditionnelle mantille en dentelle noire. Ils avaient fière allure, avec leurs moustaches aux coins relevés vers le ciel, leurs sourcils charbonneux et leurs torses bombés. Ils n'avaient pas peur de leur mort et étaient prêts à dévorer le monde.

Leur capétan, Elefteris Mavros, était le plus superbe d'entre eux. Une sorte de géant qui exhalait une forte odeur de fauve. Ses camarades l'avaient surnommé le Lion, à cause de sa bravoure et de sa cruauté. Dieu l'avait créé d'un seul bloc, d'une seule coulée de lave. Un bel animal de combat, au front têtu et au cuir luisant, né pour la lutte et la conquête. Rien ni personne ne lui avait jamais tenu tête. Ni les hommes, dont il savait briser la résistance et faire ployer l'échine. Ni les femmes, qui ne devaient ni le regarder dans les yeux ni parler après lui. Ni la nature, en quoi il ne voyait qu'une esclave de sa propre volonté. Ni le soleil, qu'il fixait de ses yeux sans ciller. Ni même Dieu, qu'il aurait volontiers défié en combat singulier s'il avait existé.

Les hommes allèrent couper du bois et allumèrent un grand feu au beau milieu de la cour du monastère. Les moines étaient allé quérir du vin et des victuailles et l'higoumène Emmanuel, paumes relevées vers le ciel, lançait des actions de grâce. La veillée d'armes débutait.

— Bon saint Georges, bénis ce feu qui réchauffe nos corps prêts à la lutte, bénis ces nourritures qui nous donneront la force nécessaire, bénis ce vin qui fouettera notre sang, bénis ces armes avec lesquelles nous abattrons nos ennemis...

Les flammes rougeoyaient dans l'obscurité et posaient des masques tremblotants sur les visages barbus des moines et des palikares. On se passait de main en main la jarre de vin, les rognonnades de mouton et le pain noir. Il n'y avait plus des civils d'un côté et des religieux de l'autre, mais un groupe uni de patriotes prêts à défendre jusqu'au bout la liberté de leur terre. Pour sauver la Crète, ils étaient prêts à donner leur vie, et ce don tout à coup effaçait les tristesses, les rancœurs, les mille petites misères de leur existence quotidienne. Leur vie, pour qu'elle méritât d'être sacrifiée, devait avoir un sens, être belle, libre, pleine d'espoirs et de désirs, ainsi qu'une future épousée qu'on pare pour la noce. Elle devait se transformer en fête, en joie pure, l'homme de chair frappant la terre du talon pour bondir vers les cieux.

Parmi ces hommes échauffés par le feu et le vin se trouvait une femme. Une seule. Agée de dix-sept ans, Paraskevi, sœur jumelle du moine Panayotis Pelagos, le benjamin de la confrérie, partageait son temps entre le pieux enfermement du monastère et la sauvage liberté des montagnes de Crète. C'était un petit animal fier et indomptable, une enfant-louve toujours vêtue de noir, portant volontiers des braies et des bottes de cuir ; une sorte de garçon manqué dont l'arrogance était en partie démentie par un visage angélique ouvert sur des yeux d'or. Beaucoup d'hommes la convoitaient, mais seul Eleftéris avait eu l'audace de jeter son dévolu sur elle. Paraskevi était le seul être humain que le capétan respectât et acceptât de traiter en égal. Eleftéris, c'était le feu d'un volcan perpétuellement en éruption, le feu tellurique qui gronde sous la terre, s'échauffe, éclate et détruit tout sur son passage. Paraskevi, elle, incarnait le feu solaire, le feu qui illumine et qui réchauffe, le feu qui trône au zénith et donne la vie. Eleftéris était le feu de la terre ; Paraskevi était le feu du ciel, et ces deux feux rivaux ne pouvaient s'affronter sans lancer des étincelles. Mais le feu solaire avait toujours le dessus.

D'un sac de toile, un jeune palikare tira une lyre à la mode crétoise, à trois cordes, et un archet tendu de crins de chevaux sauvages, qu'il affûta posément au creux d'un morceau d'ambre. Puis il se dressa dans la nuit, posa son pied gauche sur une pierre et la lyre sur son genou levé, à la verticale, les doigts de la main gauche flattant déjà les cordes étendues sur le manche, ceux de la dextre harponnés sur l'archet, à l'affût au bord du chevalet. Ses camarades se déployèrent en cercle autour de lui et, en silence, attendirent que le dieu du chant et de la danse vînt visiter le joueur de lyre.

Les yeux fermés, les narines pincées pour mieux retenir son souffle et le faire passer à travers les cordes de son instrument, le musicien ébaucha une lente introduction. Il ne cherchait ni le rythme, ni la mélodie, ni l'harmonie, mais tentait seulement d'apprivoiser les cordes, de les assouplir, montures à l'échine rétive, sous ses doigts caressants. La lyre soupirait d'une petite voix grêle et plaintive, agacée par l'archet encore tâtonnant. Elle bourdonnait dans la nuit chaude de mai, ruche bousculée par le bâton de l'apiculteur. Les abeilles frissonnaient, éveillées en sursaut, mécontentes. Le joueur de lyre devait tout d'abord les calmer, les rassurer, avant de leur demander de lui offrir l'or de leur miel ; l'or et le miel de la musique et de la danse.

Peu à peu, la lyre prit vie, et ses notes tissèrent entre elles un fin voile de batiste propre à accueillir et à soutenir la voix du musicien. Lorsqu'il se sentit prêt, l'homme rouvrit les yeux et darda son regard en direction de la lune qui pointait dans le ciel. Assurant encore sa prise sur la bête ronronnante qui se cabrait entre ses doigts, il psalmodia le premier distique d'une très ancienne complainte crétoise, d'une antique *mantinade* tirée de l'épopée de *l'Erotocritos, le Tourmenté d'amour*, la première chanson courtoise de la Crète.

Le marronnier a besoin de vin,
Le noisetier de miel,
Et la jeune fille de baisers,
Du soir jusqu'au matin.

La voix claire et forte vibrait comme la corde d'un arc après avoir lâché sa flèche, et faisait écho à l'arc vibrillonnant et louvoyant de la lyre. Rejetant en arrière les longs cheveux noirs qui lui barraient le front, l'homme entama le second distique.

Quand je bois jusqu'à l'ivresse,
Je ne me soucie de personne.
Je célèbre ma propre jeunesse,
Et ne songe qu'à m'amuser.

Les autres palikares s'étaient dressés à leur tour, l'œil brillant, et oscillaient sur place au son de la musique, en claquant leurs doigts pour marquer le rythme enjoué de la mantinade qui démangeait leurs pieds.

Ah ! Si la mer était du vin
Et les bateaux des coupes,
Et les mâts des bateaux
Des poissons frits !

Les palikares avaient natté leurs bras, se tenant aux épaules, et glissaient lentement sur le sol, le pied droit en avant, en imitant la mer grosse de vagues. Le serpent humain se mit à onduler au rythme de la musique et du feu de bois. Elefteris avait pris la tête de la ronde, main droite sur la hanche, et dansait sur place en frappant ses talons sur le sol. Les autres sifflaient et lançaient des boutades pour l'encourager et l'aider à prendre son envol. Le joueur de lyre tourna la tête et dévisagea longuement Paraskevi, demeurée assise, en lui décochant la flèche de son prochain distique.

Je ne suis pas un prince
Avec un trône à t'offrir ;
Un cœur plein de souffrance,
Voilà ce que je t'offre.

Bondissant sur ses pieds d'un seul mouvement du corps, comme si une vipère venait de la mordre au talon, Paraskevi rattrapa en trois sauts la queue du serpent louvoyant sans quitter un instant le joueur de lyre du regard ; ainsi, ce qui eût pu passer pour une insolence de la part du musicien se résolvait en invite à partager la liesse commune. Le chanteur de mantinade acquiesça en inclinant imperceptiblement la tête du côté droit, à la grecque, à la seule intention de la jeune fille, puis se redressa de toute sa taille pour lancer d'une voix de feu le distique suivant :

A quoi me sert un seul cœur ?
J'aimerais en avoir deux
Et pouvoir t'aimer deux fois plus,
Mais cela ne suffirait pas.

Ça y est : Elleftéris vient de se détacher de la ronde, et à présent il danse le *pentozali*, seul, en avant des autres, nuque cassée en arrière, bras à l'horizontale, avion prêt à décoller. Deux palikares ont posé un genou en terre, à côté de lui, et frappent dans leurs mains en cadence, pour mieux lui insuffler leur énergie. Quand il s'envolera, Elleftéris dansera pour eux tous.

Si ma poitrine était de verre,
Et si l'on pouvait voir mon cœur au travers,
Combien noir et silencieux il t'apparaîtrait,
Ô mon cher amour.

Elleftéris a frappé son talon droit dans le sol, pour mieux prendre son élan, et le voici qui bondit en l'air, porté par le chant, la lyre et les voix de ses camarades. Il retombe à genoux, ploie son corps en arrière, pont inversé, frôle la poussière du sommet de son crâne, bras toujours écartés, puis se relève de la seule force de ses mollets, piétine la terre et saute à nouveau, encore plus haut, en claquant ses talons de la paume de ses mains. Enfin le voici qui rejoint l'autre extrémité de la ronde et d'une main ferme en détache Paraskevi pour l'entraîner au milieu du cercle. C'est lui à présent qui place un genou en terre, claque des doigts et frappe dans ses mains, tandis que la jeune fille, à son tour, se met à danser seule devant vingt soldats et quarante moines.

Mon cœur est un pot de fleurs
Où ton âme pousse et fleurit,
Et je suis ton jardinier,
Ô ma rose parfumée.

Paraskevi relève le défi de la danse tel un gant

lancé au visage. De son regard d'or elle fixe les yeux fous d'Eleftéris, rougis par le vin et l'effort, puis elle se met à onduler lentement au son de la lyre qui s'exaspère. Dans une subite impulsion, Eleftéris pose ses lèvres à terre, pour baiser le sol que vient de fouler sa bien-aimée. Celle-ci, dont la danse immobile était alimentée par l'énergie des regards échangés avec cet homme agenouillé à ses pieds, cesse brutalement son mouvement de pendule, prend appui un bref instant avec sa botte droite sur la nuque courbée d'Eleftéris puis, dans une volte soudaine, s'envole en chandelle, frappe ses talons de la paume de ses mains et retombe bien droite sur ses pieds, à deux mètres de là, dans un grand crissement de bottes. De joie, les palikares déchargent leurs pistolets en l'air.

Tout en tirant leurs salves, les hommes sautent par-dessus le feu qui danse dans la nuit. Certains, ivres de vin, de joie et de musique, veulent aller plus loin encore, repousser un peu plus leurs limites pour mieux s'approcher du dieu qui les inspire. Ils se déchaussent en riant, se jettent dans le feu déclinant et courent pieds nus dans les braises en poussant des exclamations d'extase. N'y tenant plus, l'higoumène Emmanuel trousse sa robe et les rejoint au cœur de ce bûcher de joie. Sa poitrine est trop étroite pour endiguer l'ardeur qui l'habite. Il lui faut à son tour exhausser son corps au-dessus de la peur, au-dessus de la souffrance et de la mort, au-dessus de l'être de chair dont les yeux d'argile ne savent pas regarder Dieu en face.

L'aube esquissait des lavis aux contours imprécis. Des pies jacassaient en tournoyant dans le ciel mauve, tissant avec leurs ailes des alphabets étranges. Pensif, Eleftéris regardait dormir ses camarades, étendus à même le sol. Les ronflements des hommes abrutis par la danse et le vin faisaient un contrepoint bizarre au chant des moines réunis pour matines dans l'église voisine. Une nouvelle journée se levait sur la Crète. Une journée de sang et de feu.

Les quarante moines glissèrent sans bruit hors de l'église et s'en allèrent vaquer à leurs occupations quotidiennes. Elefteris, reconnaissant de loin la frêle silhouette de frère Panayotis, lui fit signe de s'approcher.

— Salut, Panayotis. Alors, tu n'as toujours pas de poil au menton ?

Elefteris émit un long rire caverneux tandis que les joues imberbes du moinillon se fardaient de rose.

— J'ai à peine dix-sept ans, Elefteris.

— Moi, à dix-sept ans, j'étais déjà aussi velu qu'un bouc et aussi fort qu'un bélier. Rien ne me résistait. Je crevais les chevaux et j'épuisais les femmes...

Une nouvelle quinte de rire le secoua tout entier, ce qui eut pour effet de faire tressauter son ventre et ses bajoues couvertes d'une barbe dure et indisciplinée. Panayotis baissa les yeux à terre.

— N'aie pas honte, mon petit Panayotis. Être encore vierge à dix-sept ans, ce n'est pas un crime pour un moine...

Elefteris se tenait les côtes à deux mains pour hennir de plus belle. Vexé, Panayotis allait tourner les talons lorsque l'autre, subitement redevenu grave, le tira par la manche et le força à s'asseoir.

— Ta sœur, Panayotis, où est-elle ? Elle a disparu durant la nuit.

— Paraskevi ? Oh, tu la connais, c'est une sauvageonne. Incapable de rester tranquille. Elle doit courir dans les montagnes, à son habitude.

Pour cacher son inquiétude, Elefteris se mit à maugréer en triturant les boucles de sa barbe.

— Cette fille est folle. Quand nous serons mariés, il faudra qu'elle file doux. Je ne veux pas d'une femme qui découche et s'en va battre la campagne pour un oui ou pour un non. Elle devra rester à la maison, en bonne épouse, préparer mes repas et élever mes enfants.

Panayotis, que le trouble d'Elftéris rendait plus sûr de lui, retroussa ses lèvres sur une dentition d'un blanc éclatant.

— Tu auras bien du mal à la mater, Elftéris. Personne n'a jamais pu. Pourtant...

— Je sais, je sais... Vous n'avez pas eu la vie facile, tous les deux. Si seulement vous aviez eu un père pour vous dresser. Mais deux orphelins, sans famille, sans foyer... Encore heureux que les moines vous aient recueillis. Un petit homme sans barbe et un garçon manqué. L'un affublé d'une robe de bure et l'autre déguisé en palikare. Ah ! Vous faites bien la paire... Parfois on se demande qui est le frère et qui est la sœur...

Panayotis rougit.

— Nous sommes jumeaux, voilà tout. Frère ou sœur, cela n'a pas beaucoup de sens pour nous. Nous sommes pareils, de même chair et de même figure, bien que de sexe différent... Tu ne peux pas comprendre ça, toi. Paraskevi et moi, nous sommes les deux faces d'une même médaille. L'un ne va pas sans l'autre.

— Oui, mais c'est elle que je vais épouser. Pas toi. Et je te jure que lorsqu'elle aura un mari, Paraskevi n'aura plus besoin ni de père, ni de frère, ni de mule !

Sous l'insulte, les yeux dorés de Panayotis brillèrent d'un éclat fauve. Il se dressa, les lèvres tremblantes, et se força à déglutir pour dénouer sa gorge. La voix hachée par l'émotion, il articula :

— Tu es peut-être courageux, mais au fond de toi tu es un méchant homme, Eleftéris, et je prie Dieu pour que jamais tu n'épouses ma sœur...

Les yeux brûlants de larmes, il s'enfuit en courant, poursuivi par le rire tonitruant d'Eleftéris.

Le soleil était déjà haut dans le ciel lorsque Paraskevi rentra au monastère. Allongé sur sa mule, le soldat blessé paraissait sans vie. Peut-être aurait-elle dû le laisser là-bas, avec les autres. Supprimer les étrangers n'était-il pas un devoir sacré ? Elle aurait pu le tuer de sa main. L'ennemi était là, à ses pieds, offert au sacrifice. Mais une force secrète avait désarmé son bras. Avait-elle eu pitié de ce soldat sans défense ? Était-ce parce qu'il s'était exprimé en grec et avait imploré la Vierge ? Ou bien à cause de la transparence de ses yeux, de la blancheur de sa peau, du lin de ses cheveux ? Ce n'était qu'un enfant, à peine plus âgé que Paraskevi. Il ne pouvait être tenu responsable de cette guerre et de ses crimes. Il n'était qu'un gamin égaré, un frère surgi d'ailleurs, un autre Panayotis. En grec, le même mot désigne l'étranger et l'hôte. En lui épargnant la vie, Paraskevi devait désormais protection à cet hôte venu de loin et croisé au détour d'un chemin.

Les palikares avaient levé le camp de grand matin pour s'en aller mener leur guérilla, ne laissant derrière eux que les cendres refroidies du bûcher. Les moines s'étaient retirés dans leurs cellules pour prier et fourbir leurs pétoires. Seul Panayotis guettait le retour de sa sœur depuis les fenêtres du cloître. Dès qu'il la vit pénétrer dans la cour, il s'élança vers elle.

— Ah ! Te voilà enfin. Eleftéris t'a cherchée. Il était furieux.

Il s'arrêta net en découvrant le corps du soldat qui pendait en travers de la mule.

— Qu'est-ce que c'est ?

— Aide-moi à le porter dans une cellule. Toute seule je n'y parviendrai pas.

— C'est... C'est un Allemand ?

— Qui veux-tu que ce soit ? Un Turc ? Il est blessé. Son bras est mort. Nous le soignerons tous les deux.

— Mais... C'est un ennemi, un étranger... Si Elftéris le voyait, il...

— Laisse Elefteris tranquille, et attrape-le par les épaules. Attention au bras gauche !... Voilà, comme ça... Au monastère, il est sous la protection des moines, et personne ne lui fera de mal.

En suant et soufflant, ils déposèrent leur colis sur une paillasse jetée en travers d'une cellule du rez-de-chaussée. Puis Paraskevi entreprit de découper la manche qui enveloppait l'épaule tuméfiée du soldat, tandis que Panayotis courait prévenir l'higoumène Emmanuel. Le saint homme, dérangé en pleine conversation avec l'au-delà, s'emporta et poussa des hauts cris. Après avoir épuisé son chapelet d'invectives et pris une demi-douzaine de saints à témoin, il jura :

— Quand elle était petite, ta sœur recueillait tous les chats affamés ou les chiens errants qui traînaient dans la montagne. A présent, elle nous ramène des Allemands blessés ! Je suis chrétien, mais la charité a ses limites, tout de même !... Bah ! Qu'elle le garde, si cela peut lui faire plaisir. La vallée regorge déjà de cadavres, alors un de plus ou un de moins... Que Dieu décide de son sort. Moi, j'ai mieux à faire.

Et d'une bourrade, il chassa Panayotis.

Le frère et la sœur se relayèrent la journée entière au chevet du soldat blessé. Malgré leurs soins, son état empirait d'heure en heure. Il délirait de fièvre.

Le peu de vie qui lui restait s'écoulait dans les chairs empoisonnées de son bras mort. A moins d'un miracle, l'Allemand ne passerait pas la nuit.

Panayotis redoutait le retour d'Eleftéris et de ses palikares. Comment réagiraient-ils lorsqu'ils apprendraient que Paraskevi s'évertuait à sauver la vie de ceux qu'ils avaient pourchassés durant la journée pour les abattre et les égorger ? Eleftéris était un impulsif, un violent. Il était capable de retourner sa colère vers Paraskevi, qu'il aimait pourtant à la folie, et de lui trancher le cou avant même de réfléchir.

Panayotis était occupé à faire boullir les linges souillés de pus de l'Allemand lorsqu'un bouquet de détonations retentit aux abords du monastère. Un instant après, la cour était pleine de palikares à l'aspect effrayant ; leurs vêtements étaient déchirés et couverts de terre ; leurs visages noircis par la poudre de leurs fusils ; certains étaient blessés et arboraient leurs plaies comme des décorations ; tous avaient les mains rouges du sang de leurs ennemis. On eût dit des démons surgis de quelque chaudron de l'Enfer. Depuis l'aube ils se battaient. Le goût des massacres et l'odeur des charniers avaient allumé au fond de leurs pupilles une petite lueur qui ne disparaîtrait plus jamais.

Les moines déjà désertaient leurs cellules et venaient aux nouvelles. Eleftéris lampait à longs traits l'eau d'une cruche, s'éclaboussant le torse et le visage.

— Ah ! Mes bons moines, vous avez raté un spectacle de choix... C'était sur la route de Kastelli, ce matin. Un détachement de parachutistes s'était embusqué dans un cimetière. Ils ont commencé à nous tirer dessus. A la mitraillette. Ah ! Ils ont du bon matériel, ces chiens... Avec nos pétoires de 1860, pas question de riposter. Alors, nous nous sommes planqués et, tout doucement, nous les avons encerclés en rampant dans les rochers. Sur le coup de midi, à mon signal, nous nous sommes levés d'un bond et nous avons chargé en entonnant le chant de guerre des Andartès. L'effet de surprise les a saisis ; ils ne savaient plus dans quelle direction tirer. Déjà nous étions sur eux, sautant par-dessus les tombes, par-devant, par-derrière et sur les côtés. Nous les avons tous soigneusement égorgés avec nos couteaux, bien proprement. Regardez ces mains : elles ont troué au moins dix gorges d'Allemands... Leur sang jaillissait en source sur nos bras, ruisselait sur les tombes de nos ancêtres. Ainsi les mourants ont abreuvé les morts... Ah ! Mes moines, vous auriez pu en dire, des prières et des oraisons... Nous étions la main armée de Dieu châtiant les criminels...

Tout en parlant, Elefteris faisait de grands gestes pour illustrer son récit. Effarés, les moines s'étaient placés à distance pour l'écouter, redoutant la violence sacrée qui habitait encore le géant.

— Lorsque nous en avons eu fini avec le dernier, nous les avons allongés côte à côte sur les tombes, pour mieux les compter. Il y en avait soixante-quatorze, très exactement. Les plus âgés devaient avoir vingt ans. Jolis comme des agneaux, avec leur carotide béante. Nous les avons abandonnés là, sans sépulture, en plein soleil. Les vers et les charognards finiront le travail...

Un hoquet retentit dans le silence revenu. C'était Panayotis qui, tombé à genoux, sanglotait dans ses mains ouvertes. Puis un long gémissement monta dans l'air du soir, un gémissement de bête à l'agonie. Les palikares se regardèrent, subitement inquiets. Etaient-ce les morts de Kastelli qui déjà venaient les hanter ? Seul Elefteris affectait de ne pas avoir peur. Le front buté, il se dirigea d'un pas lourd en direction des cellules du rez-de-chaussée d'où provenaient ces lamentations d'animal blessé. En pleurant, Panayotis tenta de s'interposer. Le géant l'écarta comme un vulgaire fétu de paille et, l'une après l'autre, il ouvrit toutes grandes les portes des cellules en leur flanquant des coups de pied. A la troisième, son élan fut stoppé net par la lame d'un poignard pointée vers son ventre.

— Un pas de plus et je te transperce.

Les palikares n'en croyaient pas leurs oreilles ; la voix qui venait de menacer leur chef n'était autre que celle de Paraskevi. Eleftéris, sans franchir le seuil de la cellule, écarquillait les yeux pour découvrir ce qui se passait à l'intérieur. D'une voix blanche, tendue par la colère, il grogna :

— Qui est-ce ?

— Un Allemand. Blessé. Son bras ne bouge plus. Il délire de fièvre.

— Il faut l'achever.

— Personne ne lui fera de mal. Il est l'hôte des moines.

— C'est un étranger. Un envahisseur.

— Il parle grec. Il a vingt ans. Il a prié la Vierge.

— Il mourra de sa blessure. La gangrène a dû s'y mettre. Demain il sera mort.

— Il faut le soigner, l'opérer. Ce soir il sera sauvé.

A chaque phrase, Eleftéris parlait de plus en plus bas. Il manquait de souffle. Lorsque Paraskevi le dévisageait ainsi, ses grands yeux clairs ouverts sur son âme mise à nu, le géant perdait ses moyens. Lui qui se voulait athée et anarchiste, sans loi et sans morale, voilà qu'il se laissait mener par le bout du nez par une fillette de dix-sept ans, la sœur d'un moine ! Eleftéris tenta encore d'argumenter :

— Nous ne sommes pas dans un hôpital. Nous

n'avons ni alcool, ni compresses, ni bistouri. Nous sommes des guerriers, pas des médecins.

— Nous sommes dans une maison de Dieu. Nous avons du raki, des foulards, nos poignards. Nous sommes des êtres humains, pas des bêtes fauves.

— Qui s'en chargera ?

— Toi.

La longue table en bois de chêne sur laquelle les moines prenaient leurs repas fut tirée au milieu du vaste réfectoire voûté situé dans l'aile gauche du monastère. Les chandeliers disponibles furent installés aux quatre coins de la pièce, perçant l'obscurité de centaines d'étoiles vacillantes, tandis qu'un brasero garni de braise chaude chuintait plaintivement dans la cuisine attenante.

Le soldat blessé reposait sur la table, son bras droit et ses jambes entravés solidement afin d'éviter tout mouvement. Pour l'heure, il était inconscient, rompu de fièvre et de fatigue. Les moines s'activaient autour de lui, apportant des bassines d'eau bouillante ou déchirant des morceaux de charpie, et leurs ombres glissaient et dansaient le long des murs incurvés de la salle.

Paraskevi s'approcha de la table et, dénouant prestement la mantille qui lui ceignait le front, en épongea le visage ruisselant du blessé. Puis elle lui entrouvrit les lèvres et glissa le foulard entre ses mâchoires serrées. D'un regard, elle fit signe à Elftéris qu'il pouvait commencer.

L'homme avait relevé les manches de sa chemise jusqu'aux coudes. Il dégaina le long poignard crétois à manche de corne qu'il portait toujours à la ceinture et en promena la lame au-dessus du brasero que deux moines venaient de rapprocher. De sa main libre, il se saisit d'une bouteille de raki dont il arracha le bouchon avec ses dents. Il en but une goulée et versa le reste sur l'épaule tuméfiée de l'Allemand. Puis il retira la lame du feu, en éprouva le fil du gras du pouce et, satisfait de son examen, se pencha au-dessus du blessé.

— Attention, tenez-le bien...

Il plaça les cinq doigts de sa main gauche à proximité de l'articulation de l'épaule au creux de laquelle, d'un prodigieux élan, il enfonça son poignard fumant jusqu'à la garde.

Un cri retentit dans le silence, strident, inhumain. Un cri d'animal qu'on égorge. Les dix moines chargés de maintenir l'homme étendu sentirent sous leurs doigts ses muscles brusquement tétanisés, son corps arc-bouté sous le choc. Assurant davantage sa prise, Elefteris se mit à scier lentement l'os du bras, les mains couvertes du sang qui jaillissait en bouillonnant de la blessure ouverte, et ce raclement d'os s'accordait étrangement aux hurlements du blessé. L'os céda dans un craquement bref. Le bras ne tenait plus que par quelques muscles qu'Elefteris sectionna facilement. Le membre mort se détacha du corps et tomba sur le sol. Se retournant vers le brasero, Elefteris se saisit d'un fer qui rougeoyait dans les braises et en appliqua le bout incandescent sur le moignon sanglant. Une insupportable odeur de chair grillée envahit la pièce tandis que la peau qui entourait la plaie se recroquevillait dans un grésillement suraigu. Elefteris retira le fer. Le sang ne coulait plus.

— Raki !

Elefteris attrapa une nouvelle fiole de raki et s'en vida la moitié dans le gosier. Sans un mot ni un regard en arrière, il sortit dans la nuit pour aller se saouler.

[illegible]

— Monsieur, tout va bien.

[illegible]

[illegible] ... Le tribunal ... [illegible]

[illegible]

[illegible]

9

Un rai de lumière fusa à travers la lucarne et vint se poser sur les paupières closes du soldat endormi qui cilla plusieurs fois avant d'ouvrir les yeux.

Il se trouvait dans la même chambre aux perspectives gommées, à la voûte rassurante. Dehors, il faisait grand jour. Il avait dormi longtemps et la fièvre était tombée.

Il ressentait des fourmillements dans le prolongement de son épaule gauche. Son bras était traversé de milliers de piqûres d'épingles. Il crut s'être ankylosé durant son sommeil et voulut remuer son membre. Rien ne bougea. De sa main droite, il rabattit d'un geste brusque le drap qui le recouvrait. Son flanc gauche était vide. Son épaule, sectionnée à la jointure, se terminait lamentablement par un garrot taché de sang. Il remua son épaule, et une douleur aiguë se répercuta jusqu'aux extrémités des doigts de sa main absente. Il avait perdu son bras, et pourtant ce bras continuait de le faire souffrir.

Jamais plus je ne pourrai voler, songea-t-il. Ce fut la première réflexion qui lui vint à l'esprit. Comme si on lui avait arraché non un bras, mais une aile. Il se remémorait les paroles du maréchal Goering : « Les paras sont des aigles prêts à fondre sur leur proie. » Il n'était plus qu'un aigle déplumé et dépenaillé, un oisillon inoffensif tombé du nid. Le fier rapace planant dans les airs n'existait plus que dans l'imagerie naïve des manuels d'instructions que leur fournissait l'Ecole de l'Air.

Une silhouette se profila dans l'encadrement de la porte en bois. Il reconnut la jeune fille au couteau, celle dont le visage avait hanté ses longues heures de délire. Elle le gratifia d'un bref hochement de tête et entreprit de changer son garrot. Malgré son extrême faiblesse, il rassembla ses notions de grec pour l'interroger.

— Qui m'a opéré ?

— Eleftéris. Mon fiancé.

— Je lui dois la vie. J'aimerais le remercier.

— Vous ne lui devez rien, et il refuserait vos remerciements. Il vous hait.

— Pourquoi ?

Pour toute réponse, la jeune fille le fixa quelques secondes de ses grands yeux dorés. Elle sourit imperceptiblement puis changea de sujet.

— Où avez-vous appris notre langue ?

— A Berlin. Comment vous appelez-vous ?

— Paraskevi.

— Paraskevi... Autrement dit : Vendredi, n'est-ce pas ? Moi c'est Mark. Mark Fafner.

— Eh bien, Markos, sois le bienvenu parmi les moines du monastère d'Arkadi. Ici, tu n'as rien à craindre.

En passant au tutoiement, la jeune fille avait imperceptiblement accéléré son débit, et les mots dansaient sur ses lèvres en suivant les inflexions de son accent chantant. Il songea tout à coup à ses camarades et se rembrunit.

— Que sont devenus les miens ? Les autres parachutistes allemands ?

Paraskevi prétendit ne pas avoir entendu, son regard flottant dans le vague. Il dut répéter sa question.

— Y a-t-il des survivants ?

Paraskevi répondit lentement, en prenant soin d'éviter de croiser le regard du soldat.

— Pas beaucoup. Il y a eu des centaines de morts, paraît-il. Les blessés ont été achevés par les nôtres. Egorgés au couteau ou avec de vieilles boîtes de conserves. Depuis plus de deux jours, déjà. Un véritable carnage.

Il serra les mâchoires pour lutter contre la nausée qui l'envahissait. Paraskevi continua :

— Quelques centaines de parachutistes se sont réfugiés à Perivoglia, à l'est de Réthymnon. Ils se sont barricadés dans l'église de Saint-Georges, au sommet du village. Mais les Australiens les mitraillent nuit et jour et ils ne pourront garder le siège très longtemps. D'ici dimanche, il n'y aura plus un seul Allemand vivant sur le sol de Crète...

Paraskevi le fixa à nouveau dans les yeux, avec cette gravité qui surprenait dans le regard d'une fille de dix-sept ans.

— Toi, c'est différent. Tu es l'hôte des moines. Ton existence est sacrée, tant que tu resteras à l'intérieur des murs du monastère. Au-dehors, tu ne survivrais pas plus de quelques heures. Elleftéris, ou un autre, se ferait un plaisir de t'envoyer rejoindre les tiens dans l'autre monde. Ici, tu seras Markos. Un moine parmi d'autres...

Pour conjurer son trouble, Paraskevi se leva brusquement.

— Rendors-toi, Markos, tu es encore faible. Ce soir, c'est mon frère, Panayotis, qui t'apportera à manger. Il te parlera des moines. De ta nouvelle vie. Adieu, Markos. Que Dieu te prenne en pitié.

Elle sortit avec précipitation.

Les heures coulaient lentement, rythmées par les offices et l'envol des cloches. Depuis sa cellule, il percevait les mille petits bruits qui accompagnaient la vie du monastère, et ces bruits peu à peu lui devenaient familiers. Le frottement de la brosse sur les dalles du cloître, les bassines d'eau renversées dans la cour, la voix haut perchée de frère Ilias chantant à tue-tête, le trousseau de clés tintinnabulant à la ceinture du frère hôtelier, les jarres de vin et d'huile roulées dans les cuisines, les cliquetis des couverts à l'heure des repas, les claquements des sandales des moines sur les pavés de la cour du réfectoire, de temps en temps le coup de tonnerre d'un fusil que l'on décharge, suivi du bruissement et du criaillement affolé des corneilles, au loin le braiment d'un âne ou le bêlement d'une chèvre. Tout un monde prenait vie, au-delà de la porte en bois de la minuscule cellule, un monde dont il n'était que le témoin inactif. Allongé sur sa paillasse, il se sentait exclu, placé en quarantaine, comme si on avait voulu l'empêcher de transmettre au-dehors quelque maladie mortelle et contagieuse.

Il se souvenait de ces longues heures de délire qui l'avaient cloué au fond de sa cellule, collé à ce bras flasque qui lui empoisonnait le sang, qui lentement l'entraînait avec lui vers les rivages de la mort. Il se souvenait aussi des soleils entrevus dans la nuit, des visages des enfants jumeaux qui flottaient dans la chambre et le forçaient à se maintenir en vie. Et puis cette douleur insupportable qui d'un coup l'avait tiré de l'inconscience, cette impression d'être coupé en deux, d'être tout à la fois plongé dans le néant et d'en être extirpé, de mourir et renaître à la même seconde. Cet homme suant et ahanant au-dessus de lui, armé d'un couteau qui lui fouillait les chairs, n'était-il pas une sorte de médecin qui l'avait accouché au forceps ? Mark était mort en tombant d'un avion et un nouvel homme était né à sa place. Un homme sans bras gauche. Ce bras sacrifié était tout ce qui restait de l'ancien Mark Fafner. « D'abord mes armes, ensuite moi-même », clamait l'un des dix commandements des paras. Il avait dérogé à cet ordre, en se sauvant lui-même en échange d'un bras. « Ne vous rendez jamais. Pour vous, mourir ou être victorieux est une question d'honneur. » Il s'était rendu, au mépris de la victoire ou de la mort héroïque. Sans bras, sans armes et sans gloire, il n'était plus que l'ombre de lui-même. Il n'était plus qu'un homme désarmé, sans passé, sans avenir, sans destin. Un homme en sursis, entre une mort ratée et une vie dont il n'attendait plus rien. Un homme sans nom, sans fonction, sans identité. A moins que son nouveau nom ne fût Markos, ce nom grécisé dont l'avait baptisé Paraskevi ?

Panayotis venait souvent bavarder avec lui, et chaque fois il ressentait un pincement au cœur car c'est Paraskevi qu'il croyait tout d'abord voir entrer dans la chambre, Paraskevi qu'il espérait. Le jeune moine avait exactement le même visage que sa sœur jumelle, un visage juvénile sans être enfantin, frais et diaphane, mais empreint d'une gravité et d'une profondeur qui le rendait sans âge. Les cheveux châtain clair, avec des reflets roux, croulaient en mêmes vagues moutonnantes chez le frère et la sœur, bien que le premier les relevât sagement en chignon.

Malgré leur conformité et leur ressemblance absolue, les deux enfants étaient de tempéraments opposés. Paraskevi se comportait en aînée à l'égard de son frère-pareil ; c'est elle qui montrait la voie, donnait les ordres, prenait les décisions. Elle s'exprimait peu, et toujours de façon cinglante. Panayotis faisait preuve d'un caractère plus doux que sa sœur, plus émotif aussi, prompt à la joie et à la douleur. Paraskevi incarnait l'autorité, et Panayotis l'exubérance. Elle était le roc, et lui l'eau écumante qui bondissait autour.

— Hella, Markos, comment vas-tu aujourd'hui ? Regarde ce que je t'apporte : une boule de brousse, du pain et des olives. Et une cruche de vin noir...

Panayotis déballait les provisions sur le sol, souriait de voir Mark avaler goulûment le fromage au lait cru et renverser sa nuque en arrière pour se désaltérer de vin à même la cruche. Le soldat gagnait rapidement des forces, et son teint blafard d'agonisant reprenait doucement les couleurs de la vie. Son appétit donnait à Panayotis l'eau à la bouche.

— Tu me fais plaisir, Markos, à dévorer ainsi. Lorsque tu seras moine, tu seras toujours rassasié, je te le promets. Surtout le dimanche, où tu pourras te nourrir d'un mets inestimable, à côté duquel les meilleurs festins paraissent fades et sans attrait...

Mark arrêta de boire et scruta Panayotis du regard, l'œil interrogatif. Le jeune moine, ravi, éclata de rire.

— Tu mangeras Dieu, Markos ! Il est la nourriture par excellence ; quand tu l'absorbes, il te transmet sa force et sa joie, et tu sens que plus jamais tu ne souffriras de la faim. Connais-tu le goût de Dieu, Markos ? Ah ! Dieu est bon ; Dieu est succulent, je t'assure... Au moment de la communion, l'higoumène plonge une petite cuillère dans un calice où repose un mélange de vin et de sucre : Dieu est dedans ! Mais attention, pour que le vin sucré prenne le goût de Dieu, il faut tout d'abord que l'higoumène t'en dépose une cuillerée sur la langue, car Dieu est un roi qui a besoin d'entrer dans le palais de l'homme pour régner. Pour Dieu, le temple le plus sacré, ce n'est pas l'église, mais le corps de l'homme.

Tout en discourant, Panayotis se frappait la poitrine, non pas avec la contrition craintive du pécheur repentant, mais avec l'assurance tranquille de l'homme riche qui sait qu'il porte toutes ses richesses en lui. Ce fut au tour de Mark d'éclater de rire.

— Quelle drôle de religion tu me chantes là, Panayotis ! Tu parles de Dieu comme d'un nectar dont l'homme serait le flacon. Mais que fais-tu du Mal, du péché originel, du Christ en croix ? La religion chrétienne m'a toujours paru être une religion de la douleur, une apologie de la souffrance... Et toi, tu en fais une sorte de fête païenne, sensuelle, jouissive... Je ne comprends pas.

— Parce que tu es un étranger, un Allemand ! Dans ton pays de nuages, on vénère peut-être le Supplicié, le Moribond cloué sur la Croix ; dans le mien, on adore le Ressuscité du troisième jour, le Christ en gloire, le Pantocrator, le Tout-Puissant. Chez toi, on ne parle que de la chute de l'homme exclu de l'Eden pour avoir désobéi aux ordres du Dieu de la Genèse ; chez moi, on s'adresse à l'homme divin, celui qui s'est réconcilié avec Dieu et qui voit dans le monde un Paradis reconquis.

Mark sourit avec tristesse.

— L'homme divin... Le surhomme... Moi aussi, j'y ai cru... Je pensais même en être un... Et regarde-moi, à présent. L'aigle ne pourra plus voler ; il lui manque une aile...

— Tu vois, tu te trompes encore. Tu parles d'aigles, de surhommes... Moi, je ne te parle que de l'homme et de Dieu ; l'homme divin est le fruit de leur alliance.

Mark rompit un morceau de pain noir qu'il se mit à mâcher longuement.

— N'empêche, tu fais un drôle de moine. Et tu as une drôle de religion...

— C'est la religion orthodoxe, Markos. La religion des origines, la religion de l'humanité tout entière... Je te l'enseignerai, Markos, nous aurons tout le temps.

Mark se releva à demi sur sa couche, en s'appuyant sur son coude droit, et fronça les sourcils.

— Il est trop tard, Panayotis. Je ne crois plus en rien et, comme tu l'as dit toi-même, je ne suis aux yeux des tiens qu'un étranger, un barbare. Je ne suis pas un moine, Panayotis, et ne le serai jamais. Je suis un soldat, en guerre avec ton pays. Tu veux me convertir avec tes beaux discours, mais c'est nous qui étions venus vous convertir avec nos armes. Nous avons échoué, et nous le payons de notre sang. En cet instant même, les tiens sont en train d'égorger mes pareils et de répandre leur sang à terre. Demain, ce sera mon tour, je le sais. Et toi, tu viens me parler du goût de Dieu et de vin sucré... Le vrai goût de Dieu, c'est le goût du sang, Panayotis. Dieu, s'il existe, est un Dieu sanguinaire, un Dieu de haine. Sinon, pourquoi cette guerre ? Pourquoi tous ces morts ?

— Je crois entendre Eleftéris. Pourtant, tu as prié la Vierge.

— J'étais blessé. J'avais de la fièvre. Je délirais. Je ne savais plus ce que je disais.

— C'est Dieu, en toi, qui parlait par ta bouche. Dieu, dont tu avais faim, et que tu recherchais depuis si longtemps sans vouloir te l'avouer. La guerre, la mort, la haine n'existent qu'en nous, Markos. C'est l'homme qui fait la guerre, qui tue et meurt. Dieu n'y est pour rien.

— Tu admets donc que le Mal existe, que l'homme est mauvais...

— L'homme est mauvais et bon. Je t'accorde qu'il peut faire le mal. Je pense même qu'il doit faire le mal avant d'apprendre à faire le bien. Il doit plonger dans les ténèbres de son âme et y affronter son dragon. L'homme qui a vu son dragon en face, qui l'a étreint entre ses bras et lui a donné un baiser de paix n'a plus qu'à donner un coup de talon au sol pour s'envoler tout droit vers Dieu... Embrasse ton dragon, Markos, et saute en l'air. Tu t'envoleras, je le jure, même avec un bras en moins.

— Ce serait un miracle.

— Tout est miracle.

Paraskevi venait plus rarement que son frère, restait peu, évitait de regarder Mark. A mesure que le soldat reprenait des forces, la jeune fille s'éloignait de lui, comme si son rôle s'était borné à porter assistance à un blessé. Peut-être aussi craignait-elle que, après avoir recouvré la santé, Mark ne redevînt un étranger, un ennemi, un guerrier avide de sang et jaloux des champs de bataille. Comme ces loups que l'on recueille avec une patte blessée et qui, une fois guéris, égorgent leurs bienfaiteurs avant de s'enfuir dans la nuit.

Paraskevi disparue, restait Panayotis, qui devenait le confesseur, le confident, le dépositaire des états d'âme de Mark. En parlant au frère, c'est en réalité à la sœur qu'il s'adressait. La similitude des visages l'aidait à tromper son cœur, à fournir un leurre facile à ses sentiments. Ce qu'il disait à Panayotis, il espérait que Paraskevi l'entendrait. Non parce que Panayotis répétait tout à sa sœur, mais à cause des affinités invisibles qu'il savait devoir s'échanger à chaque moment entre les jumeaux.

— Panayotis, j'ai l'impression que ta sœur a peur de moi...

— Que me racontes-tu ? Peur de toi ? Paraskevi n'a peur de rien.

— Pourtant, elle m'évite.

— Elle est fiancée. Chez nous, une femme promise à un homme n'a plus le droit de regarder les autres.

— Paraskevi n'est pas une femme ordinaire. Elle se moque des convenances, et regarde qui elle veut. Lorsque je souffrais, hanté par la fièvre, c'est son regard qui m'a aidé, qui m'a guéri...

Le visage de Panayotis s'éclaira d'un sourire de bonheur.

— Ce que tu la connais bien, déjà... Je m'en doutais un peu, mais à présent j'en suis sûr, Markos. Tu l'aimes ! Tu aimes ma sœur !

— Tu es fou, Panayotis... Je la connais à peine... Elle me dédaigne... C'est la fiancée d'Eleftéris.

— Tu l'aimes, tu l'aimes ! Et en plus tu es jaloux ! C'est merveilleux... Je le savais bien, moi, qu'Eleftéris n'était pas un homme pour elle...

— Paraskevi ne m'aime pas. Elle ne peut pas m'aimer.

— Elle t'aime, je le sais. Mon cœur me le dit. Elle t'aime, et je t'aime aussi, Markos. Je t'aime comme mon frère.

Troublé, au bord des larmes, le jeune moine se pencha vers le soldat allongé et le baisa au front. Dehors, un rossignol chanta.

— Comment va l'Allemand ?

Défiguré par la haine, le visage d'Elefteris arborait un masque de Minotaure en fureur. Paraskevi soutint calmement la violence de son regard.

— Il est presque guéri. Bientôt il marchera. Tu peux être fier de toi, Eleftéris : tu lui as sauvé la vie. Il m'a chargé de t'en remercier.

Les paroles de la jeune fille étaient autant de braises jetées à pleines pelletées dans l'esprit bouillonnant d'Eleftéris. Le géant fit jouer lentement ses mâchoires. Il était sur le point d'exploser. Il enfla démesurément sa poitrine puis cracha à terre comme on crache son cœur.

— Je lui ai coupé un bras, c'est tout. La prochaine fois, je lui couperai le cou. Dis-le-lui de ma part. Quant à toi, tu mériterais le même sort. Tu es la honte de la Crète...

Paraskevi pâlit sous l'insulte. Depuis son enfance, la Crète coulait dans ses veines en un sang noir et rouge, en un fleuve de vie et de mort. Sans cette île sacrée qui l'avait accouchée et portée sur son dos durant dix-sept années, elle aurait été doublement orpheline. Faire honte à sa patrie revenait à trahir sa famille, à perdre son âme et, pire que tout, à manquer à l'honneur. Les palikares, alertés par le tour que prenait la dispute entre leur chef et sa promise, avaient cessé de fourbir et d'astiquer leurs armes pour mieux écouter. Ils savaient bien que, sous peine de perdre la face, Paraskevi devait répliquer. En Crète, la mort n'est rien. Mais perdre la face et manquer à l'honneur est pire que la damnation éternelle. Eleftéris sentit son avantage ; il en profita :

— Nous sommes en guerre, et nous devons lutter jusqu'à la victoire finale, quel que soit le prix du sang et des morts. Nos glorieux ancêtres ont combattu durant des siècles contre les Turcs ; ce sont les Allemands que nous, Crétois, avons l'honneur de massacrer aujourd'hui. Il n'est plus temps de soigner les blessés ou de sauver les invalides. Il faut choisir ton camp, Paraskevi : ta patrie, ou celle des envahisseurs ; la résistance, ou les Nazis. Tu ne peux plus mener double jeu, invoquer Dieu ou la protection des moines. Dieu, s'il existe, s'est endormi, Paraskevi. Il ronfle, bien pelotonné dans son lit de nuages, et nous laisse faire le sale boulot à sa place. Dans deux jours, moi et mes palikares, nous rentrerons dans la clandestinité. Nous irons planter nos quartiers dans les montagnes, d'où nous ne descendrons que pour égorger des Nazis. Je jure de ne plus dormir sous un toit tant qu'un Allemand respirera librement sur le sol de Crète...

Les palikares poussèrent de bruyants vivats au discours enflammé d'Eleftéris. Enfin, ils retrouvaient leur capétan tel qu'ils l'avaient toujours connu : violent et courageux, impétueux et sans concessions. L'épisode de l'Allemand recueilli par Paraskevi les avait troublé ; la scène de l'amputation opérée par leur chef avait achevé de les mettre mal à l'aise. Leurs ennemis n'étaient-ils pas égaux dans la haine et la mort ? Pourquoi devaient-ils en épargner certains au détriment des autres ? Ils voyaient la guerre en blanc et noir, et les dégradés des nuances humaines leur paraissaient d'inutiles complications. Tuer, ou être tué : telle était l'unique alternative. Le temps des guérisons, des pardons et des prières viendrait plus tard, et sans eux. Eleftéris poussa le dernier pion de la partie de jacquet :

— Dans deux jours nous partons, je l'ai dit. Te joins-tu à nous, Paraskevi, ou bien préfères-tu demeurer dans les jupes des moines et soigner amoureusement ton protégé ?

Paraskevi sentit son front s'empourprer, et pour la première fois de sa vie faillit baisser les yeux. Autour d'elle, elle entendait les souffles rauques des palikares, elle devinait les muscles de leurs visages tendus. L'espace d'un instant, elle se laissa couler tout au fond d'elle-même, dans les ténèbres de son cœur où sa fierté livrait un combat acharné avec un autre sentiment, plus doux mais autrement plus dangereux ; puis elle donna un coup de talon dans le sol pour remonter à la surface. Elle manquait d'air. Rassemblant ses dernières forces et rallumant son courage, elle lança, d'une voix faussée par l'émotion :

— J'irai avec vous !

Puis elle se força à rire avec les loups retrouvés. Au fond de son ventre, elle sentit une main glacée qui la poignardait.

10

Le dimanche suivant, au point du jour, Mark Fafner revêtit une robe de moine, quitta sa cellule et sortit à l'air libre. Ses jambes ne savaient plus marcher et ses yeux cillaient dans l'aube claire. Il fut pris d'un vertige. Panayotis dut le soutenir et le guider dans ses premiers pas, comme un enfant ou un aveugle. On eût dit deux pèlerins affaiblis par le jeûne et la marche, mendiant leur pain sur les routes de l'exil.

— Ça ne va pas, Markos ? Tu veux rentrer ?

— Non, conduis-moi à l'église.

L'église, située au centre de l'enceinte du monastère, formait le cœur précieux et jaloux d'Arkadi. Sa basilique à deux nefs, surmontée d'un clocher fin et gracieux dressé insolemment vers le ciel, et sa façade en pierres ocres ouvragées, rehaussée de colonnes ioniennes, de crénelures et de lucarnes, la faisait ressembler davantage à un élégant castelet vénitien qu'à un temple byzantin. C'était une église souriante et fière, à l'image de ses hôtes en robes de bure qui, tout pieux qu'ils fussent, n'hésitaient pas à prendre les armes, interpeller les saints ou danser sur le feu.

Orientée à l'est, ainsi que l'exige la tradition orthodoxe, l'église d'Arkadi était un élégant vaisseau cinglant pour l'éternité vers la source de la lumière et de la vie. A matines, heures, vêpres et complies, elle levait l'ancre vers Dieu et le levant, conduite par un équipage de quarante moines ayant le pied céleste. Leur ombrageux capitaine, l'higoumène Emmanuel, les exhortait à tout instant à gréer les huniers et à souquer ferme sur l'océan de la foi.

Les offices des dimanches ouvraient la voie aux plus longues traversées, celles qui allaient à la découverte du mystère eucharistique. Le drame divin revivait chaque fois, incarné par les fastes et les beautés de la liturgie byzantine.

Mark s'immobilisa quelques secondes au seuil du lieu sacré, le temps de permettre à ses yeux de s'accoutumer à la pénombre. Les voix en contrepoint des deux chantres — la voix aiguë de frère Ilias brodant ses fioritures sur celle, grave et sonore, de frère Kostas — s'élevaient avec grâce vers la coupole de l'église, figurant la voûte étoilée du ciel au centre de laquelle trônait le Christ en gloire, le Pantocrator.

Les moines entrèrent en silence dans l'église, se dirigèrent vers la cloison de l'iconostase qui bornait le fond de la nef, s'inclinèrent l'un après l'autre devant les trois portes saintes séparant la nef du sanctuaire et baisèrent avec dévotion les trois icônes majeures du Christ, de la Vierge et de saint Jean-Baptiste.

Mark et Panayotis entrèrent à leur tour et s'immobilisèrent dans le fond, à la limite entre la nef et le narthex. Panayotis expliqua à voix basse à son compagnon que plus on s'avançait dans l'église, plus on s'élevait dans la hiérarchie du sacré. Chacun, en fonction de son degré d'évolution dans la foi orthodoxe, devait s'arrêter à un certain seuil, sous peine d'encourir les feux du ciel. Le vestibule du narthex, partie la moins noble de l'édifice, était le lieu où devaient se retirer les pénitents et les catéchumènes aux moments les plus sacrés de la liturgie ; la nef accueillait les fidèles, chrétiens baptisés selon les rites orthodoxes ; les chœurs étaient réservés aux chantres, religieux ou laïcs à la foi sans faille, choisis pour la beauté de timbre et la puissance d'évocation de leur voix. Au-delà des parois de l'iconostase se trouvait le sanctuaire, dans lequel ne pouvaient pénétrer que les membres du clergé, en utilisant les portes de droite et de gauche ; la porte centrale, ouvrant directement sur l'autel, n'était franchie que par les ministres supérieurs, diacres, prêtres et évêque, revêtus de leurs vêtements liturgiques.

L'higoumène Emmanuel et son diacre s'habillaient dans la sacristie, située dans l'abside au sud de l'autel, au-delà de la porte droite de l'iconostase ; ils en ressortirent revêtus d'aubes blanches et mauves, chamarrées d'or, de pampres et de broderies à l'effigie de la Sainte Face. A pas lents ils firent le tour de l'église, le diacre ouvrant la marche en érigeant devant lui un cierge allumé, symbole de la parole divine : « Que la lumière soit ! », tandis que l'higoumène agitait en cadence un encensoir d'argent au fond duquel crépitait du charbon mêlé à de la myrrhe. Il le balançait au bout d'une longue chaîne afin d'en distiller les vapeurs enivrantes vers les quatre points cardinaux, et l'église tout entière s'emplit des fumées odorantes de l'encens, allégorie de l'Esprit planant au-dessus de la terre au moment de la création. Elle vibrait aux chants d'allégresse psalmodiés par les chantres, alors que déjà prêtre et diacre s'en retournaient dans les profondeurs secrètes et inviolées du sanctuaire en pénétrant par la porte du centre, la porte royale, dont ils fermèrent derrière eux les deux battants et le rideau, dérobant ainsi l'autel aux regards des fidèles ; cette sortie figurait la Chute de l'homme et l'apparition du Mal, tandis que la voix de frère Ilias se lamentait aux accents du psaume 140 :

Eternel, délivre-moi de l'homme méchant,
Et préserve-moi de l'homme violent,
De ceux qui méditent le mal dans leur cœur,
Et qui suscitent tous les jours des querelles ;
De ceux qui ont la langue affilée comme celle du serpent,
Qui ont un venin d'aspic sous leurs lèvres.

Le Prologue était terminé. Les moines en prière courbaient la tête vers le sol en signe d'humilité. Mark, encore affaibli par son long alitement, sentait les vapeurs de l'encens l'enivrer doucement. Les yeux mi-clos, il se laissait bercer par la mélopée monotone des chantres.

Il perçut le frôlement d'un rideau que l'on tirait, et ouvrit les yeux sur le Premier Acte de la liturgie, qui en comportait trois, et dont l'action se déroulait entièrement dans l'abside nord du sanctuaire, baptisée prothèse. Panayotis se pencha vers lui :

— Regarde bien, Mark. L'Agneau va être immolé...

Sur le petit autel latéral de la prothèse étaient disposés tous les éléments nécessaires au sacrifice : le calice, le disque en argent aux rebords prononcés, l'astérisque, faite de deux lames en métal recourbées, jointes en leur milieu, et d'où pendait une chaînette prolongée d'une étoile, enfin la sainte lance. Mark sentit un grand froid gagner son corps et une sorte d'appréhension lui serrer la gorge. Il avait peur. Peur de ce qui allait se passer là-bas, au-delà de la cloison en bois surchargée d'icônes.

Le prêtre et le diacre, en aube blanche, s'étaient placés dos aux fidèles et s'affairaient à voix basse autour de l'autel. Le prêtre se saisit de la sainte lance et traça par trois fois le signe de la croix sur le dessus d'un pain rond, puis il leva son bras et enfonça d'un seul coup la lance dans le flanc droit du pain. Au même instant, Mark sentit une douleur fulgurante lui vriller l'épaule gauche. Il faillit crier. Mais sa gorge était sèche et aucun souffle n'en sortit. La voix du prêtre monta dans le silence :

Comme l'agneau qu'on mène à la boucherie...

Le sacrificateur retira la sainte lance du flanc droit, mais ce fut pour la plonger aussitôt dans le flanc gauche du pain, qu'il incisa en profondeur.

Comme la brebis muette devant ceux qui la tondent, il n'a [pas ouvert la bouche.

Paralysé d'effroi, Mark se revit allongé sur la table en bois du réfectoire des moines. Penché au-dessus de lui, un homme armé d'un couteau en manche de corne était en train de lui scier le bras. Dans le sanctuaire, le prêtre brandissait de nouveau la lance et, par deux fois encore, il l'abattit dans les flancs de sa victime, sectionnant ainsi les quatre côtés du pain, dont il éleva alors le dôme décalotté.

Car sa vie a été enlevée de la terre.

Mark croyait encore entendre le raclement du couteau qui entaillait l'os de son épaule ; il sentait son sang bouillonner hors de la plaie et son bras se détacher peu à peu de lui, tandis que le prêtre renversait avec précaution la parcelle de pain et la déposait au centre du disque sacré, symbolisant ainsi la kénôse : le fils de Dieu se dépouille et se vide de ses attributs divins avant de renaître progressivement pour se retrouver en Dieu à la fin de sa vie humaine.

Le rideau se referma brusquement sur la prothèse, tandis que les chantres entonnaient la prière adressée à l'Esprit saint :

Roi du Ciel, ô Paraclet...

Au fond de la nef, on entendit le bruit d'un corps qui lentement glissait à terre. Mark s'était évanoui.

Quarante moines observaient d'un air méfiant le soldat sans connaissance que l'on avait transporté sur les dalles du parvis à l'extérieur de l'église. Le vieux Nicéphoros, à qui ses cent douze ans conféraient le titre de doyen de la confrérie, prit la parole le premier.

— Son cœur est impur. Son corps est possédé par les démons. Voilà pourquoi il n'a pu supporter d'assister à la divine liturgie. Elftéris avait raison : il fallait le tuer tout de suite. Ce n'est qu'un démon venu d'Allemagne.

Nicéphoros n'avait plus de dents, et ses joues creuses et ridées se distendaient en tous sens comme de l'argile molle sous les doigts d'un potier. Tout en éructant ses accusations avec force postillons, il se signait sans discontinuer pour mieux conjurer le Malin. Panayotis interrompit brutalement la litanie de l'ancêtre :

— Avale ta langue ! Il est épuisé, voilà tout. On l'a opéré voici à peine quelques jours, ne l'oublie pas, Nicéphoros. Et puis, je lui ai parlé, moi, je connais son cœur. Il aime notre pays. Il a appris notre langue.

L'higoumène Emmanuel agita doucement la main droite pour calmer l'ardeur du jeune moine.

— Du calme, Panayotis, du calme... Rassure-toi, personne ne fera du mal à ton ami. Il est l'hôte d'Arkadi, et ce monastère est inviolable... Nicéphoros, tu as tendance à voir le diable sous chaque pierre que heurtent tes pas, mais aujourd'hui je ne te donne pas entièrement tort. L'Allemand n'est pas un démon, mais je le sens hanté par quelque terreur enfouie qui empoisonne son âme. Son bras n'était pas le seul à être malade... Panayotis, prends bien soin de lui, et sois patient. Peut-être, avec le temps, recouvrira-t-il la santé du corps et de l'âme. L'épreuve de ce matin était sans doute prématurée. Vous devez encore beaucoup prier, tous les deux...

— Merci, higoumène... Ma sœur pourra-t-elle m'aider dans cette tâche ?

L'higoumène partit d'un grand rire qui jaillit du plus profond de ses entrailles.

— Paraskevi ? Pour ma part, je n'y vois pas d'inconvénient, mais je la crois trop fière et trop sauvage pour jouer le rôle d'une garde-malade...

Depuis deux jours, Paraskevi se désintéressait du sort du soldat qu'elle avait sauvé de la mort. Pourtant, ils s'aimaient : de cela, Panayotis était sûr, même si lui-même, écarté de la compagnie des femmes, n'avait jamais éprouvé un sentiment de cette nature. Il releva la tête bravement :

— Markos est mon protégé, et j'en réponds comme de moi-même. Je le soignerai et obtiendrai sa conversion spirituelle. Il est désormais mon frère, et quiconque portera atteinte à sa vie ou à son honneur me trouvera sur son passage.

Disant cela, le jeune moine dévisageait avec insolence le vieux Nicéphoros qui cracha à terre de dégoût.

Mark reprit connaissance en début d'après-midi. Il semblait surgir d'un songe et ne fit aucune allusion à sa défaillance du matin. Panayotis était à son chevet et guettait avec inquiétude le réveil de son protégé. Tout naturellement, Mark lui demanda :

— J'aimerais visiter le monastère.

— Mais... Markos, tu es trop faible...

— Je me sens très bien à présent. S'il te plaît, guide-moi...

Après quelques pas hésitants, Mark retrouva toute son assurance, et il suivit son mentor qui lui montra le monastère de fond en comble. Ils longèrent le cloître, les cellules des moines et la demeure de l'higoumène, parcoururent les entrepôts, la fromagerie et la cave à vin, pénétrèrent dans les cuisines, le cellier et le réfectoire, explorèrent la sacristie et l'hôtellerie. Panayotis était intarissable et fournissait à Mark mille détails pratiques sur la vie quotidienne à Arkadi.

Alors qu'ils entraient dans la poudrière, à l'extrémité nord du monastère, ils entendirent un bruit de bottes qui leur fit tourner la tête. C'était Paraskevi qui se dirigeait droit sur eux. Elle était vêtue en palikare, et paraissait s'être vautrée dans tous les fossés de la Crète. De larges plaques de boue rougie éclaboussaient le noir de sa chemise et de ses braies, et l'on eût dit que les douze vents de la Crète s'étaient ligués entre eux pour mieux embroussailler sa tignasse. A sa ceinture se balançait le couteau à manche de corne, dont la longue lame s'empoissait encore de traces de sang à demi séché. Elle planta son regard de feu dans les yeux pâles de Mark, et s'adressa à lui d'une voix qu'il ne reconnut pas, une voix sèche, hostile, une voix ennemie.

— Regarde ces murs, Markos, ils sont le symbole

du martyre de la Crète. Ecoute bien l'histoire d'Arkadi : en 1866, lors de l'insurrection des Crétois contre l'occupant turc, les villageois de la région trouvèrent refuge dans l'enceinte de ce monastère afin d'échapper aux pillages et aux massacres des troupes de Mustapha Pacha. Un matin de novembre, à l'aube, quinze mille Turcs encerclèrent ces remparts sacrés et déchaînèrent le feu et la mitraille. C'était le 8 novembre 1866, le jour de la fête des archanges Michel et Constantin. Durant tout un jour et toute une nuit, les assiégés d'Arkadi résistèrent héroïquement, à demi asphyxiés par les flammes, la fumée et la poudre dont les Turcs les baptisaient sans discontinuer. Au matin du 9 novembre, les Infidèles ne supportèrent plus de se laisser ainsi narguer par quelques centaines de Crétois sans défense. Ils firent venir de Réthymnon un canon d'une puissance supérieure et tirèrent à boulets rouges sur la porte du monastère, qui finit par céder. A l'intérieur, le père supérieur d'Arkadi, l'higoumène Gabriel, entonna une action de grâces, le saint calice à la main, puis s'écria : « Plutôt mourir que de vivre dans la honte ! » C'est alors que l'un des volontaires, brave entre les braves, Constantin Giamboudakis, se rua vers la poudrière, une torche allumée à la main. Encouragé par les femmes, qui préféraient mille fois la perspective d'une mort héroïque à l'indignité de vivre sous le joug des Turcs, Giamboudakis bouta le feu aux munitions en proférant d'épouvantables jurons. Au moment même où les Infidèles envahissaient la cour du monastère, la poudrière sauta d'un seul coup, tuant net les femmes, les enfants, les moines et aussi quelques centaines de Turcs. Aujourd'hui encore, le souvenir d'Arkadi fait vibrer le cœur de tout Crétois digne de ce nom et se résume en une formule très simple : « La liberté ou la mort ! »

Paraskevi termina sa tirade la voix tremblante et les joues rouges d'émotion. C'était plus fort qu'elle. Chaque fois qu'elle songeait à ce fait d'armes, elle ne pouvait juguler la ferveur qui l'habitait alors, la sainte rage qui prenait possession de son âme et qui la poussait à chanter avec des accents tragiques le martyre des héros d'Arkadi.

Les jambes bien plantées dans le sol, les poings sur les hanches, la nuque renversée, les yeux flamboyants, elle observait Mark avec insolence, dans une attitude de défi qui frisait le mépris.

— Imagine que tes amis les parachutistes soient venus jusqu'ici, Markos. Ils se seraient heurtés à la même résistance. Nous aurions préféré nous faire sauter une seconde fois plutôt que d'être pris vivants. La liberté ou la mort, Markos...

Il baissa les yeux, humilié. Voilà qu'une gamine de dix-sept ans se permettait de lui donner des leçons d'héroïsme, à lui, un parachutiste de la 7e division, à lui, un véritable guerrier allemand, aussi dur que l'acier de chez Krupp ! Mais il n'y avait plus de parachutiste ni de guerrier allemand, il le savait bien. Il n'y avait plus qu'un moine manchot à l'accent étranger qui répondait au nom de Markos. Il ravala sa honte et releva les yeux. Devant lui, les deux enfants aux visages semblables rayonnaient de jeunesse et de grâce dans la pénombre de la poudrière.

C'est alors qu'il prit sa décision. Il partirait la nuit prochaine. Il quitterait à jamais ce monastère qui l'avait accueilli, ces moines qui l'avaient soigné. Sans un regard en arrière, il reprendrait la route de la vallée et rejoindrait ses camarades ; ceux qui s'étaient réfugiés, selon Paraskevi, dans cette église de Perivoglia, à l'est de Réthymnon. Sa place était parmi eux, parmi ces soldats défaits, agonisants, désespérés. Il mourrait à leur côtés, au milieu des blessés, des estropiés, des gangrenés ; il mourrait de la même mort, de la mort sale, vilaine, puante, dont avaient voulu le tirer ces deux enfants de lumière qui le dévisageaient en silence, le frère avec compassion, la sœur avec une expression désormais hostile — Panayotis avait menti, elle ne l'aimait pas, elle le haïssait. Ces enfants lui avaient accordé un sursis auquel il ne se sentait aucun droit, lui avaient insufflé la tentation de l'éternité, à laquelle il s'était presque laissé prendre.

Le soir même, il se faufila sans bruit hors de sa cellule. Il avait enfilé tant bien que mal ses vêtements militaires, et la manche gauche de son blouson pendait piteusement comme une baudruche dégonflée.

Lors de sa visite du monastère, en compagnie de Panayotis, il avait remarqué, dans le flanc est de la muraille d'enceinte, une poterne dérobée qui ne fermait pas à clé et ouvrait sur l'extérieur. C'est par cette issue qu'il s'enfuirait, sans attirer l'attention des moines. Il n'avait prévenu personne de son départ. Cela valait mieux ainsi. Panayotis aurait tout fait pour l'en dissuader. Et Paraskevi ?... D'un bref mouvement de tête, il chassa la vision de la jeune fille qui, jour après jour, nuit après nuit, s'imprimait davantage en lui, et traversa la cour du monastère. Une hulotte hua dans la nuit noire.

11

Perivoglia, long serpent de sable et de gravillons hérissé de canons et de fusils-mitrailleurs, agonisait lentement au bord de la mer. Les forces alliées — deux bataillons australiens, quatre bataillons grecs, soit trois mille hommes en tout, à quoi s'ajoutaient huit cents gendarmes crétois — bloquaient les abords de l'aéroport de Réthymnon. L'après-midi du 20 mai, ils avaient mitraillé le ciel sans relâche, faisant exploser en l'air les grappes de fruits mûrs qui leur tombaient dessus. Entre 15 h 45 et 17 heures, les mille deux cents hommes que comptait le 2e régiment de parachutistes allemands furent largués à l'est et au sud-est de la ville. Sur le nombre, quatre cents avaient déjà lavé le sol de Crète avec leur sang. Quatre cents autres divaguaient dans les montagnes, blessés, perdus, sans eau ni nourriture. Les quatre cents restant s'étaient repliés dans l'enceinte de l'église de Saint-Georges, posée sur les hauteurs de Perivoglia.

Cette église était une souricière. Les Allemands qui s'y étaient réfugiés ne pouvaient plus en sortir, au risque de s'exposer au feu ennemi. Depuis trois jours, la 19e brigade australienne du brigadier G.A. Vasey, une compagnie de mitrailleuses australienne et deux bataillons d'evzones grecs du contingent, vêtus de fustanelles, de fez cramoisis et de tsarouks à pompons, faisaient le siège du saint lieu et s'évertuaient à en rendre le séjour invivable en pilonnant les murs au mortier. Par deux fois, les evzones chargèrent, l'arme au clair, mais ne purent libérer l'église de Saint-Georges. Les Australiens jugèrent plus stratégique de creuser des tranchées tout autour. A défaut de pelles, ils utilisèrent le bord de leurs casques pour remuer la terre.

Les Alliés n'étaient pas suffisamment armés pour attaquer de front le nid d'Allemands. Ils avaient bien deux tanks, mais le premier était en panne, tandis que le second était resté bloqué dans un fossé dès le premier jour. Les hommes étaient munis de fusils italiens, confisqués au début de la guerre aux soldats de Mussolini, mais ils n'avaient pas assez de cartouches. Et puis, s'ils tenaient en joue les quatre cents parachutistes échoués, ils se trouvaient eux-mêmes sous le tir incessant des bombardiers allemands, les Stukas et Messerschmitts, suivis des troupeaux de Ju 52, énormes pachydermes volants qui broutaient les nuages tout en poussant d'épouvantables barrissements.

Le pire, dans les Stukas, c'était le bruit. Sous la carlingue des avions, les Allemands avaient installé des sirènes qu'ils actionnaient en plongeant sur leurs cibles. Exactement comme des moustiques. Des moustiques de mort. Les Australiens avaient l'habitude des bombes et s'en moquaient. Mais ces miaulements stridents, ces sifflements de haine avaient de quoi leur glacer le sang.

Rendus fous par les sirènes des Stukas, épuisés par les nuits à dormir dehors, énervés par les disputes incessantes, les bagarres pour se procurer une ration de plus, les litres de bière ingurgités — pas question de goûter à cet alcool local que les indigènes nommaient raki ! —, les journées trop chaudes, le temps immobile, l'ennui, le désœuvrement, l'anarchie ambiante et les rivalités entre Australiens, Néo-Zélandais, Maoris, Britanniques, Grecs et Crétois, les soldats alliés désertaient parfois leurs positions et s'enfuyaient dans les montagnes, ivres, seuls et désespérés. Ces soldats perdus erraient dans la campagne, buvant de la bière, faisant des cartons sur des boîtes de conserve, la nuit tirant dans le noir, en visant la lune.

Le sort des parachutistes retranchés à l'intérieur de l'église de Perivoglia n'était pas plus enviable. Leur équipement ne prévoyait qu'un jour de rations alimentaires et une trousse de secours d'urgence. Après trois jours d'enfermement, ils n'avaient plus ni à manger, ni à boire, ni de quoi soigner les nombreux blessés. Emmitouflés dans leur tenue de camouflage — cape verte arrivant aux genoux, bottes montantes à semelle de crêpe lacées sur les côtés, poignets et chevilles bandés, épaules et genoux rembourrés —, ils ressemblaient à de gigantesques chauves-souris aux corps enchevêtrés dans l'obscurité de l'église. La nuit, certains se coulaient audehors et rampaient jusqu'aux lignes ennemies pour implorer à boire. Ils se constituaient prisonniers pour une gorgée d'eau.

Des hôpitaux de campagne avaient été improvisés en bordure du champ de bataille. On y soignait pêlemêle soldats alliés et paras allemands. Les médecins militaires avaient les mains couvertes de sang, les yeux brouillés par la sueur qui leur coulait du front. Dans ces hôpitaux de fortune, on ne guérissait pas les blessés ; on les aidait à mourir en de moins grandes souffrances, grâce à un peu de quinine ou une lampée d'alcool.

Le vendredi 23 mai, une trêve de trois heures fut conclue entre les deux camps. Juste le temps nécessaire pour donner une sépulture aux cinq cents cadavres qui jonchaient le sol et dont la putréfaction en plein soleil commençait d'attirer les rats. Les médecins craignaient une épidémie de choléra. Soixante-dix parachutistes allemands, volontaires pour aller enterrer leurs camarades, profitèrent de cette trêve pour se rendre à l'ennemi. Ils avançaient en désordre, les mains ouvertes, un mouchoir blanc serré autour du front, et baragouinaient des prières en anglais. Leurs yeux étaient effrayants, pareils à ceux du bétail qu'on mène à l'abattoir. Ils avaient vingt ans et leur vie ne signifiait plus rien. Ils ne croyaient plus en Dieu, ni en Hitler, ni surtout en eux-mêmes.

Mark Fafner ne rejoignit ses camarades que le lundi 26 mai, à la tombée du soir. Toute la journée il s'était caché à l'ombre d'une futaie, en bordure du village d'Amnatos, attendant le moment propice pour franchir les lignes ennemies. Depuis son refuge de bois et de feuilles, il avait contemplé avec effroi les tombereaux de bombes renversés sur les routes en averses de grêle, les ruisseaux incendiés par la mitraille, la terre qui tremblait, les sentiers défoncés, les fleurs réduites en cendres, la colère des hommes. Il songeait à la Crète envahie, à son bras blessé, à la plainte des agonisants qui éveillait les morts dans leurs sépulcres, à la paix du monastère d'Arkadi, à l'amour de Paraskevi. Il crut distinguer des formes noires aux ailes membraneuses qui se dressaient devant lui et le menaçaient du doigt. Au loin l'horizon s'effritait et laissait voir, sous le crépi nuageux du ciel, un mur.

Il se coula entre les tranchées, rampa au milieu des fourrés en s'aidant de son bras valide, se faufila entre les tombes du petit cimetière qui jouxtait l'église, se glissa vers le seuil et bascula dans les bras de saint Georges.

L'odeur le prit immédiatement à la gorge. Une odeur de sanie et d'excréments, à quoi se mêlaient des relents de sueur séchée, d'urine ammoniaquée et de régurgitations fétides. L'odeur des hommes qui ont peur et qui vont mourir.

La place manquait pour s'étendre, aussi les soldats se tenaient-ils assis les uns contre les autres, au coude à coude ou dos à dos, en un long tricot de chair à demi démaillé. Il s'affala au hasard, au milieu de la puanteur. Il bouscula un dos qui se contracta en maugréant. Il s'excusa et le dos fit volte-face en émettant un juron. Mark crut bon de se justifier.

— J'étais sorti pisser.

Un frisson le saisit, se mua en panique. Pour échapper à la peur qui lui fouaillait le ventre, il se leva et, enjambant les corps répandus, se dirigea vers le fond de la nef, attiré par un bouquet de lucioles qui clignotait faiblement dans la pénombre. Il s'agissait de veilleuses à courtes mèches trempant dans l'huile d'olive et posées en rangées doubles le long de l'immense iconostase en bois peint. Là, devant lui, des dizaines de visages de saints aux visages émaciés et hiératiques le toisaient, l'air sévère. Il laissa son regard errer le long de ces faces peintes qui le jugeaient en silence, lorsque son attention fut attirée par une très vieille icône dont le temps avait à demi effacé le motif. Il discerna avec peine une forme à cheval ainsi qu'une sorte de gros serpent lové à terre. Seul le visage du cavalier était reconnaissable. Un visage juvénile, aux traits féminins mais à l'expression farouche, encadré de cheveux bouclés et ouvert sur deux yeux jaunes qui irradiaient une clarté presque surnaturelle.

L'invasion aérienne avait échoué à Réthymnon ; elle avait échoué à Hérakleion ; à Malème, près de La Canée, un faible espoir subsistait. Depuis leur QG implanté dans les salons de l'hôtel Grande-Bretagne, sur la place Syntagma d'Athènes, les généraux allemands décidèrent de concentrer l'ensemble des forces encore disponibles sur ce dernier objectif. Malème fut pris dans la journée du 23. Chars, motocyclistes et divisions de montagne purent enfin débarquer et essaimer en direction de l'ouest. A Kastelli, la 5e division de montagne découvrit les soixante-quatorze parachutistes du groupe Muerbe gisant sans sépulture. Leurs corps étaient gravement mutilés, au point que le général Alfred Schlemm, chef d'état-major du 11e corps aérien, exigea à la fin de la guerre l'ouverture d'une enquête afin que les Crétois fussent convaincus de crimes contre l'humanité. En représailles immédiates, deux cents civils furent fusillés le mardi 27 sur la place de Kastelli, et les villages voisins de Skinès, Prasses et Kundanos furent rasés. Les motocyclistes allemands reprirent leur route vers l'ouest, afin d'opérer la jonction avec les parachutistes isolés de Réthymnon.

Le mercredi 28 mai, les Australiens lancèrent une nouvelle offensive pour libérer l'église de Perivoglia. Quatre-vingts parachutistes furent tués, mais l'église ne fut pas prise.

Le jeudi 29, dans l'après-midi, Réthymnon et Perivoglia furent envahis par une nuée de motocyclistes qui venaient enfin relever les troupes aéroportées. Les camions, acheminant le matériel lourd, les rejoignirent à l'aube du vendredi 30. Les Australiens, à court de nourriture et de munitions, se rendirent aussitôt. Après dix jours de siège, les parachutistes survivants quittèrent l'église de Saint-Georges, la plupart sur des civières ou des brancards. Le général Karl Student, chef de la 7e division de parachutistes, les passa en revue, leur offrit des décorations et leur expliqua qu'ils étaient des héros. Le samedi 31, Mark Fafner et ses camarades firent une entrée triomphale dans Réthymnon libérée de la présence alliée. Après onze jours, la bataille de Crète avait été gagnée par l'armée allemande. Toutes les cloches des églises de la région carillonnaient à toute volée. Les soldats crurent que c'était en leur honneur. En réalité, elles sonnaient la fête des Défunts, veille de la Pentecôte orthodoxe.

TROISIÈME PARTIE

Le berceau de Zeus

12

La Crète est un gros animal assoupi sur ses griffes, une sorte de monstre marin exhumé des fonds de l'océan, dont les pieds de sable plongent dans la mer et l'épine dorsale des montagnes caresse les étoiles. Ce Léviathan au corps rêche et écailleux, pelé l'été, enneigé l'hiver, possède un souffle propre, une respiration bruyante qui hérisse le pelage de ses garrigues, ébouriffe la chevelure argentée de ses oliviers, tord les doigts noirs et fourchus de ses vignes, et ce souffle, cette respiration, ce sont les vents de la Crète, les douze vents furieux qui galopent sur l'échine du monstre en hurlant ainsi qu'une meute de loups, Borée l'enragé surgi du nord et balayant tout sur son passage, Notos le sulfureux bondissant au sud et asséchant les récoltes, Euros le robuste qu'exhale le sud-ouest étourdissant les bergers et égarant les troupeaux de chèvres, sans compter Zéphyros le caressant, Meltem le gifleur et tous les autres enfants capricieux d'Eole.

Sur cette carapace sèche et ventée de monstre mythologique qu'est la Crète, des êtres humains ont élu domicile, fondé des villes et bâti des maisons.

Mais ils l'ont fait en s'adaptant au relief contrasté du terrain, en respectant le sommeil agité du monstre, de crainte qu'éperonné trop fortement par les talons des hommes il ne s'éveillât en sursaut et ne leur crachât au visage le feu de son haleine pestilentielle et empoisonnée. L'île de Crète compte trois villes, mais aussi mille villages essaimés en grappes d'huîtres blotties dans les replis de l'animal fantastique, et ces mille huîtres ont elles-mêmes sécrété des milliers de perles blanches, et ces perles sont les milliers d'églises, chapelles et oratoires destinés autant à attirer la mansuétude du Dieu céleste qu'à conjurer et apaiser la colère des démons enfouis dans l'écorce du monstre.

Le monastère d'Arkadi se tient à mi-chemin entre la mer et la montagne. La route sinueuse et serpentine qui y conduit s'arrête brusquement à cent mètres du monastère, et avec elle les véhicules mécanisés, bus, voitures ou motos. Au-delà s'amorce une piste accessible aux humains allant à pied et aux mules. Cette piste escalade les trois mille mètres d'altitude du mont Psiloritis au front ceint de nids d'aigles, avant de redescendre au flanc de la montagne jusqu'à la grotte de l'Ida.

Là-haut vivent les dieux. Le Dieu compatissant et miséricordieux de la liturgie byzantine en sa Trinité triomphante, mais aussi les divinités paniques survivantes d'anciennes mythologies, et encore les dieux noirs et barbares issus du Chaos originel. Les montagnes de Crète sont si proches du ciel, et leur air est si pur, si enivrant, si léger, que les dieux n'y meurent jamais ; ils y cohabitent en un Panthéon multiple, un Elysée formidable, un Pandémonium grouillant de mille présences invisibles, sournoises ou bienveillantes, avisées ou mutines, qui en ce lieu préservé inspirent les hommes ou se rient d'eux. Les aigles, âmes fières et rebelles, âmes profondément crétoises, regardent sans ciller le soleil en face. Quiconque s'aventure aussi haut sans faiblir en chemin devient à son tour un peu l'égal d'un dieu. Au sommet du Psiloritis il découvre à la fois son origine et son but, sa mémoire ancestrale et sa prescience de la fin, le sentiment de son unité.

Mais là-haut l'exigence de l'air est trop impérieuse pour les simples humains. En redescendant les pentes du mont Psiloritis, le randonneur retrouve l'homme divisé qu'il a laissé en route, rechausse les habitudes de ses peurs, retourne à l'égarement de sa vie. Dans ses yeux demeure encore quelque temps un éclat étrange, une lueur qui n'est pas d'ici-bas et étonne les gens des plaines. Un regard crétois. Bientôt, cette flamme vacille à son tour et s'éteint. Chez certains elle subsiste pourtant, et ils l'emportent avec eux au bout du monde sans qu'elle défaille jamais. Ceux-là sont élus et maudits à la fois, car ce qu'ils ont emporté au fond de leurs prunelles, c'est une parcelle du feu que Prométhée déroba aux dieux.

Par une claire matinée du printemps 1943, douze hommes dévalaient les pentes encore enneigées du Psiloritis. Coiffés de toques noires, le visage mangé de barbe, le corps engoncé dans des manteaux taillés dans les peaux laineuses de béliers qui sentaient encore le suint, chaussés de bottes noires à longues tiges, ils descendaient l'un derrière l'autre l'étroit sentier chevrier tout en braillant une chanson de marche :

Elefteris, quelle crête escalades-tu ?
Quelle ville traverses-tu ?
Sur quelle colline reprends-tu ton souffle ?

— Je marche à travers la Crète libre,
Je cours au milieu de mon peuple.
Et ma poitrine affranchie
Respire la douceur de vivre,

Et mon ombre dessine l'étendard de l'Orient et de
[l'Occident,
En le voyant, les hommes deviennent plus braves
Et les filles plus jolies,
Et les esclaves, en le voyant, brisent leurs chaînes.

Ils débouchèrent enfin sur une large esplanade qui surplombait le versant sud de la vallée. Par beau temps, le regard portait au loin, jusque dans la plaine d'Amari et ses vergers en fleur. On aurait pu voir s'approcher un convoi ennemi des heures à l'avance. Mais l'ennemi ne s'aventurait pas volontiers dans les monts de l'Ida. Car c'est là que vivaient, l'arme au poing, les Andartès. Depuis deux ans, les partisans crétois nichaient dans les sommets, aigles noirs toujours prêts à fondre sur leur proie.

A l'aplomb du rocher, affleurant l'esplanade, s'ouvrait la gueule d'ombre d'une grotte de vastes proportions qui plongeait dans les entrailles de la terre. C'était la grotte de l'Ida, où jadis l'enfant Zeus avait trouvé refuge pour échapper aux mâchoires d'ogre de son père Chronos qui, de crainte d'être un jour destitué, dévorait ses fils à leur naissance. Le dieu des dieux s'était nourri du lait des brebis et du miel des abeilles, avait puisé sa force dans la terre de Crète. Un beau jour il était sorti de la grotte, son arme à la main, et il était descendu de la montagne pour tuer son père et prendre sa place. Les Andartès, à leur tour, grandissaient en force et en puissance sous la protection de la grotte divine, leur mère. Lorsqu'ils jaillissaient de la grotte, ils étaient invincibles. Ils empoignaient leurs fusils, couraient dans la vallée pour tuer les usurpateurs qui avaient pris le contrôle de la Crète aux cris de : « *Aéra !Aéra !* », Aéra : l'air, le vent, la tempête de la liberté. Mais les Chronos en uniforme vert-de-gris étaient trop nombreux et trop bien armés ; après quelques échauffourées, les enfants de Zeus revenaient s'abriter dans le berceau de l'Ida.

Les douze hommes s'engouffrèrent dans la bouche de la grotte et se laissèrent couler jusqu'à son soubassement, une trentaine de mètres plus bas. Des torches allumées les guidaient dans le noir, ainsi qu'un grand feu qui jetait des éclats blafards sur les parois de la caverne. Une rivière souterraine se faufilait à travers les roches moussues et résonnait parfois de clapotis étranges. Des corbeaux tournoyaient sans fin tout là-haut, sous la coupole granitique qui tenait lieu de ciel.

En bas se tenait le camp des Andartès réunis autour du capétan Mavros. Depuis le début de la guerre, ils avaient élu domicile au fond de cet antre, où ils se trouvaient davantage en sécurité qu'à l'air libre. Les premiers temps, ces montagnards habitués au soleil et au vent s'étaient plaint de la fraîcheur humide de ce refuge improvisé, et surtout des ténèbres éternelles dans lesquelles ils étaient plongés. Mais à l'amorce de l'hiver, la grotte les avait préservés de la neige et du froid, la rivière souterraine leur avait fourni du poisson, et leurs yeux lentement accoutumés à l'ombre voyaient luire des gemmes, des esquilles de mica, des lucioles et des fumerolles qui leur rappelaient les étoiles brillant au firmament du ciel de Crète. Durant des semaines, les partisans ne voyaient pas le jour, vivant en parfaits troglodytes au fond de leur caverne. Ils ne regagnaient l'extérieur qu'à l'occasion d'une mission précise qui les dépêchait, seuls ou en commando, à travers les montagnes.

Les douze hommes furent accueillis par des bourrades et des accolades. Ils revenaient de la région d'Arkadi, de l'autre côté du mont Psiloritis, où ils avaient tendu une embuscade aux Allemands. L'embuscade avait réussi ; une dizaine d'Allemands avaient péri ; les Andartès, eux, étaient au complet, riches de quelques fusils supplémentaires. Fiers de leur action, heureux de vivre, ils s'ébrouaient dans le noir, devant le feu sur lequel leurs camarades venaient d'embrocher un chevreau en leur honneur. La famine avait été terrible durant l'hiver, mais les villageois de la région offraient le peu qu'ils avaient aux combattants de la liberté. Les Andartès ne manquaient jamais de rien. On ne fait pas la guerre avec le ventre vide.

Soudain, les hommes se figèrent, au garde-à-vous. Leur chef, le terrible capétan Eleftéris Mavros, dressait sa haute et imposante stature au-dessus des flammes. Son visage était sombre, comme à l'accoutumée, et ses yeux brûlaient d'une fièvre intérieure. Yannis, son premier palikare, qu'il avait chargé de la périlleuse mission, fit un pas en avant.

— A tes ordres, capétan. Nous en avons tué dix...

— Qu'avez-vous fait des corps ?

— Nous les avons laissés là-bas, à l'entrée de Margaritès.

— Il fallait les cacher, les jeter dans un ravin ! Tu n'as pas pensé aux représailles ? Dix Allemands supprimés, c'est cent Crétois fusillés. Tu connais pourtant le tarif, Yannis ?

— Oui, capétan... Mais nous n'avons pas eu le temps de...

— C'est une erreur. Si les Allemands brûlent Margaritès après avoir enfermé les femmes et les enfants dans l'église, comme ils l'on fait à Skinès, ce sera de ta faute, Yannis. Tu en as conscience ?

— Oui, capétan.

— Déshabille-toi.

Sans un mot, Yannis ôta son manteau de peau puis sa chemise noire, apparut torse nu. Il savait qu'il était inutile de discuter les ordres du Lion. Il lui faudrait subir bravement la correction que ce dernier avait choisi de lui infliger. Trente coups de fouet.

Eleftéris déroula une longue cravache en cuir tressée, haute d'un bon mètre, et la fit claquer trois fois en l'air pour l'assouplir et la sentir à sa main. Yannis s'était placé de dos, jambes écartées, bras appuyés contre la roche, et attendait. Autour de lui, les Andartès faisaient silence. Eleftéris s'approcha du palikare et, pesant de toutes ses forces sur le manche de la cravache, lui cingla les reins et les épaules avec une rare violence. Le sang gicla aussitôt, et le dos de Yannis se couvrit de zébrures rouges qui s'entrecroisaient à la façon des mailles d'un filet de pêche. Il serrait les dents pour ne pas hurler. Au vingtième coup, il s'effondra à terre, étourdi. Il fallut le ranimer en lui jetant de l'eau au visage. Deux hommes le relevèrent, le maintenant par les épaules, tandis qu'Eleftéris, le visage blême de rage, le flagellait derechef. Au trentième coup de fouet, il s'arrêta, épuisé, nettoya les lanières engluées de sang en les faisant glisser à l'intérieur de sa main arrondie en fourreau, puis s'éloigna, solitaire, tout au fond de la grotte. Les Andartès tentèrent de réveiller leur camarade évanoui en lui frottant les lèvres de raki. Mais il était trop tard. Le cœur du jeune homme avait brusquement lâché. Le palikare était mort.

Le capétan Michalis avait sa tête des mauvais jours. Celui qu'on avait surnommé le Sanglier, à cause de sa hure épaisse et sauvage, fumait un long chibouk tout en observant le capétan Mavros du coin de l'œil. D'épaisses volutes de fumée s'échappaient de ses narines dilatées. Les deux hommes étaient assis à la turque à l'entrée de la tanière du Sanglier, une anfractuosité percée dans la montagne à proximité de la grotte de l'Ida. Entre eux, posés sur une couverture à mule en laine rouge et noire, dans laquelle s'enveloppait le capétan pour dormir, une calebasse de raki et deux verres. Sur un petit feu de bois, un briki rempli d'eau et de café moulu chantait doucement. Les deux chefs tenaient un conseil de guerre. Le Sanglier parla le premier.

— Yannis était brave. Il nous manquera.

— Pas assez résistant. Son cœur battait la breloque. Un Andartès doit être un homme de fer.

— C'était ton premier palikare. Par qui vas-tu le remplacer ?

— Je ne sais pas encore. Mes hommes sont tous des poules mouillées.

— Ce n'est pas vrai, capétan Mavros. Ils sont aussi forts et courageux que les miens. Mais tu es trop dur avec eux. Un homme n'est pas un cheval, ou un chien, qu'on dresse à coups de cravache. Ce sont les bêtes et les esclaves que l'on fouette, pas les hommes libres.

— Tais-toi, capétan Michalis ! Je n'ai pas de leçons à recevoir de toi ! Je ne te demande pas comment tu diriges tes hommes, alors laisse-moi tranquille !

Le Lion s'était dressé, prêt à briser là. Prompt à la colère, il n'admettait ni la critique, ni la contradiction, fussent-elles émises par son vieux camarade de guérilla, le robuste Sanglier, le seul en qui il eût quelque confiance. Le capétan Michalis modula un impeccable rond de fumée tout en agitant la main en signe d'apaisement.

— Calme-toi, capétan Mavros, et rassieds-toi. Nous n'avons pas fini de parler. Il faut que je t'entretienne d'une question grave. Tiens, bois une tasse de café avec moi, il est bien chaud.

— Merci, capétan. Mais je préfère le raki.

— A ton aise. Sers-toi.

Le Sanglier, délaissant un instant son chibouk, se versa sa dixième tasse de café de la matinée tandis que le Lion portait la calebasse à ses lèvres, se vidant une large rasade d'alcool dans le gosier. Bien désaltérés, leur colère tombée, les deux chefs purent reprendre leur dialogue.

— Qu'as-tu à me dire, capétan Michalis ?

Le Sanglier avala une dernière gorgée de café, aspira une large bouffée de son chibouk, s'entoura d'un épais nuage de fumée odorante et, les yeux fixés dans le lointain, fit son rapport d'une voix neutre.

— J'ai parlé avec les autres capétans de la région de Réthymnon, le capétan Bandouvas et le capétan Satan, afin de trouver un moyen de coordonner nos actions. Nous ne pouvons plus nous contenter de frapper les Allemands au hasard, car les représailles sont féroces et ce sont les civils qui en subissent les conséquences. Il nous faut désormais choisir nos cibles de façon stratégique. Le but ne doit plus être de tuer des Allemands, mais d'intercepter leurs approvisionnements, détruire leurs dépôts d'armes, enrayer la mécanique. Chaque action doit être motivée et approuvée par le conseil des capétans, afin de justifier le martyre de nos compatriotes qui seront fusillés à notre place par les Allemands. Les officiers anglais qui nous ont rejoints dans le maquis sont entièrement de cet avis...

Le capétan Mavros cracha par terre avec une moue de dégoût.

— Les Anglais ? Pouah ! Ce ne sont pas des hommes... Ils n'ont ni poils ni barbes, boivent du thé toute la journée. J'en ai même vu porter des jupes et souffler dans des outres miaulant à la manière des chattes en chaleur...

— Tu parles des bataillons d'Ecossais qui ont combattu les parachutistes au début de la guerre ? C'étaient des braves, qui allaient au combat au son de la cornemuse.

— Les Anglais n'ont pas empêché les Allemands d'envahir la Crète...

— Mais sans eux nous ne serions pas ici, capétan Mavros, à bavarder tranquillement. Buvons...

Les deux hommes burent encore, qui du café, qui du raki. Le chibouk sifflait à la façon d'une vipère entre les dents du Sanglier qui reprit son discours.

— Nous sommes entrés dans une nouvelle phase de la résistance, capétan Mavros. Une phase d'espionnage. Les Allemands ont leurs espions, de mauvais Crétois, traîtres et collaborateurs, qui dénoncent les civils qui nous viennent en aide. Il nous faut à notre tour infiltrer l'occupant, afin d'obtenir des informations plus précises. Nous aussi, nous devons avoir nos espions.

— L'espionnage, cela regarde tes amis anglais de l'Intelligence Service. Nous, nous sommes des guerriers...

— Les agents secrets anglais sont en contact radio permanent avec Le Caire. Ils sont vêtus à la crétoise et ont appris notre langue. De loin, ils passent vraiment pour des Crétois. Mais s'ils allaient discuter avec les Allemands, ils seraient trahis par leur accent et leurs barbes blondes. Non, il faut trouver des volontaires dans nos rangs. De fidèles Andartès qui, pour les besoins de notre cause, acceptent de jouer double jeu et fassent semblant de collaborer avec les Nazis.

— Tu ne sais plus ce que tu dis, capétan Michalis ! Ce serait un déshonneur pour nous tous !

— Réfléchis bien, capétan Mavros. Il y a de multiples façons de servir sa patrie. Parfois, il faut savoir faire taire le fusil et agir par ruse.

— On m'appelle le Lion, pas le Renard !

— Et moi le Sanglier, capétan Mavros, ne l'oublie pas. Je suis têtu, et lorsque je charge, il vaut mieux ne pas se trouver sur mon passage ! L'un des chefs de l'Intelligence Service, celui que nous avons rebaptisé Dionysos, doit nous rejoindre dans quelques jours pour faire le point avec nous. Je te demande de penser à ce que je viens de te dire, et de désigner parmi tes hommes celui qui serait le mieux qualifié pour servir d'espion. Ce sera pour lui une tâche ingrate et dangereuse, aussi choisis-le bien, capétan. S'il est découvert, il devra supporter la torture sans parler... Yannis aurait été parfait. Mais à présent...

Bouillonnant de rage, le capétan Eleftéris Mavros refusa d'écouter un mot de plus. Il se déplia de tout son long et sa statue massive boucha totalement l'entrée de la caverne. Puis le soleil se remit à briller et le capétan Michalis cilla imperceptiblement. Le capétan Mavros avait disparu.

Paraskevi enseignait à la jeune Cristina la meilleure méthode pour rouler des cartouches. Assise en tailleur à l'entrée de la grotte de l'Ida, le visage en plein soleil, elle arrachait les pages parcheminées d'un livre de prières fourni par les moines d'Arkadi, les remplissait de poudre et de grenaille, puis les roulait comme des cigares dont elle refermait l'extrémité sur un culot métallique. Cristina, qui n'avait jamais osé toucher à une arme à feu de sa vie, demeurait bouche bée.

— Pourquoi déchires-tu l'Evangile, Paraskevi ? N'est-ce pas un blasphème ?

— Au contraire, Cristina. L'higoumène Emmanuel nous a bien recommandé de n'utiliser que ces feuilles sacrées pour rouler nos cartouches. Il prétend qu'il s'agit de la meilleure façon d'administrer la communion aux Infidèles...

Cristina frissonna, mal à l'aise. Jamais le papas de son village n'aurait dit une chose pareille. Décidément, ces Andartès n'étaient que des brutes épaisses, sans loi et sans Dieu, et les moines rebelles d'Arkadi ne valaient guère mieux. Dans la vallée, n'avait-on pas surnommé l'higoumène Emmanuel « le papas au tromblon » ? Est-ce le rôle d'un chrétien de faire la guerre ? Un homme de Dieu a-t-il le droit de tuer son prochain sous prétexte qu'il s'agit d'un « ennemi de la patrie » ? Cristina venait de la plaine d'Amari, avait passé son enfance à l'ombre des citronniers, des cerisiers, des figuiers, des noyers, des myrtes et des lauriers-roses, n'avait appris que les travaux de femmes et respectait la religion. Tout la distinguait de ces montagnards rustauds et cruels. Sans Périklès, jamais elle ne serait venue chercher refuge dans ce repaire de loups.

Mais il y avait Périklès, le beau Périklès. Cristina se souvenait de lui tel qu'elle l'avait vu le premier jour : haut de taille, la minceur d'un saule, la crinière bouclée d'un mouton noir, le visage pur d'une madone. Et toujours mis à la façon d'un prince : des bottes blanches, des fustanelles, des gilets brodés, des grelots à ses manches, des pistolets d'argent et cette façon cavalière de rejeter son mouchoir de tête sur l'arrière du front ! Périklès était le descendant d'une riche famille d'Amari, mais il avait quitté volontairement la quiétude des plaines pour aller s'enrôler dans la bande d'Andartès du capétan Mavros. Un aristocrate égaré parmi des bandits de grands chemins. Mais comment Cristina aurait-elle pu continuer à vivre loin de lui ? Elle savait que des femmes vivaient avec les Andartès, se battaient à leurs côtés. Pourquoi pas elle ? C'est pourquoi elle avait pris un beau matin le chemin des monts de l'Ida pour venir rejoindre l'homme de ses pensées.

Cristina soupira profondément. Elle ne prêtait plus aucune attention à ce que lui expliquait Paraskevi. Pourtant, les deux jeunes filles étaient du même âge. A peine dix-neuf ans. Mais Cristina ne rêvait que d'une chose : épouser Périklès, s'installer avec lui dans une gentille petite demeure environnée d'arbres fruitiers et lui donner une bonne demi-douzaine d'enfants. Paraskevi, elle, ne s'occupait que de cartouches, de fusils et de guerre. On aurait dit que dans sa vie l'amour n'avait aucune place. Pourtant, elle était la fiancée du redoutable capétan Mavros, mais personne ne les avait jamais vu échanger une caresse, un regard ou un mot tendre. Le Lion et sa lionne ne songeaient qu'à la lutte. En outre, le groupe des Andartès était assujetti à une discipline extrêmement rigoureuse, d'inspiration monacale autant que militaire, et dont les interdits s'étendaient jusqu'au domaine affectif et sexuel.

Elefteris était très strict sur ce point. Il avait décrété que tant que la Crète ne serait pas libérée, il n'y aurait plus ni hommes, ni femmes, mais uniquement des combattants en lutte. Pas question de lier des intrigues amoureuses. Les rapports sexuels étaient bannis. Les femmes qui avaient rejoint les rangs des Andartès devaient être traitées en simples camarades par leurs collègues masculins. Elles étaient des soldats, ni plus ni moins, vêtues de braies, de chemises noires et de bottes, et n'avaient droit à aucun égard particulier. Cristina avait dû se plier à cette règle de fer.

— Tu rêves encore, Cristina ? Aide-moi à garnir la cartouchière. Ensuite je te montrerai comment charger le fusil...

— Oui, Paraskevi, excuse-moi...

C'est alors qu'un chant lointain retentit dans les montagnes. Cristina releva brusquement la tête, et un sourire s'épanouit sur son visage. Elle venait de reconnaître la voix puissante et bien timbrée de Périklès.

Quand le ciel s'éclaircira,
Quand reviendra le printemps,
Je prendrai mon fusil,
Ô ma sainte patronne.
Je descendrai dans la plaine d'Omalos,
Je suivrai le chemin de Moussouro...

Cristina se dressa d'un bond et courut à l'extrémité de la plate-forme qui prolongeait l'entrée de la grotte, afin de mieux entendre.

— Quel beau chant, Paraskevi, tu ne trouves pas ?

— Il date du début du siècle dernier, aux temps de la lutte contre les Turcs. A l'époque, les Andartès s'étaient réfugiés au sommet des montagnes Blanches, à l'ouest de l'Ida. A Pâques, pour fêter le Christ ressuscité, ils descendaient de leurs montagnes enneigées, empruntaient le chemin muletier de Moussouro, qui conduit de la plaine d'Omalos jusqu'aux faubourgs de La Canée, et tuaient tous les Turcs qu'ils rencontraient. Lorsqu'ils tombaient aux mains de l'ennemi, ils étaient conduits à la prison d'Aghia, au sud de la ville, où ils étaient pendus ou écorchés vivants...

— Tais-toi, Paraskevi, tu me fais peur... Ecoute... Ils se rapprochent... Les voilà !

Les fiers Andartès débouchèrent sur la plate-forme dans un envol de bottes qui les enveloppait de poussière. Parmi eux, Périklès se distinguait par sa prestance et son élégance. A ses côtés se tenait un étranger, aussi grand que lui, vêtu à la crétoise, mais dont la barbe et les favoris étaient d'un roux flamboyant. Il portait, non pas un fusil, mais un appareil photographique en bandoulière. Toujours riant et chantant, les hommes s'engouffrèrent dans les profondeurs de la grotte.

Cristina avait dévalé la pente la première, s'était ruée vers la citerne pour y remplir un verre d'eau. Périklès devait avoir soif. Elle lui donnerait à boire, l'aiderait à retirer ses bottes puis lui laverait les pieds et les mains.

Les hommes se regroupèrent autour du feu qui brûlait nuit et jour au fond de la caverne, réchauffant leurs mains saisies de froid. Cristina s'approcha d'eux, le verre à la main. Périklès discutait avec le géant roux et ne faisait pas attention à elle. Elle s'approcha de lui, se prosterna et lui tendit le verre. Avant même que Périklès ait remarqué l'offrande, le verre fut happé par la lanière d'un fouet et alla se briser contre une paroi. Eleftéris surgit de l'ombre, le visage rougi par les flammes.

— Un soldat ne doit jamais servir un autre soldat, encore moins s'incliner devant lui ! Un soldat ne doit obéissance et allégeance qu'à son chef, et le chef, ici, c'est moi ! Compris ?

La main de Cristina saignait un peu, et des larmes brouillaient son regard. Jamais elle ne pourrait s'habituer à la méchanceté et à la cruauté de ce capétan Mavros. C'était un diable, un fauve assoiffé de sang, un oiseau de proie acharné à sa charogne. Pourquoi

Périklès avait-il rejoint un tel homme ? D'où provenait l'admiration sans borne qu'il lui vouait et qui lui avait fait abandonner ses possessions et ses vergers ? L'inconséquence et la légèreté des hommes sont parfois insondables.

L'intervention du capétan Mavros avait jeté un froid parmi les nouveaux arrivés. Périklès se ressaisit le premier et présenta l'étranger roux à son chef.

— Capétan Mavros, voici Dionysos, un officier anglais qui va rester avec nous quelques jours, avec ta permission. Le capétan Michalis t'a déjà prévenu, je crois...

L'Anglais s'avança d'un pas. Le bas de son visage était entièrement caché par une forêt de poils rouges poussant à tort et à travers, à la façon d'un buisson ardent. On ne voyait pas ses lèvres, mais ses petits yeux bleus riaient. Il s'exprima sans difficulté en dialecte crétois.

— Salut, capétan. On m'a beaucoup parlé de toi. Je t'apporte le bonjour de tes amis, les capétans Bandouvas, Satan et Michalis. Ils m'ont vanté ton courage et ta vaillance. Je suis fier d'être accueilli dans ton camp... Tout à l'heure, avec ta permission, je vais te prendre en photo au milieu de ton groupe. Ainsi les générations futures se souviendront éternellement de ta gloire...

Eleftéris grommela une phrase indistincte, en laquelle l'Anglais voulut bien entendre un assentiment. Le capétan Mavros tourna aussitôt les talons.

La nuit, les Andartès s'allongeaient côte à côte dans un coin de la grotte. Ils dormaient habillés, ne retirant que leurs bottes, s'emmitouflant dans des peaux de mouton et des couvertures qui servaient aussi bien pour les mules ou les ânes. Ils ne changeaient jamais de vêtements, ne se lavaient pas — les bains leur étaient interdits au même titre que l'amour —, et leurs corps vautrés dans le sommeil exhalaient une forte odeur de bêtes à l'écurie. A ces relents faisandés s'ajoutaient la batterie des ronflements, des nasillements et des sifflements que produisaient ces ogres assoupis.

Cristina, elle, ne dormait pas. Jamais auparavant elle n'avait couché dans la promiscuité d'autant d'hommes. Toutes ces odeurs mélangées, ces haleines chargées et ces expirations trompetées lui agaçaient les sens, les excitaient autant qu'elles les violentaient. Bien malgré elle, Cristina tendait l'oreille, écarquillait ses narines, tâchant de reconnaître, dans ce pot-pourri de sons et d'odeurs, le ronronnement propre et le fumet particulier à l'homme qui la tenait en éveil. Dans la nuit noire de la grotte, Cristina humait de loin le corps de Périklès endormi.

Nichée dans un coin de la caverne, à l'écart des autres, Paraskevi ne dormait pas non plus. Elle songeait à sa jeunesse gâchée. A près de dix-neuf ans, elle ne connaissait ni les bals, ni les robes et chemisiers brodés, ni les baisers d'un fiancé, ni les étreintes d'un homme. Elle ne savait que courir dans la montagne, rouler des cartouches, se servir d'un fusil ou d'un couteau, tuer. Depuis deux ans elle vivait dans une grotte, en bête sauvage, en compagnie d'autres bêtes sauvages qui affectaient d'ignorer qu'elle était une femme. Ses cheveux étaient coiffés à la diable. Sa silhouette était gommée en permanence par des vêtements masculins qu'elle ne quittait pas. En deux ans elle n'avait pris un bain, ni contemplé un miroir, ni souligné ses yeux de khôl. A l'âge où d'autres s'amusent, profitent de la vie, ont des amants, elle était sans désir et sans amour.

Nerveuse, Paraskevi se retourna sur sa paillasse, comme si le fait de changer de position pouvait détourner le flux de ses pensées. Mais le sommeil la fuyait de plus en plus. Des images du passé, pétries de nostalgie, venaient la tourmenter dans le noir. Elle se revoyait enfant, cheveux au vent, en compagnie de son frère Panayotis. Elle se rappelait les bons moines qui les avaient accueillis. Puis les images s'enchaînaient et l'entraînaient malgré elle dans une cellule minuscule du monastère d'Arkadi où était allongé un soldat blessé. Paraskevi se retournait à nouveau, rejetant loin d'elle les couvertures qui l'entravaient, mais la vision persistait. Le soldat était là, allongé dans le noir, et lui souriait. Elle se dressa brusquement sur son séant, le cœur aux abois. Là-bas, dans l'ombre de la grotte, elle discerna deux formes qui, en silence, s'étreignaient.

Périklès venait d'être décoré par le roi de Grèce en personne. Epinglée sur le revers de son bel uniforme blanc à brandebourgs d'or et fourragères, la médaille étincelait au soleil. D'un geste familier, Périklès prit le bras de son souverain et lui fit visiter ses vastes vergers d'Amari, tout en l'entretenant de politique internationale. Soudain, le roi se mit à lui secouer le bras cherchant à se dégager, et les vergers d'Amari disparurent. Périklès s'éveilla en sursaut dans l'obscurité de la grotte de l'Ida. Accrochée à son bras, Cristina le couvrait de baisers.

— Cristina... C'est toi ?... Mais, que fais-tu ?

Pour toute réponse, la jeune fille lui prit les lèvres et les mordilla. Elle avait le souffle court et une légère transpiration vernissait les paumes de ses mains.

— Allons, Cristina... Pas ici... Tu sais bien que c'est interdit... Si l'on nous surprenait ?

— Viens...

Cristina le prit par la main et l'entraîna en dehors de la caverne, sous les étoiles.

L'aube jetait ses premiers feux sur les pentes du Psiloritis lorsque les Andartès s'éveillèrent. L'absence de deux d'entre eux fut aussitôt remarquée par le capétan Mavros. Il fulminait.

— Qu'on les cherche ! Où qu'ils soient, je veux qu'on les retrouve et qu'on me les amène tout de suite, de gré ou de force !

Ils n'étaient pas bien loin. Ils dormaient enlacés au fond d'une cavité rocheuse qui jouxtait l'entrée de la grotte. Nus, accolés l'un à l'autre pour se protéger du froid, leurs vêtements répandus autour d'eux. Entre les jambes de Cristina, une tache de sang achevait de sécher. C'est dans cette tenue qu'ils furent conduits devant leur chef qui, dressé au bord de l'esplanade ouvrant sur la plaine, observait le soleil qui montait dans le ciel. Il ordonna :

— Qu'on leur lie les mains et les pieds... Non, pas de vêtements ; ils n'en ont plus besoin... Allongez-les côte à côte contre la roche, face au soleil... Et faites sortir les Andartès...

En quelques minutes, ils furent tous dehors. Les Andartès détournaient les yeux, pour ne pas voir les corps nus de Périklès et Cristina qui grelottaient de froid et de peur dans le petit matin. Eleftéris, lui, contemplait toujours la vallée. Le silence et la gêne devinrent insupportables. Dionysos, l'officier anglais aux cheveux rouges, sortit brusquement du rang, le visage congestionné de dégoût.

— Cela suffit ! Tout ceci est humiliant et intolérable ! Capétan Mavros, libère-les, je t'en prie... Ne sois pas ridicule !

Sans un regard pour l'Anglais, Eleftéris articula

posément, comme s'il déchiffrait les conclusions d'un procès :

— Les prénommés Périklès et Cristina, membres du groupe d'Andartès placé sous l'autorité du capétan Mavros, ont sciemment contrevenu aux règles et à la discipline. C'est pourquoi l'ensemble du groupe, érigé en tribunal populaire, se réunit ce matin pour les juger et les châtier...

Dionysos éclata :

— Ceci est une parodie, une mascarade !... Quelle justice prétends-tu rendre, capétan ? Tu abuses de ton pouvoir !

— Le tribunal populaire des Andartès décide à l'unanimité, par la voix de son chef, le capétan Elef-téris Mavros...

— C'en est trop... Je ne veux pas en entendre davantage !

Ivre de rage impuissante, l'Anglais s'enfuit dans les collines. Pas un Andartès ne bougea. C'est alors qu'Eleftéris se retourna d'un bloc et les regarda l'un après l'autre, en lançant d'une voix de tonnerre :

— Ecoutez-moi bien ! En ce moment même, les Nazis sont en train de violer notre mère, la Crète. Comment un patriote peut-il songer à faire l'amour ? Ces deux-là sont des déserteurs, des traîtres à la patrie. Ils ont mérité la mort...

Une clameur monta du groupe des Andartès. Mais, avant qu'aucun d'entre eux ait pu réagir, Eleftéris se rua vers les deux corps allongés, sortit son poignard de son fourreau et égorgea Cristina. Puis il empoigna les parties viriles de Périklès et les trancha d'un trait. Il se redressa, couvert de sang, la main droite exhibant son trophée et, sourd aux braillements de l'homme castré, rugit :

— Il faut bien que vous sachiez une fois pour

toutes que, tant que vous serez ici, vous n'aurez une verge que pour pisser !

Puis il jeta au loin le sexe coupé de Périklès, dont les jambes gisaient dans une mare de sang s'élargissant lentement. Le plus bel homme d'Amari mit à peine une minute à mourir.

Paraskevi s'agenouilla devant le couple enlacé dans la mort. De ses deux mains arrondies en coupelles, elle creusa la terre autour d'eux, cherchant à les ensevelir. En elle montait un chant surgi du plus profond de son être ; un chant monotone, monocorde, sans respiration ni soupir ; une plainte venue d'en bas, de l'au-delà, ou plutôt de l'en deçà ; une plainte infinie, mélancolique, désarmée. Une lamentation funèbre. A lentes pelletées, Paraskevi enterra de ses propres mains Cristina et Périklès, ce beau couple d'amoureux à l'amour mutilé. Puis elle posa son front à même le sol et, à son tour, se recouvrit les cheveux de terre en hurlant à mi-voix.

13

Le lieutenant Niemand tenait entre les doigts de sa main gauche un gâteau dégoulinant de miel dont il se barbouillait les lèvres avec de grands bruits de succion. De la main droite, il griffonnait un projet d'ordonnance pour le compte de son supérieur, le commandant Fritz Schubert.

« Ia Br B. n° 1196/43 du 25 mars 1943.

« Dans le cas d'une attaque particulièrement sournoise des terroristes et des bandits, les commandants de division peuvent ordonner à l'avance qu'on ne fasse pas de quartier et que toutes les personnes appréhendées dans le secteur des combats scient passées par les armes. »

Le lieutenant Niemand mordit dans son gâteau et relut ce qu'il venait d'écrire, l'air absorbé. Soudain, il fronça les sourcils, mécontent, et d'un stylo rageur biffa la mention « pas de quartier ». Il la remplaça par l'expression « aucun quartier », qu'il trouva plus élégante, et son visage se rasséréna. C'est alors qu'une large coulée de miel, gouttant du gâteau dangereusement penché au-dessus de son œuvre, bascula de son promontoire sucré pour aller s'étaler avec un bruit mou au beau milieu de la page, recouvrant de son onctuosité ambrée la phrase « une attaque particulièrement sournoise des terroristes et des bandits ». Niemand jura et, de sa main libre, froissa rageusement le papier souillé. Il prit sur lui d'organiser des représailles immédiates en avalant d'un seul coup le restant du gâteau convaincu de sabotage et, repoussant sa chaise, se leva pour aller se planter devant les fenêtres de son bureau de la Kommandantur qui ouvraient sur le port vénitien de Réthymnon.

C'était l'heure du loup. Le soir tombait, mauve et lilas, sur la mer étale, et le phare érigé au bout de la jetée se découpait dans le jour déclinant tel un poing brandi vers le ciel. Le lieutenant se prit à rêver devant ce décor qu'il jugeait romantique et digne d'émouvoir la délicate psyché enfouie dans son gros corps alourdi par les graisses et les sucreries. Pour parfaire le tableau, il se mit à fredonner la *Rêverie* des *Scènes d'enfants* de Schumann. Les larmes lui montèrent aussitôt aux yeux. Il voulut les essuyer avec la première phalange de son index gauche replié. Le résultat le plus notable fut qu'il s'empoissa les cils de miel. Il jura derechef et, les yeux collés par le sucre, se dirigea à tâtons vers les toilettes de l'étage. Il enfouit sa tête sous le robinet en bec de cygne du lavabo qui, après deux ou trois crachotements d'eau jaunâtre, lui explosa au visage. Le lieutenant couina, comme si une grenade dégoupillée venait d'éclater devant son nez. Il se saisit d'un torchon sale qui traînait là et entreprit de sécher tant bien que mal son visage enflammé de colère et le devant de son uniforme constellé de postillons.

Tout maugréant, il sortit des toilettes et réintégra son bureau. Il s'assit et, d'un geste inquiet, glissa sa main droite sous sa vareuse afin de palper sa poitrine, juste en dessous du téton gauche. Son pauvre petit cœur battait la chamade. Il estima que la double agression qu'il venait de subir — de la part du gâteau et du robinet — équivalait à un accident du travail et lui valait rémission du dernier quart d'heure de présence qu'il lui restait à effectuer. Le brouillon de l'ordonnance de Schubert attendrait bien le lendemain. Pour l'heure, le lieutenant Niemand avait d'autres préoccupations en tête. Il était invité à dîner ce soir à la villa Drakos et ne tenait pas à arriver en retard. Ajustant sa casquette d'officier sur son crâne à moitié dégarni, il claqua des talons, bras droit étendu devant lui à 45 degrés au-dessus de la ligne d'horizon, en face de l'effigie du Führer qui le considérait sévèrement depuis son cadre, tout en articulant un impeccable et tonitruant : « Heil Hitler ! » Puis il sortit.

L'air était doux et sentait le poisson. D'ordinaire, le lieutenant Niemand profitait du crépuscule pour s'attabler à l'une des tables du vieux port et commander force *mézés* accompagnés d'un verre de raki. Il aimait par-dessus tout le poulpe grillé, raffolait de la salade de fèves, dégustait avec ravissement les cubes de féta piqués de petits morceaux de bois, appréciait les feuilles de vigne farcies, ne détestait pas croquer quelques olives noires. Après ces amuse-gueules, Niemand dînait de poissons grillés et d'agneau rôti dans l'une des nombreuses auberges du port qui vivaient exclusivement de la clientèle de ces messieurs de la Kommandantur. Ah ! Quelle douceur que la vie d'occupation !

Mais ce soir, le lieutenant Niemand devait garder son appétit intact, et ne point faire escale dans les gargottes du port s'il voulait rendre justice aux mets aussi délicieux qu'abondants qui l'attendaient villa Drakos. Une giclée de salive envahit sa cavité buccale, et il se prit à rire tout haut d'un plaisir anticipé.

Le lieutenant fut bientôt en vue de la somptueuse demeure dont le faste et le luxe l'impressionnaient toujours autant. Ce n'étaient qu'escaliers en marbre, colonnes doriques, reproductions de statues antiques. Un musée que l'on aurait aménagé en maison de plaisir. Il fut accueilli par des valets en livrée qui lui parfumèrent les mains d'eau de rose et l'introduisirent sans tarder dans la salle de réception.

Un magnifique buffet était dressé au centre de la pièce, dont la richesse et la variété auraient fait pâlir d'envie un sultan. Dix cochons de lait rôtis à la broche reposaient sur des plateaux d'argent. Un amoncellement de jattes aux contenus versicolores offrait toute la palette des marinades de poivrons rouges et verts, des caviars d'aubergine fauves, des taramas roses, des œufs de poissons noirs, des yaourts battus à l'ail d'un blanc immaculé. Des pyramides de loukoums avoisinaient des lacs de riz au lait. Des fontaines d'ambroisie délicatement miellée jouxtaient des cascades de fruits charnus et juteux, malgré la saison précoce. Le lieutenant Niemand se crut transporté au paradis, et sentit des larmes de joie lui mouiller les prunelles. Un valet parut sur ces entrefaites, porteur d'un plateau sur lequel se dressaient des coupes en cristal emplies d'un liquide doré et pétillant. Niemand en saisit une et porta le breuvage à ses lèvres. Il crut défaillir de volupté.

— Qu'est-ce que c'est ?

— Du champagne de France, que le seigneur Christophoros Drakos réserve à ses invités de marque, répondit le valet.

— Du champagne ! Mon Dieu, je n'en avais jamais goûté...

Le valet s'inclina respectueusement et laissa le lieutenant à ses émotions palatales.

— Eh bien, *Monsieur* le lieutenant Niemand, appréciez-vous ma veuve cliquot ? Je la fais venir directement de Reims par convoi spécial, sous bannière du Reich. En moins d'un mois, les caisses me sont livrées à domicile, sans retard ni casse. Je ne suis pas un idéologue, mais un commerçant, Monsieur le lieutenant ; aussi je me félicite de cette guerre qui, entre autres avantages, a contribué à faire tomber les barrières douanières et à améliorer la sécurité et la ponctualité des lignes de chemin de fer. Regardez les Italiens : c'est la première fois dans leur histoire que les trains partent et arrivent à l'heure. Et à présent ils construisent des autoroutes ! Croyez-moi : le fascisme est l'avenir de l'Europe et du commerce...

L'homme qui tenait ce discours enthousiaste au lieutenant éberlué était le maître de maison, Christophoros Drakos. Il s'agissait d'un homme ayant dépassé l'âge mûr, dont le visage bronzé au profil busqué était encadré d'une épaisse chevelure blanche qui lui donnait de la majesté ; petit de taille mais se tenant très droit, pour se grandir ; gardant en permanence la tête haute et la nuque raide au-dessus de cols durs en celluloïd, ce qui lui conférait de l'assurance ; fixant ses interlocuteurs droit dans les yeux, sans ciller, en homme habitué à se faire obéir ; arborant des lèvres minces dont les coins s'inclinaient vers le bas, laissant présager de la cruauté et un mépris sans borne des autres. Il reprit :

— Cette soirée est en l'honneur de ma fille unique, Salomé, qui fête aujourd'hui ses dix-huit printemps. En cadeau d'anniversaire, je lui réserve une surprise dont elle est loin de se douter... Voulez-vous savoir, Monsieur le lieutenant, de quoi il s'agit ?

Christophoros souriait de toutes ses dents, dont la

moitié étaient en or. Le Crétois milliardaire aimait à sentir le contact du précieux métal dans sa bouche, et l'un de ses tics préférés consistait à suçoter ses dents aurifiées, tant était grand son appétit de richesses que, non content d'amasser de l'or dans ses coffres, il cherchait en outre à s'en nourrir.

— Vous savez, Monsieur le lieutenant, à quel point Salomé est gâtée. Robes, parfums, bijoux : elle a déjà tout ce dont une jeune fille de son âge n'oserait jamais rêver. Jusqu'à son tilbury anglais, que j'ai pu acheter *in extremis* avant que la perfide Albion n'entrât en guerre. Salomé a déjà été comblée de tous les présents de la terre. Et pourtant, je ne la sens pas heureuse. Elle est nerveuse, hostile, toujours solitaire. Elle n'a aucune amie, ne fréquente personne, n'est à l'aise qu'avec ses chevaux. Ma fille a tout pour elle, Monsieur le lieutenant, mais elle dépérit. Aussi ai-je décidé, pour ses dix-huit ans, de lui offrir la dernière chose qui lui manque encore...

Christophoros marqua une pause, dans l'intention manifeste d'attiser la curiosité de son interlocuteur dont la bouche béait, sans doute d'étonnement et d'admiration. Jugeant que cette attitude béate indiquait une marque de profonde attention et une invite à continuer, le vieux Drakos poursuivit :

— J'ai convié ce soir tous les officiers de la Kommandantur célibataires et ayant moins de vingt-cinq ans. L'un d'entre eux est le cadeau que je réserve à ma fille. Vous comprenez, Monsieur le lieutenant ? Ce soir, Salomé devra désigner, parmi une centaine de prétendants, celui qu'elle voudra bien choisir pour époux. L'heureux élu, quel qu'il soit, deviendra mon gendre dans le mois qui vient. Et je puis vous assurer, Monsieur le lieutenant, qu'il ne le regrettera pas. Ne serait-ce qu'en raison du montant de la dot que je compte allouer à ma fille... Pardonnez-moi, mais je dois aller saluer mes autres invités. A plus tard, Monsieur le lieutenant, et bonne chance !...

Sur cette remarque joyeuse, dont on n'aurait su dire si elle était sincère ou ironique, le vieux Christo tourna les talons et, toujours aussi raide, partit à l'abordage d'autres uniformes allemands qui croisaient dans les parages. Le gros lieutenant Niemand eut une pensée fervente pour la fille d'un homme qui savait aussi bien nourrir et désaltérer ses hôtes et, pour se remettre de ce surcroît d'émotion, il fonça sur le buffet.

Rasé de frais, vêtu d'un uniforme vert-de-gris émaillé de galons, d'aigles impériales et de croix de la Wehrmacht, la manche gauche tenue repliée grâce à une épingle à nourrice, le commandant Mark Fafner pénétra à son tour dans la villa Drakos, dont il était l'un des invités de marque de la soirée. Sur son passage, les valets s'inclinaient un peu plus plus bas et ses collègues le saluaient avec respect. Son bras manquant, ses décorations et son allure fière le désignaient à l'admiration de tous. Surtout, nul n'ignorait qu'il était l'un des parachutistes survivants de l'église de Saint-Georges à Perivoglia, dont la résistance, la bravoure et le martyre étaient entrés dans la légende. La plupart de ceux qui avaient échappé à la mort avaient sombré dans la folie ou succombé à leurs blessures ou à de foudroyantes maladies endémiques. Les autres avaient été rapatriés dans leurs foyers, et le corps glorieux des parachutistes avait été dissous. Mark Fafner, lui, s'était porté volontaire pour demeurer dans l'armée d'occupation en Crète. Cet acte de courage et de fidélité l'avait paré auprès de ses compagnons d'une aura de héros. On avait vu en lui une sorte de Thésée moderne, triomphant du Minotaure, ou plutôt un nouveau Siegfried sorti victorieux de sa lutte avec le Dragon. Les références aux mythologies germaniques véhiculées par l'œuvre de Wagner comblaient l'âme de ces soldats allemands exilés en terre de Crète, entretenaient leur nostalgie pour les brumes du Nord et les aidaient à tromper leur ennui. Et le fait que, dans le drame de Wagner, le dragon terrassé par Siegfried portât justement le nom de « Fafner » les encourageait à interpréter l'exploit de Mark dans un sens mythique. Le héros avait bu le sang du Dragon vaincu pour en acquérir la puissance et l'infini savoir. Aussi prit-on l'habitude de surnommer Mark Fafner le « Dragon » et cette appellation sonnait comme un hommage.

Sa blessure de guerre n'avait pas permis à Mark de réintégrer un corps d'armée régulier. On lui avait confié un poste administratif au sein de la Kommandantur, assorti du grade de commandant. Il avait ainsi eu l'honneur d'être admis au sein d'une communauté aussi recherchée et enviée que celle des parachutistes : la confrérie des bureaucrates zélés qui, depuis deux ans, édictaient les décrets réglementant la vie quotidienne des civils crétois et des soldats de l'armée d'occupation. Une façon de faire la guerre avec des mots. Mais les mots se révélaient souvent plus dangereux et efficaces que les armes. D'une phrase, un tâcheron de la Kommandantur pouvait condamner à mort des centaines de civils. Des villages entiers étaient rayés de la carte d'un simple trait de plume. Couchées sur le papier, les représailles gagnaient en raffinement. Les militaires, le nez sur leur champ de bataille, manquaient souvent de recul et d'imagination. Ils se contentaient de fusiller, ce qui est banal. Ils avaient besoin, pour accroître la crainte légitime que les populations indigènes devaient nourrir à leur égard, d'ordres d'exécution hors du commun élaborés par les bureaucrates de la Kommandantur qui, bien au chaud dans leur bureau et dévorant des gâteaux au miel, consacraient leurs journées et leur génie à inventer de nouvelles tortures et des supplices d'avant-garde. Quel militaire aux bottes sales et à la voix de doberman aurait eu l'idée astucieuse de contraindre les civils crétois à creuser eux-mêmes leurs propres tombes avant d'être fusillés ? Le gain de temps et d'énergie était appréciable, et quel exemple pour les autres civils conviés à assister aux derniers instants de leurs proches ! Qui, sinon un homme gras, reposé, aimant la vie et les plaisirs de l'esprit et de la chair, aurait pu mettre en scène, en ses moindres détails, la romantique dramaturgie consistant à enfermer dans une église les femmes, les enfants et les prêtres d'un village, puis de les encourager à chanter des cantiques avant de mettre le feu au saint lieu ? La beauté du spectacle approchait celle de l'autodafé volontaire de la Walkyrie Brunehilde dans la scène finale du *Crépuscule des Dieux.* Le lieutenant Niemand, cet homme au cœur d'or et au caractère émotif, dont le bureau à la Kommandantur jouxtait celui de Mark Fafner, était l'auteur de ces deux scénographies redoutables. Il les avait conçues en un après-midi, en pleine digestion et dans une semi-ivresse, après qu'il eut copieusement arrosé de vin et de raki un délicieux repas composé de poissons frits et de poulpes grillés. Ce jour-là, le tendre agneau s'était véritablement pris pour Néron. Un verre de champagne de France dans une main et un morceau de porcelet luisant de graisse dans l'autre, le Néron en herbe accosta le Dragon, son glorieux collègue, et lui rapporta aussitôt les confidences étranges de Christophoros Drakos. Mark éclata de rire.

— C'est assez malin de sa part. Le vieux Christo est décidément un redoutable stratège. En offrant sa fille aux enchères, il s'assure la complaisance de la Kommandantur à son égard et accroît sa situation de monopole sur le commerce de Crète. Son futur gendre sera un outil supplémentaire entre ses mains pour développer sa puissance et sa fortune. Quel Machiavel... Mais la fille est bien belle, et le piège est tentant...

— Un vrai morceau de choix ! Un festin ! Un régal ! Le simple énoncé de son prénom me met l'eau à la bouche... Salomé ! Cela sonne à la façon d'un nom de pâtisserie, vous ne trouvez pas, mon cher Fafner ?

— Niemand, vous ne songez qu'au ventre ! Salomé est belle, mais elle est intouchable, hautaine, solitaire. Celui qui saura gagner ses faveurs ne sera pas au bout de ses peines...

— Mais, mon cher, j'ai l'impression qu'elle ne vous est pas indifférente... Vous-même, avec votre prestige, vous êtes en droit d'attendre...

— Que me chantez-vous là, Niemand ? Moi, épouser une Crétoise ? Et Salomé Drakos, par surcroît ? Le parti le plus riche de l'île ?

— Et pourquoi pas ? Ce ne serait pas le premier mariage mixte, après tout. En deux ans, plusieurs Crétoises ont déjà convolé avec les nôtres. Fort heureusement, il n'y a pas que des bandits de grands chemins, dans cette île, mais aussi des familles raisonnables acquises à notre cause. Dans deux générations d'ici, la Crète sera peuplée de Germano-Crétois qui seront la fierté de nos deux races conjuguées... Je suis prêt à en faire le pari, mon cher Fafner... Un jour, lorsque nous serons bien vieux, nous reviendrons ici rendre visite à nos petits-enfants... Vous verrez...

— Taisez-vous, Niemand, tout ceci est absurde. Vous tirez une généralité de l'exemple de quelques familles qui, par intérêt ou par lâcheté, font le jeu de l'occupant. Les Crétois, je vous l'assure, forment un peuple trop fier pour accepter de prêter allégeance aux envahisseurs que nous sommes. Notre présence ici n'est ni naturelle, ni éternelle, j'en suis convaincu.

— Pourquoi, dans ce cas, avez-vous tenu à demeurer en Crète ? Vous aviez toute licence de rentrer à Berlin plutôt que de cautionner par votre présence une stratégie de colonisation à laquelle vous semblez ne pas croire...

Mark Fafner fronça les sourcils, gêné. Ce gros Niemand était plus subtil qu'il n'y paraissait au premier abord. Et Mark s'était trop engagé dans la discussion pour refuser à son collègue les confidences qu'il attendait de lui.

— Vous avez raison, Niemand. Ma conduite est paradoxale. Disons que je suis attaché à cette terre... pour des raisons affectives. J'ai l'espoir, bien improbable, d'y retrouver quelqu'un...

Le visage du lieutenant Niemand s'éclaira, et le gros homme se mit à glousser de contentement.

— Je m'en doutais... Vous êtes amoureux, Fafner. Vous aimez une jolie petite Crétoise qui se laisse désirer... N'est-ce pas ? Raison de plus de vous faire aimer de la riche et sauvage Salomé. Il faut combattre le feu par le feu, et l'amour déçu d'une femme par celui, triomphant, d'une autre !...

Ravi de son galant épigramme, le lieutenant engouffra dans son énorme bouche le restant de porcelet, se lécha avec délectation les doigts et avala sans respirer le contenu de sa coupe de champagne.

La nouvelle de l'étrange cadeau d'anniversaire que le vieux Christophoros Drakos destinait à sa fille fit bientôt le tour de la salle, provoquant çà et là des exclamations de surprise et des rires de confusion. Depuis deux ans, ces jeunes officiers ne connaissaient de l'amour que les étreintes fugaces procurées par les femmes du bas port, qui soulevaient leurs jupes pour quelques drachmes ou un paquet de cigarettes. Et voici qu'on leur promettait la plus belle fille de la ville — la plus belle, mais aussi la plus riche ! Les conversations montèrent de plusieurs crans, des disputes éclatèrent, certains faillirent en venir aux poings ; les vieilles rivalités renaissaient au sein de ce groupe soudé par deux années d'occupation. Les valeurs de fraternité et de camaraderie laissaient place soudain au seul désir de supplanter les autres, à la volonté de chacun d'être celui qui gagnerait pour lui seul la fille de Drakos et empocherait sa fortune. La somptueuse réception menaçait de tourner en pugilat et en bagarre de soudards.

Soudain, le chahut s'apaisa, et les vociférations soldatesques se muèrent en un bruissement léger. Les uniformes retrouvèrent leur maintien, et les hommes se disposèrent en deux rangées, ménageant ainsi au milieu d'eux un large couloir conduisant au buffet devant lequel se tenait Christophoros Drakos. Le silence était devenu total. Alors Christo ouvrit ses mains, les claqua l'une contre l'autre, une fois, deux fois, puis accéléra la cadence. Les cent hommes au garde-à-vous l'imitèrent, et bientôt la salle entière retentit d'applaudissements énergiques qui crépitaient en fusillade. La porte venait de s'ouvrir devant la reine de la soirée, Salomé Drakos.

Sourde à l'ovation qui saluait son entrée, aveugle aux regards insistants de ces jeunes hommes rassemblés, Salomé demeurait plantée à l'entrée de la salle, farouche et immobile, à la façon d'une statue antique. Elle ne s'était pas changée et arborait une tenue d'équitation couverte de poussière. Ses cheveux aile de corbeau flottaient autour d'elle en un nuage noir ; encadraient son front haut et pâle, ses yeux sombres, son nez légèrement arqué, ses lèvres charnelles, rougies de fard ; enveloppaient ses longs bras, sa taille mince et juvénile ; descendaient jusqu'aux reins. De sa main droite gantée de cuir elle tenait encore la badine qui lui avait servi à meurtrir les flancs de sa monture, et des plaques de boue maculaient ses bottes encore fumantes de calvacades furibondes. Grande, élancée, elle se tenait très droite, tête haute, à l'instar de son père. A son port assuré et hautain, on sentait qu'elle ne s'était jamais inclinée devant quiconque. Elle était une Diane superbe et rigide, dédaigneuse de tout ce qui l'entourait.

D'une main, Christo jugula l'enthousiasme bruyant des prétendants à la main de sa fille et prononça un discours longuement réfléchi.

— Messieurs les officiers de la Kommandantur, si j'ai tenu à vous convier à l'anniversaire de ma fille, c'est afin de sceller définitivement les relations d'amitié et d'intérêts qui unissent nos deux peuples, le peuple crétois et le peuple allemand. Vous êtes jeunes, brillants, courageux, promis aux plus belles destinées ; je vois en vous, Messieurs les officiers, les dignes ambassadeurs de l'Allemagne qui, après l'avoir prise de force, est venue demander à la Crète sa main. Voici deux ans, vous avez vécu ici-même une guerre meurtrière, sanglante, cruelle, mais brève par bonheur. La sombre semaine de la bataille de Crète ne doit plus être à vos yeux qu'un mauvais souvenir. Seule compte désormais l'alliance sacrée unissant deux pays d'exception, deux races élues : la Crète éternelle, berceau de Zeus et du roi Minos, et l'Allemagne du IIIe Reich. Messieurs les officiers, je tiens à célébrer ce soir vos épousailles avec la Crète. C'est pourquoi j'ai songé à offrir à l'un d'entre vous mon bien le plus précieux : ma fille.

Un murmure gouailleur et quelques sifflements accueillirent cette déclaration attendue, tandis que Salomé, les traits figés, fixait son père avec toute l'intensité de son regard enténébré.

— Salomé, ma fille, je t'ai réservé une surprise de prix pour tes dix-huit ans. J'espère que tu sauras y faire honneur. Regarde autour de toi : voici tes prétendants. Cent jeunes hommes qui brûlent d'amour pour toi. A toi de faire ton choix. Regarde-les un par un, détaille-les, et prends celui qui te semblera le plus digne de devenir ton époux. Ton choix sera le mien, et je ne le contesterai pas. Pour ta dot, je verserai le quart de ma fortune.

Des vivats jaillirent à nouveau, saluant cet élan de générosité. De plus en plus émoustillés, les jeunes officiers se poussaient du coude en riant, se demandant lequel d'entre eux serait élu. Le silence revint. Chacun était suspendu aux lèvres de Salomé qui, jusqu'à présent, n'avait manifesté aucune émotion particulière à l'énoncé de la proposition de son père.

Lentement, le regard droit, la jeune fille dévisagea un par un les hommes qui lui étaient ainsi livrés en pâture. Elle prenait son temps, général passant en revue son armée, pesant les atouts et les handicaps de chacun. Plusieurs soldats baissèrent les yeux, troublés. Ils se sentaient mis à nus, presque humiliés. Après la surprise et le désir, un sourd malaise se saisissait d'eux, et plus d'un songea à rompre les rangs et s'enfuir, incapables de supporter plus longtemps cette situation de bêtes à l'étalage, d'esclaves à l'encan en laquelle ils se trouvaient placés. Mais aucun ne bougea ; ils étaient paralysés, et suivaient avec angoisse l'expression froide et ironique de Salomé qui se posait quelques brèves secondes sur chacun d'entre eux avant de sauter au suivant ; et ils priaient pour ne point être choisis par cette femme au regard de maquignon qui les dominait, les écrasait de son mépris et de sa fierté de vierge indomptée. Pour la première fois de leur vie, eux qui depuis deux ans assassinaient des civils et brûlaient des villages à coups d'ordonnance et d'ordre de mission, ils ressentaient en leur for intérieur ce que ressentaient les innocents devant le peloton d'exécution ; ils ressentaient ce que signifie pour un homme le fait de ne plus être considéré en tant qu'être humain. A cause de cela, ils haïssaient à présent cette femme qu'ils ovationnaient tout à l'heure. Ils la haïssaient pour sa maîtrise d'elle-même, sa suprême élégance, sa beauté froide et hautaine ; ils la haïssaient pour ces quelques secondes où son regard les avait scrutés et, aussitôt, écartés de son champ de vision et de sa vie. Ils la haïssaient pour ce grand vide qu'elle avait ouvert en eux. Pour ce néant inhumain en lequel elle les tenait désormais.

Après avoir soumis chacun des Allemands à son examen, Salomé se tourna vers son père et, d'une voix claire et distincte, proféra :

— Père, je rends grâce à ton tact et à ta générosité qui t'ont inspiré l'idée d'un pareil cadeau d'anniversaire. Mais je dois t'avouer que mes chevaux me donnent toute satisfaction, et que je n'envisage pas de changer de monture. Renvoie ces messieurs, père, je n'en vois pas un seul dont le chanfrein et les naseaux supporteraient l'étreinte de mes mors et de mes muserolles. Je préfère mes étalons arabes à ces chevaux de trait.

Sur ce, elle tourna les talons et quitta la salle.

Après un court silence stupéfait, les prétendants éconduits éclatèrent de rire, prenant le parti de tenir la scène pour une simple plaisanterie. Ils s'esclaffaient, se flanquaient des bourrades, s'égayaient bruyamment du comique de la situation, niant le fait d'y avoir cru un seul instant. Par la libération du rire, ils se redécouvraient humains et rejetaient loin d'eux le malaise qui les avait tout à l'heure suffoqués. Une vierge froide les avait jaugés puis s'en était allée, les laissant indemnes. La confusion et la peur sur eux avaient passé, sans les toucher. Ils étaient des rescapés de la honte.

En Crète, la légende prend le pas sur l'Histoire ; la fable supplante le fait divers ; les hauts faits ne s'impriment pas dans des chroniques, mais se transforment en chansons qui courent de lèvres en lèvres, emportées par le vent de l'imagination populaire.

L'un des valets employé à la villa Drakos, qui avait assisté aux péripéties de l'étrange soirée d'anniversaire, en fit récit dès le lendemain matin aux commères du voisinage. Celles-ci s'empressèrent de raconter à leur tour l'événement, agrémenté des améliorations et des exagérations d'usage, et leurs papotages essaimèrent de porte en porte à travers la vieille ville. Un cordonnier poète eut vent de cette histoire en fin de matinée, et composa incontinent une chanson qu'il rythma de grands coups de mailloche. Il la chanta à ses clients qui, chaussés de frais, la chantèrent à leur tour par les rues puis les routes qui gagnaient la montagne. C'est ainsi qu'un charretier, qui tenait cette chanson d'un porteur d'eau croisé dans l'après-midi, la transmit à un berger rencontré au crépuscule, qui lui-même la légua à Andréa, un jeune garçon qui tous les matins venait apporter des provisions aux Andartès cachés dans la grotte de l'Ida. Aussi, dès le lendemain matin, un nouveau chant monta des pentes du Psiloritis :

Pour ses dix-huit ans, la fille de l'Ogre
Devait se marier
Avec toute une armée
De lézards verts et gris.

L'Ogre a invité les lézards
Leur a donné à boire et à manger
Puis les a enfermés
Dans son palais d'or et de diamants.

Puis il a dit : « Ma fille, c'est ton anniversaire, choisis
Le lézard que tu trouves le plus joli
Embrasse-le et donne-lui
De beaux et gras enfants. »

Mais l'Ogresse avait faim
Et se moquait du mariage,
Elle a pris les lézards un par un dans ses mains
Et les a tous croqués.

Le capétan Mavros entendit la chanson qui le fit beaucoup rire. Il savait bien qui étaient « l'Ogre », « l'Ogresse » et « les lézards », mais se demandait quelle mésaventure burlesque était à l'origine de ce joli conte. Il envoya l'un de ses palikares dans la vallée afin d'en apprendre davantage. L'homme se déguisa en marchand et descendit à Réthymnon où il demeura trois jours. La difficulté fut moins de se garder des contrôles allemands que de retrouver l'exacte réalité des faits sous l'affabulation sans bornes qui avait gagné la ville. L'homme revint enfin, et fit son rapport au capétan Mavros qui s'emporta aussitôt :

— Quelle ignominie ! Offrir sa fille aux Allemands ! Le vieux Drakos est décidément une belle ordure... Mais j'avoue que la fille a réagi avec courage. A sa façon, c'est une authentique résistante. Elle serait mieux à sa place ici, dans les montagnes, que dans les salons dorés de la villa Drakos... Allez, Andonis, rechante-moi l'histoire de la Fille de l'Ogre et des Lézards...

14

La moustache de l'adolescent était si peu fournie qu'elle ne recouvrait qu'à peine sa lèvre supérieure. Des perles de sueur gouttaient à son front pâle et des ronces de mûrier se mêlaient à ses cheveux crépus. Ses vêtements étaient sales et déchirés, et la semelle de ses bottes, trop grandes pour lui, ne tenaient à l'empeigne que grâce à un rafistolage de ficelles et de fil de fer.

— Comment t'appelles-tu ?

— Paulios.

— De quel village es-tu ?

— D'Asi Gonia.

— Quel âge as-tu ?

— Quinze ans.

— Que faisais-tu dans les montagnes ?

— Je cherchais mes moutons. Mon troupeau a été volé par des brigands.

— A qui portais-tu les lettres que tu cachais dans tes bottes ?

L'adolescent ne répondit pas. Son interlocuteur reprit, d'une voix douce qui accentuait les aspirations, mouillures et palatisations du dialecte crétois :

— Regarde-moi, Paulios, n'aie pas peur. Tu vois, je parle ta langue et je n'ai pas porté la main sur toi. Je ne te ferai aucun mal et je désire être ton ami. Je t'assure que la plupart de mes collègues conduisent leurs interrogatoires de façon plus vive et... physique. Cela te plairait davantage ?

— Non...

— Je vais t'aider à comprendre la situation. Tu es un jeune homme courageux et serviable ; tu as voulu défendre ton pays en t'enrôlant dans la résistance. Tu as de bonnes jambes et tu connais par cœur les chemins de la région ; c'est pourquoi l'on t'a choisi pour messager. Ton rôle est de transmettre des documents entre les différents centres de la résistance, de Réthymnon à Sfakia en passant par les montagnes Blanches et les monts de l'Ida. Combien de fois as-tu déjà escaladé le Psiloritis ?

L'adolescent se taisait toujours, mais son tremblement avait cessé. Il se laissait peu à peu gagner par le charme et la douceur de l'homme qui se tenait en face de lui, dans le petit bureau nu du siège de la Kommandantur si redouté.

— Tu connais les principales cachettes des Andartès, et celles des Anglais de l'Intelligence Service. Tu as juré de ne jamais les révéler, mais sous la torture, Paulios, tu dénoncerais jusqu'à ton père et ta mère...

Les yeux mobiles de Paulios se figèrent un instant, hébétés, puis ils reprirent leur quête éperdue d'une issue de secours qui n'existait pas.

— As-tu entendu parler de la Gestapo, Paulios ? Ce sont des hommes vêtus d'uniformes noirs pour qui une vie humaine n'est rien en regard d'un renseignement. Je connais leurs méthodes, et je ne te souhaite pas d'en faire l'expérience...

Le tremblement avait repris. A présent, Paulios

claquait des dents. Les doigts de ses mains étaient tétanisés.

— Vois-tu, Paulios, malgré mon uniforme, je n'approuve pas la façon de procéder de mes collègues. Je suis d'un naturel trop fier pour condescendre à des actes de violence envers autrui qui n'auraient pour effet que de m'humilier moi-même. Aussi ai-je décidé de te relâcher. Dans un quart d'heure, tu repartiras d'ici, libre de tes mouvements.

Paulios s'arrêta de respirer, suffoqué par la nouvelle. Son cerveau paralysé d'angoisse avait du mal à réagir, à intégrer l'information affolante.

— Je ne te demande qu'une chose, en échange de la grâce que je t'accorde. Il s'agit d'un message que je te prie de transmettre à quelqu'un qui se trouve dans les montagnes, chez les Andartès. Tu vois à quel point j'ai confiance en toi, Paulios. Bien entendu, je conserve aussi les lettres que tu transportais lorsqu'on t'a arrêté. Il faut bien que je livre quelque chose à mes supérieurs... Il s'agit de documents codés ; cela va les occuper un bon moment !

L'homme de la Kommandantur se mit à ricaner avec malice, comme s'il était en train de préparer une bonne blague à quelqu'un. Son visage avait une expression d'enfant moqueur. Puis, arborant à nouveau l'air grave et sérieux qui seyait à ses fonctions, il griffonna quelques lignes sur un billet qu'il cacheta ensuite avec attention. Il tendit le pli à l'adolescent rasséréné, dont les joues avaient repris leurs couleurs vermeilles.

— Je ne te demande pas si tu connais le capétan Mavros, dit le Lion, car tout le monde admire ses exploits. Tu donneras cette lettre à une jeune femme qui doit se trouver avec lui. Elle est à peine plus âgée que toi. Elle se prénomme Paraskevi. Dis-lui que c'est le Dragon qui t'envoie... C'est le surnom que l'on m'a donné, ajouta-t-il en s'excusant.

Paulios rafla le billet et l'escamota dans les profondeurs de ses vastes bottes rapiécées. Il souriait. L'homme de la Kommandantur lui rendit son sourire.

— Allez, au revoir, Paulios, et bonne chance. La prochaine fois, essaie de ne pas te faire prendre. Je ne serai pas toujours là pour t'accueillir... Attends, je te fais raccompagner...

L'homme sonna. Deux gardes pénétrèrent dans le bureau. Le sourire amical de l'homme de la Kommandantur s'était brusquement effacé, remplacé par un masque hargneux et buté. D'un mouvement du menton, il désigna l'adolescent tout en vociférant rageusement, en allemand :

— Débarrassez-moi de ce crétin ; il n'y a rien à en tirer ! Flanquez-le moi à la porte tout de suite, et que je ne le revoie jamais plus !

Les gardes se saisirent du gamin, chacun par une épaule, et l'entraînèrent avec eux, sans ménagement. L'officier referma soigneusement la porte puis courut à sa fenêtre, d'où il guetta la sortie de Paulios. L'adolescent fut brutalement poussé dans la rue par les gardes. Sans demander son reste, il détala et se perdit dans les ruelles de la vieille ville.

Soulagé, Mark Fafner poussa un profond soupir et revint s'asseoir à son bureau.

Tous les grands capétans étaient présents. Le capétan Bandouvas avait déserté sa Tanière du Loup, et le capétan Satan sa Caverne des Vents. Ils avaient rejoint de nuit le capétan Michalis en sa Bauge, où les attendaient déjà le capétan Mavros et Dionysos, l'Anglais aux cheveux rouges.

Les cinq hommes étaient assis en tailleur autour

d'un feu de bois, à l'entrée de la grotte, et s'observaient en silence. Chacun avait autant de raisons de se défier des autres que d'admirer leur bravoure. La guerre avait amplifié le caractère de ces soldats, en le durcissant. Ils étaient alliés, pas amis. Plus habitués à commander qu'à négocier, ils concevaient mal l'idée d'avoir à se justifier de leurs actes ou d'obtenir des autorisations pour leurs actions futures. Il était tellement plus naturel de dresser des embuscades, se jeter dans la mêlée et égorger à tour de bras. Mais la nécessité d'une action concertée avait fini par s'imposer, sur les insistances de Dionysos, qui en retour avait promis des armes et des vivres. Muselant ses sentiments personnels, qui lui avaient fait prendre en horreur les châtiments disciplinaires dont abusait le capétan Mavros, l'Anglais était l'instigateur de ce conseil de guerre dont l'ordre du jour requérait tous leurs talents de diplomate, puisqu'il s'agissait de désigner, parmi les rangs des Andartès, un espion chargé d'aller épier les Allemands.

Le capétan Michalis sentit que personne ne parlerait tant qu'ils auraient le ventre vide et le gosier sec. Se dressant lourdement, il se saisit d'une tige en fer et fourragea dans une vaste marmite suspendue qui bouillonnait depuis des heures au-dessus du feu. Il harponna des tronçons de bois fumants qu'il déposa dans une écuelle de terre cuite posée à terre.

— Ce sont des racines. Excellentes à mâchonner. Le seul problème, c'est qu'elles sécrètent un poison foudroyant. Avant de les consommer, il faut les faire bouillir sept fois dans sept eaux différentes. Vous pouvez y aller sans crainte, j'ai bien compté...

Les trois capétans assis se jetèrent sur les racines et entreprirent de les ronger à belles dents. Dionysos, plus circonspect, se contentait de humer le morceau qui lui était échu. L'énorme et redoutable capétan Satan, qui avait engouffré la racine entière dans sa gueule prodigieuse et l'avait avalée, envoya son coude dans les côtes de l'Anglais :

— De quoi as-tu peur ? Il y a moins de poison dans cette racine que sous la langue de l'homme...

Ravi de sa boutade, le capétan Satan partit d'un rire retentissant dont l'écho se répercuta jusqu'au fond de la grotte. Le capétan Bandouvas renchérit :

— Tu as raison, capétan Satan. Pour lui ôter son poison, la langue de l'homme doit être bouillie, elle aussi. C'est ce que je fais avec mes hommes lorsqu'ils me mentent. Je leur arrache la langue, je la fais bouillir sept fois, puis je la mange. C'est délicieux.

Dionysos eut un haut-le-cœur. Ces Crétois étaient-ils donc tous des ogres et des tortionnaires ? Le capétan Michalis chercha à le rassurer :

— Ne les écoute pas, Dionysos, ils plaisantent. La langue de l'homme n'a pas besoin d'être bouillie ; il suffit de la tourner sept fois dans sa bouche avant de parler, et c'est ce que je vous conseille de faire, mes amis...

Il s'assit, et fit circuler autour du feu une outre emplie d'un vin noir et râpeux. Lui n'en but pas, se contentant d'un café bien fort qu'il avait fait chauffer dans son inséparable briki. Puis il confectionna un narguilé à l'eau de rose dont il tendit le tuyau alternativement à chacun de ses hôtes. Ils fumèrent un long moment en silence et la grotte s'emplit d'une fumée délicatement aromatisée. Lorsqu'il estima que les vapeurs du vin et du tabac avaient un tant soit peu apaisé la tension qui habitait le cœur de ses compagnons, le capétan Michalis se tourna vers le capétan Mavros.

— Capétan, il y a peu de temps, je t'ai demandé de réfléchir à une question grave qui nous concerne tous. Peux-tu nous dire ce que tu en penses aujourd'hui ?

Le Lion, qui depuis le début de la soirée affichait une mine renfrognée, prit le temps d'ingurgiter une large rasade de vin avant de répondre.

— J'ai longuement réfléchi, capétan Michalis. Tu sais que je suis hostile à l'idée qu'un Andartès puisse s'abaisser à faire de l'espionnage. Cacher son identité, mentir et épier les autres, ce n'est pas digne d'un homme... Cependant, il m'est venu une idée.

Le capétan Michalis, qui redoutait une obstruction systématique de la part de son impétueux compagnon, lui offrit l'extrémité du narguilé d'un air soulagé. Le Lion aspira bruyamment la fumée qui s'exhala ensuite de sa bouche et de ses narines en longues volutes grises et bleues et l'enveloppa un instant d'un épais brouillard. Puis il tendit la pipe à son voisin, le capétan Satan, et reprit son discours :

— C'est une chanson qui me l'a inspirée. Celle de la Fille de l'Ogre et des Lézards. Vous ne la connaissez pas ?... Le père Drakos a convoqué les officiers de la Kommandantur en âge et en situation d'être mariés et a demandé à sa fille de choisir parmi eux l'époux de son choix. Elle les a tous refusés en bloc, et je pense que la plupart d'entre eux n'ont pas encore digéré ce refus. Ils ont une revanche à prendre.

— Quel rapport avec notre affaire, capétan Mavros ? Je ne te suis pas très bien, l'interrompit le capétan Michalis.

— Attends un peu, tu vas comprendre... Après l'humiliation qu'ils viennent d'essuyer, ces petits messieurs de la Kommandantur doivent brûler du désir de donner une leçon à la Drakos en épousant à sa place une belle Crétoise plus complaisante... N'est-ce pas l'occasion pour nous de nous infiltrer chez eux en leur fourrant dans les pattes une femelle de prix qui leur fera oublier l'Ogresse ?...

Dionysos s'exclama, d'une voix dont il ne parvenait pas à masquer l'hostilité :

— Qu'est-ce encore que cette histoire, capétan Mavros ? Tu veux engager une Mata-Hari ? Et où la trouveras-tu ? Je ne te reconnais plus, capétan. Il m'avait semblé que tes opinions en matière de licence sexuelle témoignaient d'une pudeur extrême. Et voilà que tu envisages de demander à une femme de sacrifier son honneur et d'aller se prostituer ? L'évocation de ces corps accouplés ne te fait plus horreur ? Aurais-tu déjà oublié Périklès et Cristina ?

Sous l'attaque, le Lion se ramassa sur lui-même, l'air mauvais, prêt à bondir. D'une voix blanche, il repartit :

— Je n'ai rien oublié, l'Anglais. Et je maintiens ce que j'ai dit ce jour-là : tant qu'ils seront en guerre, mes hommes n'auront une verge que pour pisser. Mais les femmes n'ont pas de verge, n'est-ce pas ? Et si la défense de la Crète passe par ce qu'elles ont entre les jambes, alors tant mieux ! J'ai beau traiter les femmes de mon groupe en hommes, j'estime qu'elles seraient plus utiles au lit que sur les champs de bataille. Serait-ce le lit d'un Allemand.

Dionysos, ulcéré, voulut rétorquer ; le capétan Michalis l'en empêcha.

— Ta proposition n'est pas mauvaise, capétan Mavros, mais elle n'est guère aisée à réaliser. As-tu déjà songé à l'identité de celle que tu destines à une mission aussi ingrate ?

— Bah ! maugréa le Lion. N'importe laquelle fera l'affaire. Les Allemands sont des chiens en rut. Ils n'y verront que du feu.

— Peut-être, capétan. Mais cette femme devra

accepter de vivre désormais chez l'occupant tout en demeurant liée en secret à l'armée invisible des partisans. Les risques qu'elle prendra seront énormes, et elle devra jouer la comédie en permanence. Imagine aussi le mépris qu'elle devra endurer de la part des Crétois, qui la croieront devenue une collabo... Quelle femme, quelle Crétoise supporterait longtemps une telle situation ?

— Je me fais fort de la trouver, capétan Michalis. J'ai dans mon groupe une dizaine de bonnes patriotes qui n'ont pas froid aux yeux. Dans le lot, il y en aura bien une qui acceptera de sacrifier sa chasteté pour les besoins de notre cause. Je m'en charge.

— Bravo, capétan ! tonitrua le capétan Satan. Je vote pour ton idée. Et vous autres ?

Les deux autres capétans aquiescèrent tandis que Dionysos, buté, s'abstenait. Le capétan Michalis conclut :

— Fais pour le mieux, capétan Mavros. Tu as notre soutien et notre confiance. Et maintenant, mes amis, que diriez-vous d'un autre narguilé ?

Ce n'est qu'au point du jour que le Lion parvint en vue de la grotte de l'Ida. La bouche d'ombre s'ouvrait au flanc de la montagne.

Elefteris s'arrêta un instant pour reprendre haleine. L'aube montait lentement de la vallée, et la montagne était rose, comme un sein. Là-bas, à proximité de l'entrée de la grotte, deux silhouettes se découpaient. Elefteris plissa les yeux et reconnut sa fiancée, Paraskevi, occupée à lire une lettre que venait de lui remettre l'un des jeunes messagers qui faisaient en permanence le va-et-vient entre les différents groupes d'Andartès. Intrigué, Elefteris se mit à couvert afin d'observer la suite de la scène. Paraskevi plia la lettre et disparut dans la grotte tandis que le messager reprenait son chemin. Eleftéris l'intercepta dès qu'il passa à côté de lui.

— Eh, Paulios ! Où t'en vas-tu si tôt ?

— Ah ! Capétan Mavros, tu m'as fait peur. Je ne t'avais pas vu...

— Et moi cela fait un bon moment que je t'observe... De qui est la lettre que tu viens de remettre à Paraskevi ? Allons, réponds...

Le Lion se dressait de toute sa hauteur, une expression d'intense colère imprimée sur son faciès. Le garçon prit peur et bredouilla.

— Je... Je ne sais pas, capétan... Je ne suis au courant de rien...

Le Lion saisit Paulios par les épaules et le souleva de terre comme si le corps du jeune homme avait été rempli de plumes. Il lui souffla une haleine empestée au visage.

— Qui ?... Réponds... Vite...

— C'est... Un Allemand, capétan... Un officier de la Kommandantur, qui m'a relâché ce matin... Celui qu'on surnomme le Dragon...

Eleftéris reposa Paulios à terre, le regard vide. Il semblait tout d'un coup ne plus savoir où il se trouvait, ni ce qu'il était venu y faire. Sans plus se préoccuper du gamin, il murmura d'une voix lointaine, en essayant de se pénétrer du sens des mots qu'il prononçait :

— Le Dragon... Le Dragon... Le Dragon...

A pas lents, ivre, titubant, il se dirigea vers la grotte de l'Ida.

Lorsqu'on songe intensément à quelqu'un, parfois cette personne se manifeste en retour. Avant qu'elle eût brisé le cachet du message que lui tendait Paulios, Paraskevi savait ce qu'il contenait. Bien avant, même. Elle ne pouvait dormir, était sortie au seuil de la grotte pour regarder le jour naître. De loin, elle avait reconnu Paulios. Sa poitrine se mit à battre plus fort ; instantanément elle avait compris que c'était pour elle que le gamin venait là ; elle avait compris de qui il était le messager. Ces choses-là ne s'expliquent pas ; elles se sentent. Paraskevi avait senti, en son âme et son cœur, que celui auquel elle songeait en secret depuis deux ans l'avait enfin retrouvée et lui écrivait. Elle aurait pu énoncer les termes mêmes de la lettre, avant de l'avoir lue, avant de savoir qu'il y avait une lettre. Ce fut une fulgurance qui embrasa tout son être : elle aimait l'homme qui lui écrivait aujourd'hui ; elle l'aimait par-dessus tout. Depuis deux ans, elle se mentait à elle-même : les fusils, les cartouches en papier d'Evangile, les commandos meurtriers et les montagnes de l'Ida n'étaient que des obstacles qu'elle s'était évertuée à semer entre le seul amour de sa vie et son cœur de femme endurci par la solitude.

Et lui ! Lui aussi l'aimait. Il ne l'avait pas oubliée. Il avait trouvé le moyen de la joindre en utilisant un messager de la résistance. Il avait bravé les risques et les interdits pour venir, sous la forme d'une lettre, jusqu'à elle. A ce moment-là, seul le cœur de Paraskevi s'exprimait. Son amour si longtemps contenu la submergeait enfin, et son plus cher désir était de dévaler la montagne, rejoindre l'homme qui l'attendait en bas et s'élancer dans ses bras. Elle n'avait pas encore pris le temps de raisonner, de peser les conséquences d'un tel acte. Elle ne réalisait pas encore que le lieu où l'entraînait son cœur l'éloignait de son devoir, de sa lutte de patriote, de la défense de la Crète. Suivre son cœur, c'était trahir les siens. Demeurer fidèle à sa cause, c'était abjurer son amour.

Elle décacheta la lettre, la lut rapidement. Il y avait

quelques mots à peine, rédigés en grec, en forme de complainte :

Dieu m'a expulsé de son Ciel
Et m'a jeté sur la terre de Crète.
Là, un démon m'a dévoré le bras,
Et un ange a volé mon cœur.
Que tous les diables se repaissent du reste de mon corps,
Mais que mon cœur me soit rendu
Par celle qui me l'a dérobé.

Paraskevi plia la lettre et renvoya Paulios, sans même l'interroger. A quoi bon. Elle savait. Elle savait déjà qu'elle était prête à tout. A trahir sa foi, son sang, sa race. La compagnie des Andartès désormais lui faisait horreur. Elle se sentait devenir folle, folle d'impatience et d'amour pour ce soldat ennemi qui l'appelait à lui. Le cœur ravagé, elle disparut dans les profondeurs de la grotte.

Le Lion savait qu'il allait tuer. Tuer une fois de plus. Il aimait Paraskevi, bien qu'il ne le manifestât jamais. Elle était sa fiancée, sa promise depuis toujours. Il n'en aurait pas voulu une autre pour épouse. Il s'était dit : après la guerre, après que les Allemands seront boutés hors de la terre sacrée de Crète, je bâtirai une maison au centre d'Amnatos, j'y installerai ma femme et lui donnerai une bonne dizaine d'enfants. Il s'était dit : je m'amenderai, je deviendrai sobre, attentionné, fidèle. Et voilà qu'il allait la tuer. De ses propres mains. Parce qu'elle avait trahi. Parce qu'elle communiquait en secret avec cet Allemand de malheur qu'il avait soigné jadis. Il n'était sûr de rien, mais le soupçon suffisait. Elle avait lu la lettre et l'avait empochée. Cette acceptation d'une lettre étrangère méritait à ses yeux la mort. Il avait fouetté, battu, égorgé et émasculé pour moins que cela. Paraskevi allait mourir, et le cœur d'Elftéris serait brisé à jamais.

A mesure que ses pas le rapprochaient de la grotte, le rapprochaient du crime, son assurance revenait. Il était porté par le souffle de la justice et de l'honneur ; son bras s'armait déjà pour la vengeance. Rien ne pourrait entraver les gestes qui déjà s'agençaient dans le vide, la main qui brise la nuque en arrière ; celle qui se saisit du couteau en manche de corne, le pose sur la carotide offerte et appuie, appuie, appuie jusqu'à ce que gicle la source noire du sang.

Le Lion déboula en tempête au fond de la grotte.

Tout s'était déroulé en un éclair. Paraskevi relisait sa lettre à la lueur vacillante du feu à demi éteint lorsque, relevant la tête, elle avait vu se dresser devant elle Eleftéris qui suait et soufflait. Il l'observait en silence, les yeux chavirés ; il l'observait avec une attention extrême ; on eût dit qu'il la voyait pour la première fois ; la première ou la dernière fois. Il la regardait, et pleurait en la regardant. De grosses larmes chaudes qui gouttaient sur ses joues et allaient se perdre dans la frondaison de sa barbe, sans qu'il prît la peine de les essuyer. Sans doute, n'ayant jamais pleuré auparavant, il ignorait ce qu'étaient les larmes, et comment s'en garder. Il pleurait effrontément, sans pudeur, debout, jambes écartées, comme on pisse. Il pleurait comme un homme doit le faire sur la femme qu'il a perdu.

Elle voulut cacher la lettre, mais il la lui arracha des mains. Impérieux, il lui dit :

— Suis-moi.

Puis il lui tourna le dos et sortit de la grotte. Elle le suivit.

Ils marchèrent longtemps. Lui devant, elle derrière. A aucun moment il ne se retourna pour s'assurer qu'elle ne cherchait pas à fuir. Elle ne l'aurait pas tenté. Elle savait le sort qui l'attendait, et s'y soumettait par avance. A présent elle avait hâte de cette mort qui la sauvait du déshonneur. Seule, elle n'aurait pas pu lutter contre l'amour fou et maudit qui la hantait.

« Que tous les diables se repaissent du reste de mon corps,

Mais que mon cœur me soit rendu... »

Ils atteignirent le sommet du Psiloritis. Il avait fallu cette longue marche pour sécher les yeux d'Eleftéris. Davantage maître de lui-même, il se retourna vers Paraskevi et commanda :

— Viens.

Il désignait une pierre, large et ronde, qui surplombait le précipice. La pierre du sacrifice. Sans un mot, sans un geste de révolte, Paraskevi s'allongea sur la pierre et ferma les yeux. Un mince sourire se dessina sur ses lèvres. L'approche de la mort excitait ses sens, mieux que la vision d'un amant nu. Elle aspirait à la caresse du couteau qui la délivrerait de son corps, de son âme. Elle attendait la mort en frémissant d'amour. Elle languissait après la mort comme elle se serait languie d'une jouissance annoncée. Sur le noir de ses paupières closes se dessinait le visage de Mark Fafner.

La voix rude d'Eleftéris la tira de sa volupté.

— Relève-toi. Tu sembles trop heureuse de mourir. C'est indécent.

Elle rouvrit les yeux. Eleftéris avait jeté son poignard à terre. Il avait subitement vieilli de dix ans, épuisé par le combat qui se livrait en lui. Il aurait dû la tuer sur-le-champ, dans la grotte. A présent, c'était trop tard. Il ne pourrait plus. La rage s'en était allée. Ne restait plus que le ressentiment.

Il déplia la lettre qu'il avait froissé entre ses doigts, la lut. Jusqu'alors, il n'avait pu s'y résoudre. La colère et la jalousie lui auraient brouillé la vue. Une fois, deux fois, trois fois de suite il relut la lettre du Dragon, puis cracha sur sa poitrine pour éloigner le mauvais œil.

— Il t'aime. Et toi, l'aimes-tu ?

Elle ne répondit pas. Demeurait absente, indifférente. La mort l'avait frôlée puis s'était dérobée.

Elefteris relisait la lettre et réfléchissait. Il entrevoyait un moyen de punir Paraskevi sans lui ôter la vie. Une idée confuse, qui lentement cheminait en lui. Une idée terrible, humiliante pour elle et pour lui, mais qui s'imposait peu à peu par sa logique et son évidence. D'une voix éteinte, les yeux plongés dans le vide qui les environnait et dans lequel il lisait un invisible arrêt, déchiffré avec peine, il chuchota :

— Cette nuit, les capétans ont tenu leur conseil de guerre. Ils ont décidé de désigner, parmi les femmes qui ont rejoint les Andartès, celle qui serait capable de se faire aimer d'un officier allemand afin de lui soutirer des renseignements utiles à la cause des partisans. L'idée vient de moi, Paraskevi, mais je ne pensais pas que tu serais celle qui la mettrait en œuvre...

Il se tut un moment. Paraskevi ne réalisait pas le sens de ces paroles. Soudain, elle comprit. Affolée, elle se saisit du poignard d'Elefteris et le lui mit de force dans les mains, en criant :

— Quoi ? Tu n'es donc pas un homme ? Tue-moi ! Tue-moi tout de suite !

Elefteris la repoussa et elle roula dans la poussière. Il rangea son poignard dans sa ceinture et poursuivit l'énoncé de sa sentence.

— Chaque dimanche, tu iras voir ton frère Panayotis à Arkadi, pour l'office dominical. Tu en profiteras pour lui dresser un rapport détaillé des projets de l'ennemi que tu auras pu intercepter. Un messager fera ensuite le lien entre Arkadi et les Andartès. Panayotis sera ton seul contact ; le seul, à part les capétans, à être dans la confidence. Les autres verront en toi une collabo. Et tu chercheras à leur donner raison. C'est le prix de ton efficacité.

Paraskevi s'était jetée à genoux, prostrée. Elle ne se défendait même plus, la gorge serrée de honte. Une honte qui l'enveloppait tout entière. La honte de réaliser que cet arrêt comblait ses vœux ; que la mission que lui confiait Elleftéris lui permettrait de s'abandonner à son amour sans renier sa cause. Honte de savoir qu'elle allait vivre désormais dans le mensonge, et que cette idée ne la révoltait pas. Honte de découvrir en elle une face d'ombre qu'elle ne soupçonnait pas. La courageuse résistante allait devenir une espionne.

15

C'était un vendredi de la fin du mois d'avril. Le vendredi de Pâques. Le vendredi saint. Paraskevi sortit de la grotte de l'Ida avant l'aube, sans un salut pour ses camarades de guérilla. Elle emprunta le sentier muletier et escalada le Psiloritis, éclairée par la pleine lune de Pâques qui brillait dans le ciel noir de Crète.

Au sommet, elle fit une pause pour observer le jour qui, lui aussi, escaladait les pentes enneigées, et huma longuement l'air froid et vif qui lui picotait les narines. L'air des montagnes de Crète. L'air de la liberté. Elle regarda autour d'elle les à-pics vertigineux, les masses d'ombre enfouies dans la vallée comme des troupeaux égarés, au loin les bouquets d'oliviers, le pelage bien peigné des vignes, la barbe blonde des blés, plus loin encore la mer, l'infini bleu de la mer, jusqu'à l'horizon.

Elle redescendit le versant nord de la montagne, un peu ivre d'avoir respiré cet air que respirent les dieux. En dessous de mille mètres d'altitude, la nature accusait la métamorphose du printemps. Elle embaumait des senteurs d'avril, bouleversait les sens.

C'était un véritable enchantement. Paraskevi cueillit un brin de basilic sauvage et le coinça entre ses dents.

Elle parvint à Arkadi au déclin du soleil. Les moines en prière psalmodiaient doucement, en compassion devant l'homme cloué tout là-haut sur sa croix, au sommet du Golgotha. Paraskevi entra dans l'église et pria à son tour. Elle pria pour le martyre de son Dieu, pour le martyre de la Crète, sa mère, pour le martyre des Crétois, ses pareils, violentés, affamés, torturés, fusillés, brûlés vifs.

Elle retrouva Panayotis, son frère jumeau. En deux ans ils ne s'étaient guère vus plus de deux ou trois fois. Lui aussi avait été marqué par la guerre et les privations. Il avait mûri subitement, tel un fruit exposé à un soleil trop fort. Il entraîna sa sœur dans une cellule fraîche et, à grand renfort de brocs, bassines et cuvettes, lui versa un bain. Son premier bain en deux années.

Plongée dans l'eau tiède aromatisée aux plantes, Paraskevi prit conscience de son corps. Sous la cuirasse de ses vêtements d'homme et des plaques de crasse qui marbraient ses pieds, ses mains, ses joues, un corps de femme joliment dessiné avait lentement éclos. Paraskevi se lava longuement avec un pain de savon noir, savonna par trois fois ses cheveux qui en séchant recouvrèrent leur volume et leur teinte noisette, se frotta durement la paume des mains à la pierre ponce en marmonnant une drôle de litanie :

— Pierre ponce... Pierre ponce... Pierre ponce... Je m'en lave les mains... Je m'en lave les mains... Je m'en lave les mains...

Elle émergea de son bain prête à une nouvelle vie.

Son frère lui avait apporté des vêtements féminins. Un chemisier blanc, un gilet brodé de fils d'or, une longue jupe, un foulard noir. Pour la première fois de sa vie, Paraskevi s'habillait en femme.

Elle passa le samedi en prières, vouant son âme à Dieu, le suppliant par avance de la prendre en pitié. Comme les moines agenouillés autour d'elle, comme tous les chrétiens du monde, elle attendait le retour du Sauveur, la bonne nouvelle du Christ ressuscité. A minuit, elle alluma sa bougie à la flamme qui courait de cierge en cierge au sortir de l'église, tandis que l'higoumène Emmanuel annonçait au monde :

— Christ est ressuscité !

Elle couva la flamme vacillante de sa main arrondie en conque. Une ancienne coutume veut que la lumière de Pâques offre une année de bonheur à qui sait en protéger l'éclat jusqu'au seuil de sa maison. A la suite des moines, Paraskevi processionna dans la cour du monastère en brandissant fièrement sa bougie incandescente, mais un souffle de vent gifla la flammèche qui se tortura, se recroquevilla, vira du jaune orangé au bleu, puis, après une brève hésitation, s'éteignit.

Le dimanche de Pâques 1943 ruisselait de soleil. Sitôt levée, Paraskevi s'habilla de neuf et se rendit à l'église où elle baisa chacune des icônes. Puis elle embrassa son frère et prit la route de Réthymnon.

Elle s'égara dans les faubourgs. Tout avait tellement changé. Elle avait souvenir d'une ville gaie, plantée de minarets qui veillaient sur des places ivres de rires et de bruits, bordées de tables en terrasses où les hommes buvaient le raki en triturant leurs komboloïs. Elle découvrait des ruelles vides et grises, hantées par des chars, des jeeps et des camions bâchés, des échoppes désertées, des maisons entières réquisitionnées par les nouveaux maîtres des lieux, et partout, des drapeaux rouge et blanc, frappés d'une araignée noire, et des uniformes vert-de-gris. Elle découvrait un autre monde, une nouvelle civilisation. La civilisation des lézards.

Elle finit par trouver l'immeuble de la Kommandantur, près du port vénitien. Aux gardes narquois qui détaillaient son corsage, elle demanda à être reçue par celui qu'on surnommait le Dragon. On la fit patienter dans une antichambre. Des mouches vertes butinaient les vitres sales avec des bourdonnements d'avions. On vint la chercher, on lui fit gravir les vastes escaliers, puis arpenter un long couloir qui conduisait à un bureau petit et nu. Un homme en uniforme, aux cheveux en épis de blé et aux yeux transparents de ciel, l'y attendait debout. Les gardes furent renvoyés, et la porte fermée. Ils étaient seuls, face à face. C'est elle qui parla la première, la tête haute, les yeux dirigés droit devant elle, à la crétoise :

— Ton cœur est à moi ; je le garde. Mais en échange, je suis venue t'offrir le mien. Epouse-moi, Mark Fafner. Je veux être ta femme...

Au même instant, les Nazis avaient organisé une rafle dans les villages des montagnes, aux pieds du mont Ida, afin d'arrêter les *terroristes* convaincus d'espionnage, de sabotage et d'intelligence avec les Anglais. L'opération avait été décidée par le commandant Fritz Schubert, alerté par les documents chiffrés que lui avait remis le commandant Mark Fafner, après les avoir confisqués à Paulios. Ces documents livraient l'emplacement des planques et cachettes utilisées par les Andartès, ainsi que les noms de leurs messagers. Près de trois cents Andartès furent ainsi cueillis au nid et transférés à la prison d'Aghia. Le millier de villageois qui les avaient abrités et aidés furent fusillés et leurs villages brûlés jusqu'aux fondations. Les villages de Képhalovrissi,

Kato Syani, Pevkos et Sycologos furent rasés et rayés de la carte de Crète. C'est après ce haut fait de guerre que les Crétois surnommèrent le commandant Fritz Schubert : le Boucher de Crète.

Le jeune Paulios avait été pris dans la rafle, ainsi qu'Andréa, le garçon qui chantait la chanson de l'Ogre et des Lézards dans les montagnes. En parvenant dans la cour de la prison d'Aghia, ils frissonnèrent en reconnaissant le saule noir aux branches duquel des générations de chrétiens avaient été pendus par les Turcs. C'est là qu'on allait les fusiller.

Eu égard à leur âge — quinze ans chacun —, ils eurent droit à un traitement privilégié. Le caporal-chef chargé de commander le peloton d'exécution leur proposa avant de mourir le verre d'alcool et la cigarette du condamné.

Paulios, qui avait la gorge sèche et serrée par l'angoisse, réclama un verre d'eau fraîche et une icône à baiser. On trouva l'eau, mais l'icône manquait, aussi le caporal-chef, qui était humain et avait à peine plus de vingt ans, tira de son portefeuille une photo de sa mère qui l'attendait en Allemagne et la tendit à l'adolescent. C'était une femme replète et blonde, aux cheveux nattés et relevés sur le sommet du crâne. Paulios embrassa en pleurant l'image en noir et blanc de la femme qui lui souriait, en imaginant qu'il s'agissait de sa propre mère.

Ce fut le tour d'Andréa, qui demanda un verre de vin et l'autorisation de chanter une mantinade et de danser le pentozali. On lui apporta un verre de vin noir, qu'il but sans respirer, puis il se mit à entonner une ancienne mantinade qui débutait par ces mots :

Ma Crète, île éclatante, couronne du Levant,
dont la terre est d'or
et les pierres des diamants...

Tout en chantant, il foula l'aire autour de lui de la pointe de ses bottes, leva les bras au ciel, prêt à l'envol, et entama une lente danse solitaire. Il avait fermé les yeux, et souriait en basculant et tournoyant au ralenti dans l'air bleu du soir. Les soldats allemands avaient posé leurs mitraillettes et tapaient dans leurs mains en riant pour encourager l'enfant qui, tout occupé à sa danse et sa chanson, les avait oubliés. Un Crétois envahi par le dieu de la danse oublie tout, jusqu'à sa mort prochaine, jusqu'aux injures non lavées, jusqu'à la liberté bafouée, jusqu'à l'enfance brisée net par une salve de mitraille.

La danse prit fin, et Andréa fut attaché au tronc du saule, à côté de Paulios. Le caporal-chef rangea la photo de sa mère, leva le bras en l'air et, l'abaissant brusquement vers le sol, comme on tire un rideau, cria :

— Feu !

Les deux adolescents se transformèrent en pantins tressautant dans le vent.

Mark Fafner ne posa aucune question à l'ange qui lui tombait du ciel, de peur qu'il ne s'envolât. On n'interroge pas le bonheur qui passe. Paraskevi l'aimait, elle était venue le rejoindre : rien d'autre ne comptait. Elle voulait devenir sa femme : c'était également son vœu le plus cher. Il demanda et obtint aussitôt de ses supérieurs l'autorisation de célébrer son mariage le mois suivant. La date fut fixée au 1er juin.

La nouvelle des noces prochaines du Dragon avec une jeune et jolie Crétoise fit en quelques jours le tour de la communauté allemande de Réthymnon. Le brave lieutenant Niemand, qui avait le premier deviné l'affaire, lisait dans ce mariage d'excellents augures concernant l'avenir de la Crète.

— Je vous l'avais bien dit, mon cher Fafner, dans cinquante ans d'ici nous reviendrons dans cette île pour y célébrer l'union de nos petits-enfants. Vous verrez !

A quelques jours de là, Mark Fafner fut invité, en compagnie de sa future, à un dîner entre *intimes* à la villa Drakos. Se trouvaient là une poignée d'officiers, dont Niemand, le vieux Christophoros et Salomé. Le rusé Drakos n'avait pas abandonné l'espoir de marier sa fille et comptait sur l'exemple du commandant Fafner pour la décider. A table, enivré par les mets et les vins, le gras Niemand pérorait :

— C'est un honneur, oui, un honneur pour moi d'être l'ami du commandant Fafner ici présent, et je sollicite de sa part l'honneur encore plus grand d'être son témoin de mariage...

Niemand, saoul, éclata en sanglots, ce qui déchaîna les rires des convives. Salomé, elle, ne rit pas. Elle regardait intensément Paraskevi, sans qu'aucune émotion particulière ne se peignît sur son visage. Paraskevi, gênée d'être là, peu accoutumée aux mondanités, aux tables bien servies et aux vêtements élégants, ne regardait personne, observait les saynètes mythologiques qui illustraient les assiettes peintes qu'on déposait devant elle, balayait des yeux les tableaux de maîtres et les tentures qui tapissaient les murs, glissait le long des mains des convives qui ferraillaient à l'aide de couverts en argent, leurs longues mains blanches et manucurées d'assassins, et se répétait en elle-même : « Je m'en lave les mains... Je m'en lave les mains... Je m'en lave les mains... »

Mark, depuis qu'il avait retrouvé Paraskevi, vivait dans la sérénité.

Le vieux Drakos le questionnait aimablement, tout

en surveillant les réactions de sa fille du coin de l'œil :

— Ce sera un mariage religieux ? En Crète, les mariages civils n'existent pas...

— Un mariage orthodoxe, oui, je l'ai promis à Paraskevi. C'est son frère, le moine Panayotis, qui nous bénira. D'ailleurs, avant l'union, je compte me faire baptiser.

— Bravo, Monsieur le commandant ! Je vois que vous appréciez nos rites et nos coutumes... Eh bien, Salomé, tu n'as encore rien dit. Paraskevi est de ton âge, elle pourrait devenir ton amie... Qu'en dis-tu ?

Salomé ne répondit pas tout de suite. Le visage fermé, elle fixait toujours la future Mme Fafner avec une intense curiosité. Son père regrettait à présent de l'avoir prise à partie, redoutant un nouvel éclat de sa part. Les convives s'étaient tus, persuadés que la farouche Salomé allait incontinent quitter la table après avoir proféré quelque insolence. Mais, contre toute attente, la jeune fille déploya soudain un ravissant sourire et minauda :

— Quelle excellente idée, papa ! Je suis si seule ; si Paraskevi est d'accord, je veux bien être son amie. Elle sera la sœur que je n'ai pas eue...

Paraskevi, tirée de ses réflexions, regarda d'un air traqué la jeune fille qui lui souriait. Christophoros exultait :

— Bravo, ma fille ! Paraskevi sera une sœur pour toi, c'est entendu... D'ailleurs, puisqu'elle est orpheline, je compte me substituer à son père défunt pour lui offrir une dot confortable. Ainsi, elle sera un peu ma fille, à moi aussi... Il faut fêter cela. Qu'on apporte du champagne !

Le lieutenant Niemand, qui suivait chaque péripétie de ce repas de conte de fées, gloussait à présent de joie en s'empiffrant de chocolats suisses importés. Salomé, toujours souriante, se tourna vers lui :

— Vous êtes bien gai, lieutenant... Est-ce le bonheur de votre ami qui vous met dans un tel état de béatitude ? Je vais vous fournir un motif de plus de vous féliciter... Papa, le lieutenant Niemand faisait bien partie de nos invités pour ma soirée d'anniversaire, n'est-ce pas ? Tu n'as pas oublié le cadeau que tu m'as promis ce soir-là ? Dans ce cas, papa, j'ai l'honneur de te demander de bien vouloir m'accorder la main du lieutenant Niemand, ici présent. Je voudrais que nos noces soient célébrées le même jour que celles du commandant Fafner. Ainsi, tu auras deux filles à doter au lieu d'une...

On entendit un bruit sourd, suivi d'un cliquetis de verre et de vaisselle brisés. Le lieutenant Niemand gisait évanoui, la tête écrasée dans son assiette.

Paraskevi s'était installée dans la coquette villa que Fafner s'était vu attribuer en logement de fonction, et consacrait ses journées à des tentatives ménagères et culinaires qui se révélèrent décevantes. La jeune fille n'avait jamais tenu de maison, n'avait même jamais connu de véritable maison, et la vocation de femme au foyer lui était étrangère. Mark engagea une domestique, et Paraskevi n'eut plus rien d'autre à faire de ses journées qu'à attendre le jour de son mariage.

Salomé l'invitait très souvent à prendre le thé, ou bien à l'accompagner en promenade dans son tilbury, ou bien à choisir les toilettes que les deux jeunes filles arboreraient lors de leurs noces jumelées. Le vieux Christo ne reconnaissait plus sa fille : elle jusqu'alors si sauvage, si méprisante, si farouche, s'était prise d'une véritable affection pour cette Paraskevi dont on ignorait tout. Quant au choix de son époux, même si Christophoros s'était engagé à ne le pas contester, il avait de quoi surprendre : le lieutenant Niemand n'était, et de loin, ni le plus séduisant, ni le plus brillant, ni le plus influent des jeunes officiers de la Kommandantur. D'ailleurs, le gras et fragile jeune homme n'était toujours pas revenu de son étonnement. Sitôt ranimé de sa pâmoison, lors du dîner, il avait dû s'aliter sous le coup d'une jaunisse, ce qui valut un sursis de quelques jours à trois villages des montagnes, soupçonnés d'avoir offert l'hospitalité à des Andartès, et dont le lieutenant devait régler le sinistre sort par une ordonnance qui serait signée par le commandant Fritz Schubert. La jaunisse du lieutenant Niemand sauva ainsi la vie d'une centaine de civils qui eurent le temps de gagner les montagnes avant sa rémission. Rémission qui ne saurait tarder, insista le médecin militaire dépêché au chevet du malade. L'heureux lieutenant serait sur pieds, frais et dispos, pour le 1er juin, à peine amaigri par la diète qu'on lui infligeait et qui lui tirait des plaintes et des maux d'estomac. Mais il se consolait en songeant qu'il allait épouser les entrepôts Drakos regorgeant de victuailles. Le brave lieutenant Niemand finirait la guerre entre les cochons de lait rôtis, les chocolats suisses et les magnums de champagne français.

Le 1er juin 1943 tombait un mardi, deux jours avant l'Ascension, deux ans jour pour jour après la victoire des Allemands lors de la sanglante bataille de Crète. Mardi, le jour de Mars, dieu de la guerre.

Dès le matin, les abords du monastère d'Arkadi s'étaient trouvés sous haute surveillance. Des hommes en uniforme vert-de-gris, chiens policiers en laisse et mitraillettes au poing, patrouillaient sans relâche dans la région, tandis qu'un détachement de la division de montagne encerclait les murs d'enceinte, comme s'ils s'apprêtaient à en faire le siège. Mark Fafner se souvenait des paroles prononcées deux ans plus tôt par Paraskevi, dans la poudrière du monastère. Elle avait juré que les moines aimeraient mieux faire sauter une seconde fois leur monastère plutôt que de se rendre. Et voilà que c'est elle qui avait insisté pour que leur mariage fût célébré en ce lieu inviolé et que leur union fût bénie par son propre frère, le jeune moine Panayotis que Mark avait retrouvé avec émotion. Tout s'était dénoué si facilement, si rapidement... Mark n'en croyait pas ses yeux. Lui qui s'était enfui d'Arkadi par une simple poterne, à peine remis de son amputation et promis à une mort certaine, il revenait par la grande porte, au bras de celle qui l'avait éconduit jadis pour en suivre un autre dans les montagnes. Quelle revanche ! Et ces moines qui, à part Panayotis, faisaient mine d'ignorer sa présence, voici qu'ils entonnaient aujourd'hui des psaumes en son honneur.

Quelques jours auparavant, Mark avait été baptisé, embrassant enfin cette religion orthodoxe que lui vantait avec tant d'enthousiasme son ami Panayotis lorsqu'il venait le veiller dans sa cellule de convalescence. Le commandant s'était mis nu et avait dû s'immerger entièrement dans une sorte d'urne profonde où il tenait debout. Par quatre fois, face aux quatre points cardinaux, l'higoumène Emmanuel lui avait enfoncé la tête sous l'eau, comme s'il cherchait à le noyer, tout en prononçant les paroles destinées à attirer sur lui l'amour du Christ et la colombe de l'Esprit saint. Par quatre fois, Mark avait eu le sentiment qu'il mourait, qu'il quittait à jamais son enveloppe de chair pour se couler dans les eaux primordiales, comme si on lui avait enfoncé la tête, non dans une urne, mais dans le ventre de sa propre mère. Par quatre fois, il avait resurgi de l'onde hors d'haleine, la bouche ouverte sur un cri muet.

Il dut choisir un nom de baptême, un nom grec. Il opta pour Markos, ce nom que lui avait donné Paraskevi, les premiers temps de leur rencontre. Panayotis fut son parrain, ou plutôt son « frère de baptême », selon l'étymologie crétoise. Panayotis et Markos étaient désormais deux frères, non de sang, mais de religion, indéfectiblement unis par des liens qui, en Crète, sont aussi forts que ceux qui unissent la famille ou le clan.

Paraskevi, vêtue d'une robe immaculée, coiffée d'un diadème composé de fleurs de citronnier entrelacées, s'était retirée, avant la noce, dans la cellule de Panayotis qui s'affairait autour d'elle.

— Tu es pâle, Paraskevi. Tu as mauvaise mine. Pourtant, tu devrais te réjouir. Tu aimes Markos, non ? Je savais bien qu'un jour tu l'épouserais...

Paraskevi regarda son frère, parut hésiter, puis se décida enfin à lui répondre.

— Je me souviens des mariages de notre enfance, avant guerre. Le joueur de lyre, la musique, les danses, les coups de fusil tirés en l'air, la joie des familles réunies... Mais aujourd'hui, nous sommes encerclés de mitraillettes et de chiens-loups... Et puis... J'ai honte.

La jeune fille baissa subitement les yeux à terre, en un mouvement de pudeur qui ne lui était pas habituel. Panayotis se méprit sur la raison de cette réaction de défense.

— Allons, Paraskevi... Tu ne vas pas me dire que tu as honte de te marier ; honte de devenir une femme ? Toutes les femmes doivent un jour se marier.

Elle releva brusquement la tête et le dévisagea d'un air sévère.

— Mais tu ne comprends pas ! J'ai honte du mensonge dans lequel je vis... Honte de me servir de Mark pour espionner les Allemands. Honte de côtoyer chaque jour les bourreaux de mon pays. Honte de me lier d'amitié avec la fille d'un collaborateur. Honte du regard des Crétois qui me croisent dans la rue, et encore plus honte du regard des Allemands. Je me sens sale, Panayotis, sale d'une souillure indélébile qui s'étend un peu plus chaque jour sur mon corps et mon âme...

— Paraskevi, que t'arrive-t-il ?... De quoi as-tu peur ?... Je ne me sens pas sale, moi, et pourtant je suis ton complice, puisque c'est moi qui vais bénir ton union avec Mark, et c'est moi qui transmettrai aux Andartès les informations que tu me livreras... Et c'est moi encore qui ai persuadé l'higoumène Emmanuel de baptiser Mark et d'accepter de célébrer le mariage ici. Au début, il était fou de rage... Mais j'ai invoqué la raison de Dieu et la raison d'État et, après en avoir référé à saint Georges, il a capitulé. Ne suis-je pas un traître, moi aussi, un espion ?

— Ce n'est pas pareil, Panayotis... Toi, tu vis ici. Tu ne te rends pas compte de ce que c'est... L'air de Réthymnon est souillé... empoisonné... lourd et pesant, comme un mur... Là-bas, je respire mal... Et puis, je change... Insensiblement, je change. Depuis un mois, je mange à ma faim, des mets rares et délicats ; je dors dans un vrai lit, avec des draps frais ; je prends autant de bains que je le désire ; je suis servie par une domestique ; je me promène en tilbury. Essaie de comprendre : je hais ce luxe qui m'entoure, car je sais qu'au même instant les nôtres connaissent la misère et les massacres, mais je ne peux m'empêcher d'y être sensible, de l'apprécier malgré moi. J'ai peur, Panayotis... J'ai peur de ne pas résister longtemps à cet air émollient et frelaté que je respire là-bas... J'ai peur de m'habituer au confort, au luxe, aux délices pervers de la vie d'occupation... J'ai peur de devenir une collabo, moi aussi, sans m'en rendre compte...

Le moine contemplait sa sœur avec une infinie compassion, même s'il ne comprenait rien à ce qu'elle tentait d'exprimer. Panayotis avait le cœur trop pur et l'âme trop candide pour reconnaître le Mal, pour concevoir l'idée même du Mal. Ses yeux dorés ne reflétaient que la face solaire des choses ; la face d'ombre lui était inconnue. Pris de court, désarçonné, incapable de dire un mot de plus, il prit sa sœur dans ses bras et la pressa longuement contre sa poitrine tandis que, pour la première fois de sa vie, elle pleurait doucement.

Pas un uniforme allemand ne devait franchir les murs d'enceinte du monastère : c'est à cette condition expresse que l'higoumène Emmanuel avait accepté, de bien mauvaise grâce, que la double noce fût célébrée en son église, afin de préserver le symbole de la résistance d'Arkadi aux envahisseurs. Tout en bénissant d'une main distraite les couronnes de pain, les gimblettes et les fleurs entreposées dans le narthex, il fulminait.

— Sacré saint Georges ! Tu me fais faire une chose qui n'est pas de mon goût ! Ces deux mariages répugnent à mon cœur, et je crois qu'ils nous porteront malheur... Ah, saint Georges ! Je veux bien admettre que tu aies tes raisons, qui dépassent les limites de ma faible intelligence humaine, mais tout de même !

Et, tout en singeant les gestes de la bénédiction, l'higoumène Emmanuel se récitait à lui-même, en guise de provocation, les dix commandements du Crétois qu'il avait imaginés un jour d'inspiration guerrière :

« Tu n'adoreras qu'un seul Dieu, mais aussi ton fusil, car si un chrétien ne peut rien sans l'aide de Dieu, un Crétois n'est rien sans son fusil ;

« Tu honoreras ton père et ta mère, mais avant tout la Crète, qui est ta vraie mère ;

« Tu ne tueras point, excepté les ennemis de la Crète, tels que les Turcs ou les Nazis : ceux-là, tu en tueras le plus possible... »

Le cortège des futurs époux parvint à Arkadi en fin de matinée. Salomé étincelait dans sa robe de soie blanche brodée de fils d'argent. Le lieutenant Niemand, à peine remis de sa maladie, avait perdu dans l'affaire quelques kilos et son teint rose. Il avait troqué son uniforme contre un smoking trop petit pour lui que lui avait prêté le père de la mariée, le vieux Christophoros Drakos. Ce dernier arborait un spencer blanc de bonne coupe qui seyait à son teint mat et ses cheveux de neige. Mark avait revêtu un costume noir, très simple, qui lui donnait une allure de clergyman. Autour d'eux évoluait une kyrielle de garçons et demoiselles d'honneur, de parents plus ou moins proches et de riches Réthymnotes en relations d'affaires avec le vieux Christo. Il y avait aussi un certain nombre d'officiers allemands mais, respectueux de l'interdit dont les avait frappés l'higoumène d'Arkadi, ils patientèrent dehors.

La cérémonie fut précipitée. L'higoumène Emmanuel, assisté de Panayotis, ânonnait les versets tout en tendant la coupe de vin, distribuant les anneaux et plaçant la couronne de fleurs au-dessus de la tête des époux. Les garçons d'honneur leur jetèrent mollement des poignées de riz à la figure. Panayotis, les larmes aux yeux, donna le baiser de paix à sa sœur, puis à Mark. Ils sortirent. C'était fini. Sur le seuil de l'église, l'higoumène Emmanuel les bénit d'un geste qui les chassait, et leur adressa un dernier : « Allez en paix ! » qui tonna à la façon d'une malédiction. Salomé se pencha vers Paraskevi et l'embrassa. Puis elle lui tendit quelque chose. Un fruit. Une grenade. En souriant, elle lui dit :

— Puisse l'abondance se répandre sur toi et sur ta maison comme les grains de cette grenade !

Alors elle jeta la grenade au sol. Le fruit se fendit en deux, et des centaines de graines de sang se répandirent dans la cour du monastère.

16

— Ton cheval est trop fougueux, Paraskevi, il va te désarçonner. Veux-tu prendre le mien ? C'est un hongre, il est doux et solide ; tu n'auras rien à craindre...

— Tu es gentille, Salomé. Mais je crois que je préfère rentrer. Je ne me sens pas très bien... Un vague mal au cœur.

— Qu'as-tu mangé à midi ? Tu te négliges, Paraskevi, tu finiras par tomber malade... Viens, rentrons au pas. Nous allons prendre un thé et des gâteaux chez moi.

Parvenues villa Drakos, les deux cavalières se changèrent, revêtirent des tuniques d'intérieur en soie brodée. Salomé aimait à offrir ses vêtements à Paraskevi. Elle estimait que leurs étoffes rares s'illuminaient au contact de l'épiderme de son amie. Sa garde-robe immense et froide, dont naguère elle dédaignait l'amoncellement froissé composé de parures sans vie, s'était métamorphosée en coffre aux merveilles, en caverne d'Ali Baba depuis qu'elle en partageait les secrets avec une autre.

— Cette tunique bleue soutachée d'or te va

mieux qu'à moi, Paraskevi, car tes cheveux sont presque blonds. Garde-la, s'il te plaît ! Moi je suis brune ; le bleu et l'or s'éteignent à mon contact. Garde-la, ne me prive pas du plaisir de la contempler sur toi !

Paraskevi voulait refuser ces cadeaux incessants ; elle finissait toujours, humblement, par les accepter, comprenant que Salomé, enfermée jusque-là dans le cadre étroit de son éducation d'enfant unique et trop choyée, découvrait enfin les joies du don et de la communion. Elle aimait Salomé, elle aussi, bien qu'elle ne lui donnât rien, sauf son temps et sa présence. Et ses confidences. Elle osait avec elle des épanchements auxquels son frère Panayotis, à qui elle rendait visite chaque dimanche, n'aurait su quoi répondre.

Elle lui parlait du désir, du désir intense qu'elle avait eu de Mark avant leur mariage, un désir nourri de regards échangés, de mains frôlées, de caresses dans la voix, un désir peuplé de silences, d'attentes, d'absences, de promesses. La nuit de noces était venue saccager ce fragile équilibre fait de poses et d'évanescences. Le lendemain matin, elle avait pleuré sur son sang répandu après la rupture douloureuse de l'hymen, pleuré sur sa virginité qu'elle aurait souhaité aussi résistante que l'enceinte inviolée du monastère d'Arkadi ; elle s'était lamentée sur son intimité forcée par la turquerie du désir masculin. Paraskevi avait aimé Markos, le soldat blessé qu'elle avait recueilli au bord d'un chemin. Mais elle s'était mariée au commandant Fafner, qui dès le premier soir avait violé le temple de son corps. Depuis, ils faisaient chambre à part, ne se voyaient qu'aux repas servis silencieusement par la domestique. Mark ne comprenait pas ce revirement, n'osait brusquer sa femme, se réfugiait dans son triste bureau de la Kommandantur où il échafaudait des codifications et des réglementations relatives au sort des civils crétois, que ses supérieurs lui renvoyaient toujours parce qu'ils les trouvaient trop libérales. Marié à une femme qui lui refusait désormais son lit, officier d'une armée d'occupation qui attendait de lui une sévérité et une cruauté qui répugnaient à ses goûts et à son âme éprise d'idéal, Mark se sentait tiraillé entre des forces étrangères et inconciliables qui le renvoyaient à sa propre solitude. L'exaltation qui avait accompagné son mariage s'était muée en une sorte d'ennui maussade. Mark et Paraskevi, chacun de leur côté, avaient le sentiment d'avoir commis une impardonnable méprise.

— Reprends un gâteau au miel, veux-tu ? Tu es encore pâle. Tu ne te sens pas bien ? Je vais appeler le médecin...

— Ne te dérange pas, Salomé. Il s'agit juste d'un peu de fatigue. Cela va passer...

— Laisse-moi faire. Allonge-toi et ne bouge pas. Le médecin va venir dans une minute...

Le désir s'était enfui au moment même où Paraskevi pensait accéder aux rives du plaisir. Etrangement, le souvenir intime le plus fort qu'elle conservait en elle, celui qui lui procurait encore un trouble indéfinissable, n'était pas la vision de Mark étendu, nu, à côté d'elle. C'était l'image du couteau crétois que brandissait Eleftéris dans les montagnes, alors qu'il songeait à l'égorger comme une simple brebis promise au sacrifice. Les étreintes maladroites de Mark n'avaient su faire oublier à Paraskevi la jubilation ressentie ce matin-là, au sommet de l'Ida, au moment où elle offrait sa gorge à l'aiguillon de la mort. Celui qu'elle aimait n'était pas de ce monde ; son corps n'était pas fait de chair ; il s'agissait d'un spectre surgi de l'au-delà, un spectre qui avait emprunté pour un temps le visage souffrant de Mark blessé.

Le médecin vint, et déclara que Paraskevi était enceinte. Salomé, bien qu'elle ne ressentît aucune des faiblesses de son amie, prétexta un retard des règles pour se faire examiner à son tour. Le médecin lui confirma qu'elle aussi attendait un bébé. Salomé, radieuse, se jeta dans les bras de Paraskevi et la couvrit de baisers tout en lui chuchotant un secret :

— A présent, nous sommes vraiment sœurs.

Elles ne se quittèrent plus. S'étant découvertes enceintes en même temps, les deux jeune femmes songèrent que leurs noces jumelles se perpétuaient au-delà de la cérémonie à Arkadi. On eût dit qu'elles étaient mariées l'une à l'autre, et non aux deux soldats qui tiraient à la ligne en leurs bureaux de ronds-de-cuir de la Kommandantur.

Le mariage et la grossesse avaient transformé Salomé. La jeune fille n'était plus que douceur, féminité, attente radieuse. Son état de future mère comblait tous ses vœux. Partager cet état avec Paraskevi l'enchantait au-delà de tout. Au fil des mois, elle observait avec plaisir le ventre de son amie qui s'arrondissait à proportion du sien, et guettait avec une patience et une attention de chasseur les premiers coups de pieds de l'enfant. Elle posait son oreille sur le dôme blanc qui couronnait le corps maigre de Paraskevi et écoutait, le sourire aux lèvres, battre en accéléré le cœur du fœtus en gestation.

— Je l'entends, Paraskevi ! Je l'entends ! Un vrai soufflet de forge...

Paraskevi se prêtait sans renâcler à ces auscultations intimes, mais se refusait à partager la joie de Salomé. Elle ne parvenait pas à dissocier l'enfant qu'elle portait en elle du souvenir douloureux de son intimité violée. Elle ne pouvait se défaire de la vision du monastère d'Arkadi envahi par les Turcs. Elle sentait l'embryon pousser dans ses entrailles, bombe à retardement qui, à l'instar de la poudrière des moines, un jour sauterait avec elle. Sa maternité non souhaitée l'habitait à la façon d'une maladie, d'un cancer à évolution rapide. Arrondissant sa silhouette, la grossesse avait en outre subtilement modifié la tonalité de son caractère et de ses émotions, la couleur de son âme. Paraskevi devenait paresseuse, irascible. Elle mangeait trop de sucreries, prenait du poids. Son teint tournait au gris terreux. Sa peau autrefois éclatante était rongée de poussées d'eczéma. Seuls ses yeux d'or surnageaient encore au-dessus des marais troubles de son corps alangui. Salomé notait ces dégradations dans le corps et l'âme de son amie, et ne s'en trouvait que plus profondément attachée à elle. Vulnérable, affaiblie, assoupie, Paraskevi lui inspirait davantage de compassion que la jeune fille trop fière qui leur était venue des montagnes. Paraskevi n'était pas pour autant devenue laide, mais arborait une beauté *autre*, une beauté en gestation, une beauté maternelle. Un peu bouffie, la peau tirée, les cheveux ternes : elle plaisait mieux ainsi à Salomé que lorsqu'elle incarnait la seule fraîcheur de la jeunesse. Lorsque Paraskevi, devant les miroirs, s'attristait de son éclat enfui, Salomé lui chuchotait à l'oreille :

— Tu n'as jamais été aussi belle, Paraskevi. Avant, tu n'étais que jolie. Tu étais une jeune fille piquante et vive ; tu deviens une femme, une vraie femme, pleine, lente, lourde. Tu contiens de la terre en toi, une terre ensemencée qui portera ses fruits. C'est cette terre qui a voilé le ciel de ton front, éteint le feu de tes cheveux, gommé ta silhouette provoquante. Tu regrettes de ne plus allumer des éclairs de désir dans les yeux des hommes ? Que t'importe ! Tu n'as plus besoin du regard des hommes. Tu te suffis à toi-même, puisque désormais tu as le pouvoir de donner la vie. Se soucie-t-on de savoir si Dieu est joli et séduisant ? Il a créé le monde et donné la vie, c'est assez. Je vois un monde gonfler en toi, Paraskevi, un monde rond et plein qui niche dans ton ventre. Ne contemple plus ton reflet dans les miroirs ou les yeux des hommes. Tu es une femme, à présent, c'est-à-dire une déesse..

Mark, lui, se désolait de voir le corps dévasté de sa femme. Chaque jour elle s'éloignait un peu plus de lui. Elle fuyait son amour pour d'autres félicités qui lui demeuraient étrangères. Il jalousait Salomé pour l'amitié exclusive qu'elle entretenait avec Paraskevi, le privant de ses droits d'époux. Il aimait toujours Paraskevi, mais il aimait davantage le souvenir de la jeune fille qui l'avait recueilli dans les montagnes lorsqu'il était blessé que cette épouse froide et distante dont il n'avait pas su éveiller la sensualité. Cet enfant à naître, ce fils — car ce serait un garçon, il en était sûr —, pourquoi fallait-il qu'il les séparât, lui et Paraskevi ? Soucieux, désemparé, se sentant vaguement coupable, Mark finit par épancher sa bile dans l'oreille complaisante du lieutenant Niemand, qui quant à lui savourait sa paternité future comme s'il s'était agi d'une pâtisserie et recevait ces confessions avec l'aplomb du vieux routier qui en a vu bien d'autres.

— Les femmes sont toutes les mêmes, mon cher. Dès qu'elles attendent un gamin, plus rien d'autre n'existe à leurs yeux. Ma Salomé aussi me refuse son lit. Il paraît que je ronfle. Ma foi, en attendant je fais honneur à la cuisine des Drakos. Hier soir, nous avons eu de magnifiques pavés de bœuf garnis de tranches de foie gras. Cela porte le nom d'un musicien italien. Attendez... Le tournedos Verdi, peut-être ?... Ou Vivaldi ? Ah, je ne sais plus... En tout cas, c'était succulent...

Les mois et les saisons passèrent. Eté, automne, hiver, comme un songe. Une nouvelle année fut tournée au calendrier de la guerre. Dans les montagnes, les Andartès ne désarmaient pas. Les Allemands non plus, qui affinaient sans cesse l'horreur de leurs représailles. Février arriva, avec son cortège de vents glacés. Paraskevi, épuisée par ce corps étranger qui lui suçait le sang, ne sortit plus, garda le lit. Bientôt elle ne fut même plus en mesure de se rendre le dimanche à Arkadi.

Jusqu'alors, elle avait scrupuleusement rempli la tâche délicate que lui avaient allouée les Andartès. Après l'office dominical, elle s'enfermait avec Panayotis dans une cellule et lui livrait des brouillons d'ordonnances chipés sur le bureau de Mark, des rumeurs qui circulaient parmi la communauté réthymnote, des horaires de convois, des listes détaillées de marchandises, des bouts de messages chiffrés. Panayotis transmettait aux Andartès, qui transmettaient aux Anglais de l'Intelligence Service, qui transmettaient au Caire. Mais Paraskevi ne parlait pas l'allemand, n'avait aucune connaissance militaire, volait au hasard des fragments d'informations, sans méthode, et son panier dominical se révélait la plupart du temps inexploitable. Le dévouement de la Crétoise s'avérait le plus souvent inutile. Mais il était trop tard pour revenir en arrière. Bien trop tard. Paraskevi était l'épouse d'un officier de la Kommandantur et elle en attendait un enfant.

Pour conserver le lien, son frère lui dépêcha Manoula, une brave femme d'Amnatos qui faisait office d'accoucheuse, de nourrice, et aussi de relais avec les réseaux de la résistance. Manoula connaissait la mission que les Andartès avaient confiée à Paraskevi en l'obligeant à se jeter dans la gueule du loup. Instantanément, elle s'était prise de pitié et d'amitié pour la jeune Crétoise.

Elle s'activait toute la journée auprès de Paraskevi, et avait obtenu d'elle le départ de la domestique, prétextant qu'il pouvait s'agir d'une espionne à la solde des Nazis. En revanche, elle n'avait pu empêcher les fréquentes visites de Salomé qui, bien qu'au même stade de grossesse que Paraskevi, demeurait vive et pleine d'allant.

Paraskevi appelait Manoula « ma mère » tout naturellement. Elle qui n'avait pas eu de parents trouvait chez la nourrice le réconfort et la complicité que lui prodiguait jadis son frère, et plus récemment Salomé. Elle aurait tant voulu connaître la même complicité avec Markos, son mari. Son mariage avec Mark était un échec, elle le savait à présent. Plus qu'un échec : une erreur.

Février le boiteux laissa la place à Mars, le mois des guerriers, des génies et des fous. La première semaine ne s'était pas écoulée que Paraskevi fut prise de contractions violentes. En elle son enfant assenait des coups de merlin qui, dans les brefs intervalles de rémission, la laissaient exsangue. Manoula lui épongeait le front, le corps, les mains, lui offrait à mordre des mouchoirs pour conjurer la douleur. Mark avait appelé en renfort un médecin militaire que Manoula chassa sans autre forme de procès.

— Que les hommes nous laissent en paix ! C'est nous qui portons les enfants ; c'est nous qui aidons à les délivrer. Le rôle des hommes est de faire la guerre, pas de donner la vie...

Mark n'avait pas insisté. Prié de se tenir à l'écart de sa femme en travail, il s'était replié villa Drakos où un autre accouchement avait lieu au même moment. Le lieutenant Niemand, qui en neuf mois avait eu le temps de reprendre son embonpoint, voire de le développer, calmait son impatience d'être père en dévorant des carrés de halva et des loukoums parfumés à la fleur d'oranger.

— Vous aussi, vous avez été déclaré indésirable, mon cher Fafner ? Tenez, prenez un loukoum ; ils sont exquis, et la fleur d'oranger calme les nerfs... Salomé est en haut, enfermée avec une demi-douzaine de médecins que son père a fait venir spécialement de l'étranger. Mais moi, son mari, je n'ai pas le droit d'assister à l'accouchement. Salomé prétend qu'il ne s'agit pas d'un spectacle pour les hommes. Mais alors, pourquoi admet-elle la présence de son père parmi les docteurs ? Il est vrai que c'est le vieux Christo qui paye...

Paraskevi luttait contre elle-même. Elle luttait contre une partie d'elle-même, enfouie dans ses entrailles depuis neuf mois. La délivrance approchait.

En elle une rivière se délia et s'écoula au-dehors. Manoula avait fait bouillir des bassines d'eau chaude et relevé ses manches jusqu'aux coudes, les mains écartées, prête à saisir la tête du bébé dès qu'elle apparaîtrait.

Les coups de merlin redoublèrent d'intensité. L'enfant cherchait à briser les murs de sa prison. Paraskevi gémit :

— Je ne pourrai pas !... Je ne pourrai pas !... Il va me tuer !... Je vais mourir !

— Oh si, tu pourras !... Toutes les femmes le peuvent... Et personne ne te tuera, surtout pas lui...

Arrête un peu de dire des bêtises et respire fort... Oui, comme ça ; ça aide... Encore... Oui, voilà... Attention, je crois qu'il arrive...

Paraskevi hurla. Un hurlement strident, inhumain. Un hurlement d'animal qu'on égorge.

— Je le vois... Continue à pousser... Comme ça... Très bien...

Paraskevi regarda d'un air horrifié Manoula agripper de ses deux mains un paquet sanguinolent qu'elle arracha d'entre ses jambes, et dont elle sectionna le cordon d'un coup de dents. On aurait dit un lapin dépouillé et éviscéré. Un lapin tout bleu, et sans yeux. Manoula flanqua trois magistrales claques sur les fesses du lapin bleu qui se mit à brailler et à gigoter, puis elle le posa, encore tout dégoulinant de placenta et de sang, sur le ventre de Paraskevi à demi évanouie. Manoula exultait :

— Voilà ton enfant... Tu vois qu'il ne t'a pas tuée ! Maintenant, embrasse-le, ou plutôt embrasse-la, car c'est une fille... Quel nom vas-tu lui donner ?

Paraskevi contemplait avec effroi le lapin qui avait ouvert les yeux et s'échauffait peu à peu, prenant à présent une teinte rouge vif. Ça, un enfant ? Son enfant ? Elle n'osait toucher au petit corps convulsé qui jetait ses poings minuscules en l'air, tambourinant déjà à la porte du ciel pour demander des comptes à Dieu.

— Je... Je ne sais pas... Mark souhaitait un garçon. Il voulait l'appeler Siegfried.

— Eh bien c'est une fille, et c'est toi qui lui donneras un nom. Tu y as réfléchi ?

— Non.

— Tu t'appelles Vendredi ? Tu n'as qu'à appeler ta fille Samedi... Sabbatia. C'est un joli nom, Sabbatia... Redonne-la moi, que je la nettoie un peu. Mais avant tout, il faut la protéger du mauvais œil... Phtou ! Phtou ! Phtou !

Par trois fois, pour conjurer les sorts, Manoula cracha sur le bébé qui boxait dans le vide.

Dans la villa Drakos, Salomé venait d'accoucher elle aussi d'une fille, qu'elle baptisa Freia. Le vieux Christo sortit de la chambre en coup de vent en beuglant :

— Je suis grand-père !... Je suis grand-père !... Lieutenant ! Commandant ! Où êtes-vous ? C'est merveilleux, je suis grand-père !

De saisissement, le rond et replet lieutenant Niemand suspendit un instant sa mastication et demeura l'air ahuri, la bouche grande ouverte sur un magma de loukoums à demi mâchés.

Salomé assista Paraskevi en ses relevailles. Plus robuste que son amie, la fille de Christophoros Drakos avait refusé de garder le lit. Renvoyant ses docteurs à leurs cliniques allemandes ou suisses, elle était venue, son enfant dans les bras, prendre des nouvelles à la villa des Fafner.

Manoula tentait de réprimer les pleurs du bébé en lui chantant l'*Amané* en guise de berceuse. L'*Amané*, vieille complainte aux inflexions orientales, venue d'Asie Mineure, est la musique qui exprime le mieux les lamentations de l'âme.

Aman... Aman...
Dis-moi, Charon, si ma douleur prendra fin dans l'autre [monde...
Aman... Aman...

Dès que Salomé parut, elle interrompit tout net son chant et quitta la pièce. Sans prendre garde à cette démonstration d'hostilité, la nouvelle arrivée s'enquit d'abord de la bonne santé de la mère et de l'enfant. Rassurée, elle se laissa aller à sa joie.

— Je peux te le dire à présent : j'étais inquiète à ton sujet, Paraskevi. Tu paraissais si faible, si désarmée... J'avais peur que, lors de l'accouchement... Mais tout s'est bien passé, c'est l'essentiel. Et nos enfants sont beaux... Sais-tu qu'elles sont nées exactement à la même heure ? Nous étions déjà deux sœurs ; nos filles, elles, seront jumelles... N'est-ce pas touchant ?

L'accouchement n'avait pas procuré à Paraskevi la délivrance attendue. Son ventre n'était plus gonflé, mais elle se sentait toujours investie d'une présence extérieure à elle-même qui lentement la taraudait. Elle était déprimée, paresseuse, lente de réactions, sans appétit. Quand on la lui donnait, elle observait sa fille sans intérêt particulier, à la façon d'un objet sans vie et sans âme. Elle qui, dans sa jeunesse, recueillait les bêtes perdues dans les montagnes, elle ne parvenait pas à aimer son propre enfant.

Elle ne voulut pas lui donner le sein. Ce fut Manoula qui nourrit Sabbatia. C'est elle aussi qui la lavait, la changeait, la berçait, lui chantait des chansons. Lorsqu'un visiteur s'extasiait sur la beauté du nourrisson, Manoula s'exclamait :

— Il ne faut jamais complimenter un enfant ; cela attire le mauvais œil !... Phtou ! Phtou ! Phtou !

Paraskevi demeurait résolument absente de ces rites puérils et millénaires. Lorsque Mark venait l'embrasser, elle paraissait ne pas le reconnaître. Un jour, un photographe vint tirer le portrait de l'heureuse famille. Mark se tenait debout, en uniforme, à côté du lit où sa femme reposait, son enfant dans les bras. Malgré les recommandations puis les remontrances du photographe, Paraskevi ne parvint pas à sourire.

Salomé s'impatientait ; elle voulait brusquer la convalescence ; forcer son amie à se lever.

— Quand tu seras debout, nous reprendrons nos promenades en tilbury... Avril approche, avec les beaux jours. Bientôt nous irons nous baigner à la plage de Périvoglia... Mais, que diable, lève-toi, Paraskevi !... Tu ne vas pas rester couchée le restant de ton existence !... Il faut vivre, vivre, vivre !...

Enfin, Paraskevi se leva. Au premier essai, elle fut saisie d'un vertige et faillit s'écrouler dans sa chambre. Puis ses jambes se raffermirent, et elle put marcher normalement. Elle sortit dans le jardin de sa villa. Elle huma les senteurs du printemps naissant. Des couleurs lui revinrent aux joues. Elle bredouilla :

— Je suis vivante... Je suis vivante... Il faut vivre, vivre, vivre !...

Salomé l'accompagnait. Elle ne put maîtriser les larmes qui sourdaient de ses yeux. Cédant au vertige qui lui mordait le cœur, elle tomba dans les bras de son amie et, à petits coups de bec, lui baisa les yeux, le front, les joues, les lèvres. Elle était un oiseau affamé cherchant en vain sa nourriture. Paraskevi la repoussa en riant :

— Arrête... Tu m'étouffes... Je ne peux plus respirer...

Salomé s'attarda une seconde de trop. Paraskevi se dégagea un peu trop vite. Soudain, elles n'étaient plus enlacées ; s'affrontaient en silence. Ce silence était chargé d'aveux. De gestes ébauchés, suspendus en plein vol. De gêne, aussi. Elles étaient deux statues de sel. Paraskevi, la première, brisa la gangue qui la suffoquait.

— Je vais rentrer, à présent.

Salomé était blanche. Paraskevi lui tournait le dos, s'enfuyait dans les ténèbres de la maison. Elle restait seule avec ses aveux de silence, ses gestes ébauchés, ses baisers suspendus en plein vol.

17

Les hommes en uniforme noir vinrent chercher Paraskevi le dernier jour de mars 1944, un vendredi, dans la matinée. Dix jours avant Pâques. Mark était déjà parti à son bureau et Manoula baignait l'enfant. Ils étaient deux. Deux jeunes officiers de la Gestapo, polis à l'extrême. Ils ne venaient pas arrêter Paraskevi, mais la prier de les suivre de son plein gré afin de répondre à certaines questions la concernant. Ils savaient qu'elle était l'épouse d'un brillant officier de la Kommandantur, et l'assuraient par avance de tous les égards possibles dans la conduite de l'entretien. Paraskevi, rassurée par le ton suave et la bonne mine des deux élégants jeunes hommes coiffés de casquettes ornées de la croix gammée, crut à un interrogatoire de routine et les suivit sans crainte. Manoula, elle, savait ce que signifiaient les visites des chérubins noirs ; elle connaissait, hélas, le prix de leurs annonciations. En pleurant, elle baisa les mains de celle qui s'en allait. Demeurée seule dans la maison, elle rassembla son maigre barda, prit l'enfant dans ses bras et quitta Réthymnon sur l'heure. Un brave muletier conduisit la nourrice et

Sabbatia à Arkadi, où elles parvinrent dans l'après-midi. Les moines prirent soin d'elles, mais jugèrent le monastère trop perméable aux représailles des Allemands. Dès le lendemain matin, elles iraient chercher refuge dans la grotte de l'Ida, avec les Andartès du capétan Mavros. La grotte avait déjà hébergé l'enfant Zeus ; elle pourrait bien accueillir la fille de Paraskevi.

Aussi étrange que cela puisse paraître, le commandant Mark Fafner ne fut pas mis au courant de l'arrestation de sa femme. En vérité, il n'avait pas à l'être. Les différents services d'armée et de police du régime nazi ne communiquaient pas entre eux, s'ignoraient superbement, se jalousaient en secret. Chaque service composait un monde clos, avec ses codes, ses principes, sa hiérarchie. Ils assuraient, dans le système de l'Occupation, des fonctions parallèles, à l'intérieur de caissons parfaitement étanches. Les ordres venaient d'en haut, toujours d'en haut, et ne filtraient jamais à l'extérieur. L'initiative individuelle était limitée au maximum, ce qui absolvait chacun de la responsabilité de ses actes. Le fondement premier de l'occupation allemande n'était ni le crime, ni le mensonge, ni l'argent, ni la volonté de puissance, ni la foi, ni la race, mais tout simplement le respect absolu de la bureaucratie. Les Nazis pouvaient être des assassins, des bourreaux, voire des monstres ; mais ils étaient d'abord de parfaits bureaucrates qui appliquaient la consigne à la lettre. Un premier bureaucrate enregistrait une dénonciation, la faisait suivre à un second qui en référait à son chef, lequel dictait un ordre d'arrestation qui transitait par un autre service qui envoyait deux hommes se saisir du suspect. Chacun d'entre eux avait fait son boulot, ni plus, ni moins. Ce qui pouvait advenir ensuite, ce n'était plus son problème ; il s'en lavait les mains. Et si la mécanique se poursuivait jusqu'au poteau d'exécution, à qui la faute ? Celui qui avait donné l'ordre n'avait pas vu la victime ; ceux qui l'avaient arrêtée n'étaient pas ceux qui l'avaient interrogée ou torturée ; ceux qui commandaient le peloton et donnaient l'ordre de tirer n'avaient pas à presser la gâchette et quelle balle, plutôt qu'une autre, avait donné la mort ? La machine de mort nazie avait des milliers d'exécutants, et pas un seul coupable.

Lorsqu'il revint à sa villa, au soir du dernier jour de mars 1944, Mark ne trouva plus ni femme, ni enfant, ni nourrice. Il crut à une promenade tardive et attendit. Puis il se rendit villa Drakos, où Paraskevi n'avait pas été vue de la journée. Il rentra chez lui, mangea seul, attendit encore. Il téléphona, s'enquit des accidents et des attentats de la journée. Paraskevi ne figurait pas sur la liste des victimes. La nuit passa ainsi, dans une blancheur de spectre. A l'aube, en désespoir de cause, il se rendit aux quartiers de la Gestapo. Il eut toutes les difficultés du monde à être reçu par un officier de permanence qui, bâillant de sommeil, condescendit à compulser avec ennui ses feuilles de service. D'un air las, il annonça à Mark que la dénommée Paraskevi Pelagia, épouse Fafner, soupçonnée d'espionnage et d'intelligence avec les terroristes, avait été arrêtée la veille pour être interrogée. Il était inutile de chercher à entrer en contact avec elle. Désormais elle dépendait entièrement des services de la Gestapo. S'il le souhaitait, le commandant Fafner pouvait toujours déposer une requête en trois exemplaires. On lui écrirait.

Paraskevi gisait dans une pièce obscure, sans fenêtre ni lumière électrique, aussi étroite que la cellule d'un moine. Elle s'y trouvait enfermée depuis cinq jours, sans boire ni manger. Parfois on la tirait de là pour l'entraîner dans un bureau violemment éclairé où des Allemands vêtus d'uniformes noirs la harcelaient de questions, lui désignaient des listes de noms, la sommaient de dévoiler l'identité des membres du réseau de terroristes auquel elle appartenait. Devant ses silences butés, ils s'emportaient, la giflaient, la battaient, puis la rejetaient dans le noir absolu de sa cellule.

Dès qu'elle se trouvait seule, Paraskevi se couchait par terre, repliait ses genoux jusqu'à son front, la joue posée sur le sol de ciment froid, fermait les yeux et se laissait couler dans le monde des songes. Elle faisait des rêves fabuleux, pleins de senteurs délicates et de couleurs vives. La faim et la soif lui fournissaient des hallucinations agréables ; des anges bleus et roses lui rendaient visite, la conviaient à des agapes chez les dieux, lui jouaient des musiques célestes. Un dragon était égorgé devant elle ; son sang gouttait dans une large coupe sertie d'émeraudes dans laquelle elle trempait son doigt, avant de le porter à sa bouche. Au moment même où elle goûtait au sang du dragon, des chants d'oiseaux envahissaient l'espace. Non pas de simples pépiements ou gazouillements, mais de véritables chœurs ornithologiques dont elle saisissait l'entrelacs mélodique, l'architecture complexe et fragile, l'harmonie subtile et cachée, le sens profond. Des myriades d'oiseaux lui donnaient l'aubade et lui faisaient la conversation. Elle comprenait le dialecte de chacun. C'est ainsi qu'elle reconnaissait, sans les avoir jamais entendus, le tire-lire de l'alouette, le zinzinulis de la mésange, la trompette de l'aigle des montagnes, le margottage de la caille, le craquettement de la cigogne, le cajolement du geai, le gémissement de la tourterelle et le roucoulement incantatoire du rossignol. La porte s'ouvrait à la volée, les hommes noirs déboulaient en jappant, donnant la fuite aux oiseaux qui s'évanouissaient dans la nuit dans un grand frisson de draps claquant au vent.

Le sixième jour, on lui donna à manger — une sorte de pâtée qu'aurait méprisée un chien — mais toujours pas à boire. Dans son sommeil peuplé d'oiseaux, Paraskevi perçut des coups sourds frappés à la cloison. Une petite porte, qu'elle n'avait pas remarquée jusqu'alors, la séparait de la cellule voisine. Un faible interstice, courant entre le chambranle et le seuil, permettait, en chuchotant, de communiquer avec la personne enfermée à côté. Il s'agissait d'une vieille femme qui, par faveur spéciale, avait eu droit à un broc rempli d'eau et un vieux pain séché. Paraskevi, la langue gonflée par la soif, quémanda un peu du précieux liquide. Prise de pitié, sa voisine renversa la moitié de son broc à terre, afin qu'il s'écoule sous la porte. A quatre pattes, telle un chien cherchant sa pitance, Paraskevi lécha avec avidité le mince ruisselet qui inondait lentement le ciment frais, imaginant qu'elle s'abreuvait à une source jaillissant des montagnes de Crète. Plus tard, les hommes noirs découvrirent les traces d'humidité sur le sol et punirent les contrevenantes en leur envoyant de grands coups de bottes dans les reins, le ventre et la poitrine. Le septième jour, Paraskevi fut transférée à la prison d'Aghia, au sud de La Canée.

Avril s'ouvrait comme une fleur. Avril, le mois de saint Georges ; le mois du printemps retrouvé ; le mois de l'espoir et de la liberté. La prison d'Aghia avait été construite au milieu des champs, et autour de ses sombres bâtiments des régiments de jonquilles dardaient la lance et le glaive de leurs pistils. Jamais la nature n'avait paru plus belle à Paraskevi, après ces longues journées d'enfermement dans le noir. Elle se dit que rien ne pouvait être pire que les interrogatoires des hommes de la Gestapo, que rien ne saurait dépasser en souffrance la privation d'eau et de lumière à laquelle elle avait été soumise. La prison champêtre d'Aghia lui parut un havre de paix et de repos, et les chants mélancoliques qui fusaient des baraquement réservés aux femmes achevèrent de la réconforter. Dans quelques jours, ce serait Pâques, et le Christ ressusciterait une nouvelle fois. Paraskevi n'avait pas peur. Markos viendrait la chercher bientôt. Elle reverrait son amie Salomé, sa brave Manoula, sa petite Sabbatia. Combien elle lui manquait, à présent, sa fille à qui elle n'avait pas su manifester son affection. Elle aurait aimé la serrer sur son cœur, la couvrir de rires et de baisers, lui donner à mordre sa poitrine. L'esprit en repos et le sourire au lèvres, Paraskevi se laissa entraîner par ses geôliers dans les jardins parfumés de la prison d'Aghia.

La Crète entière fêtait Pâques. Les enfants peignaient les œufs en rouge. C'était la guerre, et il n'y avait pas d'œufs. Alors ils peignaient des cailloux, se les offraient comme s'il s'était agi de trésors. Christ était ressuscité. La bonne nouvelle s'était propagée de bouche en bouche, dès minuit, à la sortie des églises, alors que chacun attendait, une bougie éteinte dans la main. La flamme alors avait jailli au cœur du sanctuaire, flamme vacillante de la lumière retrouvée, et cette flamme s'était transmise de proche en proche, chaque bougie s'allumant à la mèche de la précédente, incendie gagnant d'arbre en arbre, et bientôt l'île s'était embrasée d'un immense feu de joie, un feu composé de milliers de petites lucioles clignotantes qui toutes chantaient la vie revenue, la victoire du jour sur la nuit, le renouveau de l'espoir, le retour du printemps.

C'est ce jour-là que Paraskevi embarqua. Depuis dix jours, elle attendait son sort, en écoutant chaque matin la cour de la prison résonner du fracas de fusillades sèches que répercutaient les murs. Dix résistantes étaient ainsi abattues à chaque lever de soleil, ponctuellement, vierges offertes en tribut au Minotaure allemand. Les Juives n'avaient pas droit à ces égards. Jugées trop impures pour être passées par les armes, elles étaient parquées à trente par chambrées, sans soin ni hygiène, dans l'attente du prochain bateau. Le bateau était à quai depuis trois jours, au port de Souda, ses soutes grandes ouvertes, prêt à ingurgiter sa provision de marchandise humaine. Il lèverait l'ancre le soir même. Aussi, en ce radieux dimanche de Pâques, quelques centaines de femmes et d'enfants juifs traversaient La Canée sous bonne escorte, à pied, en direction du port. Parmi ces femmes, une trentaine n'étaient pas juives, mais avaient été jugées suffisamment coupables pour mériter leur sort. Paraskevi était de celles-là.

La ville était déserte, à part cette cohorte de femmes qui foulaient une dernière fois le sol crétois. Leurs pas faisaient un bruissement très doux qui caressait le silence, sans le déchirer.

C'est au milieu de la place Spanzia que la première voix s'éleva. Une voix grave, puissante, au timbre byzantin ; une voix de gorge, une voix de chantre, accoutumée à chanter sa joie et sa peine. Au milieu de ces femmes en chemin pour l'exil, la voix entonna un ancien chant *rizitika*, le chant des montagnes Blanches de Crète devenu l'hymne des partisans.

Quand le ciel s'éclaircira,
Quand reviendra le printemps,
Je prendrai mon fusil,
Ô ma sainte patronne.
Je descendrai dans la plaine d'Omalos,
Je suivrai le chemin de Moussouro,
Et je ne verrai plus les pères sans leurs fils,
Ni les femmes sans hommes,
Je ne verrai plus les nouveau-nés pleurer loin de leurs [mères.
Quand le ciel s'éclaircira...

Quelques abois voulurent faire taire cette voix impudente. Mais déjà une autre voix, surgie plus loin, vint la soutenir, suivie d'une autre encore, puis de dix autres, vingt autres, cent autres. En quelques instants, par le pouvoir de ces voix à l'unisson, cette foule en marche devint une procession ; le grouillement de chairs entravées promises à l'abattoir se transforma en légion de patriotes crétoises qui chantaient leur liberté, leur foi en leur pays et leur mépris de la mort.

Alors les fenêtres s'ouvrirent et apparurent enfin les habitants de cette ville morte, éveillés de leur peur au son des chœurs qui montait de la rue. Penchés à leurs balcons, ils regardaient passer ces femmes qui n'avaient plus rien, qui n'attendaient plus rien, mais qui avaient encore l'élégance de s'habiller d'un chant. Sans un mot, ils leur lançaient des fleurs, des dragées, des couronnes, tout ce qu'ils avaient préparé pour leur fête de Pâques. On eût dit, par ces offrandes jetées, qu'ils cherchaient à célébrer non des martyres, mais des communiantes, ou encore des fiancées conduites à leurs promis. Le chant de lutte se fit épithalame, et le cortège nuptial glissa sur un tapis fleuri tandis que l'air se chargeait de senteurs. En ce dimanche de Pâques, Paraskevi et ses compagnes d'hymen partirent pour un long voyage de noces.

La beauté de ce monde, le soleil qui se lève et se couche, le vent qui souffle, la voix qui chante et pleure, la solitude partagée, le retour des saisons, les couronnes d'épines, les étoiles au firmament, tout est signe d'élection. L'homme est un roi qui s'ignore.

Le bateau emportant Paraskevi avait atteint le Pirée en quelques jours. On avait parqué ses occupants dans le camp de détention de Haidari, près d'Athènes. Se trouvaient là, pêle-mêle, hommes et femmes, patriotes grecs et soldats britanniques, australiens et néo-zélandais. La chaleur était précoce, ce printemps-là, et le choléra s'était déclaré. Les prisonniers saisis de dysenterie se vidaient à même le sol, en plein soleil, agonisaient dans leurs déjections. Les morts étaient entassés dans une fosse commune creusée par les survivants ; leurs cadavres arrosés de chaux vive. L'épidémie galopante permettait aux Allemands d'épargner leurs munitions.

D'entre les agonisants on extirpa ceux qui tenaient encore debout, et d'entre ceux-là les Juifs et les terroristes convaincus ; on les enfourna à cinquante par wagon dans un train de marchandises qui mit trois jours pour relier Athènes à Salonique, au nord de la Grèce. Paraskevi faisait partie de ce troupeau humain, et survécut à la faim, à la soif, à l'étouffement, au désespoir. Le camp de Salonique était plus infâme encore que celui d'Athènes. Des bêtes y seraient mortes en quelques heures. Les êtres humains, eux, survivaient tant bien que mal, dans une sorte de grotesque entêtement. A Athènes sévissait le choléra ; à Salonique, c'était la gale. Des régiments de sarcoptes creusaient leurs galeries sous les épidermes ravagés qui se boursouflaient en vésicules, se gonflaient de sérosités purulentes, éclataient en pustules, se fendillaient en plaies sanieuses. Au camp, on racontait que l'ordre des acariens avait conclu un pacte avec Hitler pour venir à bout des Juifs en leur flanquant la grattelle. Paraskevi n'avait pas échappé aux assauts de la vermine. Son corps s'était couvert de squames, de tumeurs, de furoncles, d'œdème et d'eczéma qui la rendaient méconnaissable, repoussante. La jeune fille au visage pur s'était métamorphosée en animal monstrueux, en dragon hideux et las. Seuls les yeux d'or surnageaient encore dans ce masque d'écailles.

Il lui fallut partir encore, jetée de train en train — des wagons à bestiaux sur lesquels on pouvait lire l'inscription suivante : « 40 hommes, 8 chevaux ». Elle traversa ainsi la moitié de l'Europe, pelotonnée dans la touffeur suffocante et aveugle d'un compartiment aux issues condamnées par des planches de bois clouées en croix sur les portes. Parfois, au travers des interstices, des mains de clarté venaient fugitivement effleurer son visage. Mai rayonnait. Le train stoppait à tout moment, sans raison, au milieu de nulle part, stationnait des heures durant, des jours, étreignant le ballast surchauffé. Puis il s'ébranlait à nouveau, au milieu de la nuit, reprenait son errance somnambulique à travers la Yougoslavie, la Hongrie, la Tchécoslovaquie, l'Allemagne, la Pologne. Il parvint enfin à son terminus, la gare de Treblinka. C'était la fin du voyage. En mettant le pied à terre, Paraskevi sentit d'instinct qu'elle ne quitterait jamais cet endroit vivante, que son corps pourrirait à des milliers de kilomètres de la Crète, en terre étrangère. Elle venait d'avoir vingt ans.

Son calvaire avait duré quarante jours. Les quarante jours qui séparent Pâques de l'Ascension. Quarante jours pour relier le port de Souda, en Crète, au camp de la mort de Treblinka, en Pologne. Quarante jours pour passer des rivages souriants et du ciel transparent de la mer Egée aux marais brumeux du Nord. Durant tout le voyage, Paraskevi avait conservé sur elle, trésor sans prix, une grenade rouge jetée d'un balcon lors de sa traversée de La Canée. Ce fruit, elle n'y avait pas touché, malgré la faim et la soif qui la taraudaient depuis des semaines. Elle l'effleurait des doigts, au fond de sa poche, et alors toutes les couleurs et les fragrances de son pays envahissaient sa mémoire et éloignaient, pour un temps, le désespoir. La Crète, le monde, la vie s'étaient réduits aux proportions de ce globe à l'enveloppe coriace qui abritait de juteuses escarboucles.

On les fit descendre des wagons au pas de course. Trois SS vêtus de noir braillaient des ordres, mitraillette au poing, tandis qu'une dizaine d'Ukrainiens et de Lettons, les « chiens de sang », bâtis en colosses, faciès prognathes et nuques rasées, faisaient claquer leurs fouets en aboyant :

— *Brenze... Brenze... Shipshe... Shipshe...* Vite... Vite... Par là... Par là...

Le camp de Treblinka était de taille modeste. Dans sa plus grande longueur, il n'excédait pas cinq cents mètres. Les deux mille Juifs, communistes et terroristes en provenance de Salonique et des îles grecques qui venaient d'arriver par le convoi n° 9228 de 11 h 14 furent rapidement séparés en deux groupes. Les hommes d'un côté, les femmes et les enfants de l'autre. Les kapos du commando bleu — Juifs, Polonais et prisonniers de guerre en sursis —, chiens de garde dressés, affamés et asservis par le régime concentrationnaire, poussaient les hommes dans les vestiaires, les exhortaient à se déshabiller en vitesse avant de passer à la douche. Les femmes attendaient leur tour à l'extérieur, nues, piétinant leurs vêtements répandus à terre et moutonnant en une prairie versicolore. Paraskevi avait voulu garder sa grenade dans le creux de sa main. Un Ukrainien la lui fit lâcher d'un coup de fouet. Le fruit voltigea en l'air avant de s'écraser sur le ciment. Il se fendit en deux, et les centaines de graines de grenade éclaboussèrent le sol dur comme une pluie de sang. Paraskevi sentit dans sa poitrine son cœur se rompre comme la grenade.

On les fit entrer, par groupes de cent, dans une vaste salle nue, meublée de bancs en bois, dans laquelle les attendaient des hommes en blouse, tenant à la main des peignes et des ciseaux. Ils étaient seize en tout, seize coiffeurs juifs originaires du ghetto de Varsovie, chargés de couper aux femmes leurs cheveux. Ils étaient exercés et ne consacraient pas plus de deux minutes à chaque coupe. Paraskevi vit tomber à terre les longs rouleaux de sa fière chevelure, dernier vestige de son identité, de sa féminité, de son humanité. Mais déjà on la poussait vers la porte, tandis que les kapos du commando rouge ramassaient les vêtements, balayaient les cheveux, les enfouissaient dans de grands sacs qui seraient ensuite acheminés vers l'Allemagne, faisaient place nette. A une femme qui demanda où conduisait cette porte, un kapo répondit, en allemand :

— *Himmelsweg*... « Le Chemin du Ciel »... « Le Dernier Chemin »... « L'Ascension »...

Ces expressions imagées désignaient, dans l'argot de Treblinka, une sorte de boyau à ciel ouvert, sur quoi ouvrait la porte des vestiaires, un conduit de quatre mètres de large sur deux mètres cinquante de haut, dont les parois étaient composées d'un entrelacs serré de barbelés et de branches de pins. Ce passage grimpait vers un monticule de pierre construit au sommet de la colline, dont l'accès était barré par une épaisse porte en fer. Le Chemin du Ciel. L'Ascension. Des bruits assourdis filtraient au travers des épais parpaings qui composaient ce tertre étrange, ce tumulus érigé au beau milieu du camp de Treblinka, et dont il formait le but ultime, le centre du labyrinthe. Il s'agissait de bruits de moteur en action, à quoi se mêlaient des plaintes humaines. Alors, instantanément, les femmes comprirent. Elles comprirent qu'elles n'avaient plus qu'un quart d'heure à vivre. L'air soudain se chargea de relents d'urine et d'excréments. Les corps de ces femmes nues et tondues se relâchaient totalement, se vidaient sans retenue.

La lourde porte du tumulus de pierre enfin s'ouvrit, leur tendit les bras. *Himmelsweg*. Le Chemin du Ciel. L'Ascension. Les premières voulurent résister, s'accrocher aux parois, mais derrière elles une foule de mille corps se pressait, magma sans conscience que les Ukrainiens et les kapos forçaient à s'introduire dans ce goulot d'étranglement, pâte humaine s'écoulant dans le moule qui allait lui donner sa dernière forme.

Paraskevi fut propulsée au fond de la chambre close dont la lourde porte à présent se refermait sur les ténèbres.

Le jeudi 18 mai 1944, jour de l'Ascension, peu avant 14 heures, le moine Panayotis ressentit un subit malaise. Son front était baigné de sueur. Son corps, saisi de tremblements, brûlait autant que si on l'avait plongé dans une marmite bouillante. Il voulut respirer, mais une violente odeur méphitique sauta à ses narines. Ses yeux le piquaient. Il entendit des cris, des gémissements, se sentit bousculé, bourré de coups. Une vibration très basse résonna à la base de son cerveau, puis envahit son esprit. Du sang coulait de ses yeux, de son nez, de ses oreilles. L'odeur se faisait plus persistante, mélange de soufre et d'amande amère — le parfum envoûtant de la mort. La vibration avait mué en sirène hurlante qui couvrait les voix humaines. Puis, tout à coup, le noir. Panayotis s'était évanoui.

Lorsqu'il reprit connaissance, accablé, le moine sut, car il l'avait ressenti dans sa chair, que sa sœur jumelle venait de mourir. C'était une mort horrible, dont il ne comprenait pas les circonstances. Une sorte de plongée en Enfer. Ce qui rendait cette mort insupportable, ce n'était pas la douleur atroce qui l'avait accompagnée, mais l'odieuse intuition qu'elle n'ouvrait sur aucun espoir, aucune promesse de Paradis. Une mort abandonnée de Dieu. Panayotis avait l'impression qu'un abîme s'était ouvert sous ses pas et qu'il tombait dans un gouffre sans fond. Pris de vertige, il s'accrocha à ce qu'il put pour ne pas vaciller, une prière, la prière du cœur. Seigneur Jésus-Christ, aie pitié de moi. Seigneur Jésus-Christ, aie pitié de moi. Seigneur Jésus-Christ, aie pitié de moi.

En Crète, l'âme des morts ne s'enfuit pas aussitôt au ciel ; durant quarante jours, elle hante les lieux où elle a vécu, se manifeste en rêve aux personnes qui lui furent chères ; elle est tellement attachée à la terre de Crète qu'elle ne peut se résoudre à la quitter trop vite ; avant le grand départ, elle observe la lente décomposition de son corps enfoui dans cette terre qui l'a si longtemps nourri et qu'à présent il nourrit en retour ; l'âme crétoise assiste à la digestion de son corps par la Crète vorace, mère possessive qui dévore les enfants qu'elle a enfantés. L'âme crétoise ne meurt pas, elle gémit dans le vent du soir et pleure dans la rosée du matin, car elle a faim et soif encore de ce monde qu'elle vient d'abandonner ; quelque souffrance qu'elle ait pu endurer, elle n'en est pas encore rassasiée, et ne le sera jamais. Les vivants connaissent les tortures qu'endure l'âme désincarnée, aussi laissent-ils, dans la chambre du défunt, un verre d'eau ou de vin et une coupelle emplie de kollyva, mélange de blé bouilli, d'amandes émondées et de graines de grenades saupoudrées de sucre et de cannelle que l'on offre traditionnellement aux trépassés. Durant quarante jours, l'âme en peine peut ainsi se désaltérer et s'alimenter comme le ferait un être de chair. Ce délai expiré, elle replonge dans son tombeau.

Panayotis avait disposé le verre d'eau pure, le bol de kollyva. Sa sœur se manifesta le soir même, en rêve. Son visage enfantin et volontaire, tel qu'il en avait conservé le souvenir, était peint sur le fond d'or d'une icône. Une icône de saint Georges terrassant le Dragon. Le moine comprit alors à quoi il consacrerait désormais le restant de ses jours. Il vieillirait, ses traits se faneraient, ses dents et ses cheveux tomberaient, les rides envahiraient son front et ses joues, mais le visage de sa sœur demeurerait à jamais inchangé, préservé des atteintes de la sénilité et de la mort grâce à l'éternelle et miraculeuse jouvence des icônes. Après quarante jours, Paraskevi cessa de lui apparaître. Mais chaque jour, il la redessinait sans relâche du bout de ses doigts.

18

C'est au printemps de 1944 que le vent tourna en défaveur des Allemands de Crète. *Aéra* : le vent de la liberté, la tempête, le délire. Les groupes de résistants se multiplièrent et accomplirent des actes d'une audace sans pareille. Le 26 avril 1944, deux officiers anglais et une dizaine de Crétois enlevèrent le commandant général allemand de Crète, le major Kreipe, après s'être déguisés en officiers de la Gestapo. Ils lui firent traverser les monts de l'Ida avant de le livrer à un bateau allié qui partait pour Le Caire. Les Allemands, désarçonnés par les attentats quotidiens, les sabotages et les embuscades, répliquèrent par des représailles d'une violence extrême. Pour prévenir les plastiquages, ils faisaient précéder leurs convois d'un camion empli de jeunes filles crétoises, choisies de préférence dans les familles germanophobes. Si le terrain était miné, les jeunes filles sautaient les premières. Si les Allemands étaient attaqués, elles leur servaient d'otage, et ils avaient ordre de les fusiller sans sommation si elles tentaient de s'enfuir.

Le 22 août 1944, les Allemands mirent le feu à

l'ensemble des villages du mont Kedros, convaincus d'avoir fourni asile et vivres aux Andartès et couvert l'enlèvement du major Kreipe. L'incendie dura une semaine entière. Les villages de Yerakari, Kardaki, Gourgouthoi, Vrysses, Smilès, Dryes, Ano-Meros, Krya-Vryssi, Sakhtouria, Kamarès et Anoghia furent entièrement rasés de la carte. Certains ne furent jamais reconstruits. Les Nazis poussèrent le raffinement jusqu'à faire exploser à la dynamite les fondations des écoles et des églises, extirpant la mauvaise graine crétoise jusqu'à la racine. Ils allèrent jusqu'à faire sauter le cimetière d'Ano-Meros, étendant leur vengeance des vivants jusqu'aux morts — les milliers de morts enfouis dans la terre de Crète, dont les os blanchis par le temps veillent sur le repos éternel des hommes et des dieux.

Mais l'heure du repli avait sonné. La Grèce fut libérée à l'automne. Les Allemands de Crète ne pouvaient pas emprunter, pour rentrer chez eux, le chemin qu'ils avaient pris à l'aller. La voie des cieux leur était coupée ; ils se trouvaient bloqués en Crète comme dans une souricière. Incendiant les villages, semant le plus de terreur possible, ils refluèrent peu à peu vers La Canée, la capitale. Réthymnon fut libérée le 14 octobre 1944. En longues files dépenaillées, les lézards en uniforme vert-de-gris fuyaient le port vénitien et les places ombragées de minarets.

Le siège de La Canée dura de longs mois encore. La Crète, qui plus qu'aucune autre nation avait résisté à ses envahisseurs, fut l'une des dernières à connaître l'heure de la libération. Les derniers Allemands enfermés à La Canée, qui redoutaient le sort que leur réserverait la population locale, insistèrent pour se rendre aux Anglais dont ils quémandèrent la protection. Ils avaient trop peur des loups crétois. La reddition fut effective le 23 mai 1945, exactement quatre ans après le saut des parachutistes en Crète. Quatre ans après l'Ascension inversée.

Mark Fafner faisait partie du dernier contingent d'Allemands retranchés à La Canée, comme jadis des derniers survivants de l'église de Saint-Georges, à Perivoglia. L'histoire se répétait. Une fois de plus la Crète tentait de l'expulser à la façon d'un corps étranger, d'un greffon qui n'a pas pris. En cette fin du mois de mai 1945, parqué parmi les vaincus de la guerre, Mark comprenait qu'il avait raté sa vie. Il avait connu l'enthousiasme de la conquête, les joies de l'amitié, de l'amour et de la paternité, puis il avait perdu tout cela. Sa vie était finie, et il n'avait pas vingt-cinq ans. Manche flottante et âme en berne, le commandant Mark Fafner espérait en la clémence des vainqueurs du jour, qui voudraient bien lui faire l'honneur de le fusiller ou de le pendre. Il serait inhumain de le contraindre à vivre encore longtemps avec ce sentiment de honte et de haine de soi qui lui empoisonnait le cœur.

Depuis un an déjà Paraskevi s'en était allée. Il n'avait rien pu faire pour la sauver. Il n'avait même pas pu l'approcher, la voir ne fût-ce qu'une dernière fois. Le Dragon de Perivoglia, avec sa gloire de héros et ses décorations, avait été incapable de venir en aide à sa propre femme. Dans le régime qu'il servait, il n'était qu'un pion interchangeable, un fantoche en uniforme vert-de-gris.

Sa fille aussi était perdue, emmenée il ne savait où. La Gestapo avait pris sa femme, et les Crétois son enfant. Ecartelé entre ces deux adversaires impitoyables, Mark n'avait su conserver ni l'une ni l'autre. Où se trouvait sa petite Sabbatia, aujourd'hui ? Quelque part dans les montagnes, sans doute, au milieu des insaisissables Andartès. Elle n'était pas à Arkadi ;

de cela, il était sûr. Peu de temps après l'arrestation de Paraskevi, le commandant Fritz Schubert avait commandé une fouille systématique du monastère, suspecté d'avoir servi de relais de renseignements entre les espions de Réthymnon et les Andartès. Panayotis fut arrêté et torturé trois jours durant dans les locaux de la Gestapo. Le troisième jour, on le relâcha, le visage en sang et la soutane en lambeaux. Il erra dans les rues de Réthymnon, à demi fou de douleur. Il se jetait aux pieds des soldats en uniforme qu'il croisait, les suppliait de le reconduire à la Gestapo. Il voulait qu'on l'emmène où l'on avait emmené sa sœur. Il criait qu'il ne voulait pas rester seul. Qu'il ne désirait pas être sauvé si sa sœur ne l'était pas. Que sa vie et son âme ne valaient plus rien sans la présence de sa jumelle. Les soldats riaient de lui, l'écartaient d'un coup de botte. Mark l'avait croisé ce matin-là, avait voulu le recueillir chez lui, lui donner un peu de réconfort. Le moine avait tourné la tête, effaré ; on aurait dit qu'il avait vu le diable. Sans un mot, il était reparti s'enfermer dans le monastère d'Arkadi pour n'en plus jamais ressortir.

Le gros lieutenant Niemand avait été fusillé à l'automne 1944 par un groupe de résistants. Le lieutenant se trouvait en pleine digestion ; il était donc mort heureux, le ventre plein. Sa veuve, Salomé, s'était aussitôt placée sous la protection des autorités et était partie pour Berlin avec sa fille Freia dans les bras, au grand désespoir de son père, le vieux Christophoros Drakos, qui commençait à s'interroger sur les perspectives d'avenir de l'Europe fasciste qu'il avait pourtant défendue avec ardeur.

Deux jours après le départ définitif de Salomé, Mark avait reçu à son bureau une longue lettre écrite de la main de la jeune femme. Une sorte de confession, qu'il avait lue au moins cent fois, et qu'il conservait depuis des mois sur sa poitrine comme une poche de fiel. Cette lettre disait ceci :

« Mon cher Mark,

« Lorsque vous lirez ces lignes, je serai loin, et vous n'aurez plus aucun moyen de me joindre. Je vous souhaite sincèrement de finir à la manière de mon époux, le grotesque Niemand. Sinon, je vous prédis de longues nuits sans sommeil. Mais peut-être la Mort elle-même n'aura-t-elle pas pitié de vous ? Moi, en tout cas, je n'ai pas pitié ; cette lettre vous en apporte la preuve.

« Si je fuis la Crète, ce n'est pas parce que j'ai peur des représailles. Je sais que les Andartès veulent ma peau, et je les comprends. Je n'ai pas peur de la mort. Mais je ne veux pas qu'ils touchent à un seul cheveu de ma fille. Si je pars, c'est pour sauver Freia. Une façon de préserver l'espoir. C'est ridicule, je sais. Surtout après ce que j'ai fait. Mais c'est ainsi. Je ne regrette rien. Je ne suis pas bonne. Mais ma fille le sera peut-être. Ou sinon ma fille, l'enfant qu'aura un jour ma fille.

« C'est moi qui ai dénoncé Paraskevi à la Gestapo. Cela, les Andartès le savent. Ils ont mené leur enquête et n'attendent plus que l'occasion propice pour me châtier. Je ne leur donnerai pas cette joie.

« C'est moi qui l'ai dénoncée. J'avais compris depuis longtemps le double jeu qu'elle menait. Ce n'était pas difficile ; elle ne se cachait même pas. Il suffisait de voir le mépris qui s'affichait sur son visage lorsqu'elle était confrontée à des Allemands ou à leurs valets, tels que mon père. Ne l'avez-vous jamais remarqué, Mark ? Mais vous ne remarquez jamais rien. Vous êtes trop stupide. Vous êtes trop *homme.* Les femmes sont plus fines, et rien ne leur échappe. Vous le saurez à l'avenir, s'il vous reste un avenir.

« Pourquoi l'ai-je dénoncée ? Je vais vous le dire, Mark, et quand vous le saurez, c'est là que vous allez vraiment souffrir. Vous le voyez, je suis sans pitié avec vous.

« Ma première motivation a été l'orgueil. Je suis crétoise, et l'orgueil, chez un Crétois, le pousse à accomplir les actes les plus sublimes ou les plus bas. Vous souvenez-vous de ma soirée d'anniversaire, pour mes dix-huit ans ? Vous souvenez-vous de la chanson ?

Pour ses dix-huit ans, la fille de l'Ogre
Devait se marier
Avec toute une armée
De lézards verts et gris...

« Mon père m'avait donné le choix entre cent lézards. Vous en faisiez partie, Mark. Je n'en ai voulu aucun. Mais ils m'appartenaient, puisqu'ils avaient tous accepté de se prêter à cette mascarade. Les lézards étaient à moi ; ils n'étaient plus libres de leur cœur, même si je les méprisais. Vous avez violé cette allégeance, en reprenant votre cœur pour le donner à une autre. Vous m'avez trahi, et c'est pourquoi j'ai souhaité me venger. Je n'aimais pas, je n'ai jamais aimé le gros Niemand, cette baudruche vide et ridicule qui m'a servi de mari. Je ne l'ai épousé que pour sauver la face ; pour ne pas m'avouer que j'avais été répudiée par vous. Et si j'ai prétendu, au début, me prendre d'amitié pour Paraskevi, c'était pour vous approcher, pour entrer dans votre intimité et vous frapper au plus sensible. Vous ne vous en êtes jamais douté ? Quel innocent vous faites... La nourrice Manoula ne s'y est pas trompée, elle. En moi elle a senti la traîtresse dès le premier instant. Ah ! Si vous aviez eu l'instinct d'une nourrice, au lieu de celui, affadi, du soldat, vous n'en seriez pas là, Mark.

« A présent, vous croyez que j'ai dénoncé Paraskevi pour vous atteindre, vous ? Décidément, vous n'avez rien compris, et vous ne comprendrez jamais rien aux femmes ni au monde. Vous n'êtes pas simplement un amputé du bras, vous êtes un amputé du cœur, Mark. Un amputé du cœur et de l'âme.

« Nous avons été enceintes au même moment ; nous avons accouché au même instant, à la minute près. Cela ne vous dit rien ? Cela ne signifie rien pour vous ? Vous êtes un homme, c'est vrai... Eh bien, écoutez-moi, Mark, car vous n'allez pas en revenir. J'ai aimé Paraskevi. Je l'ai aimée d'amour véritable, comme une sœur, comme une autre moi-même, presque comme une maîtresse. Cela est venu doucement, lentement, peu à peu, sans que je l'ai désiré, sans que je m'en aperçoive. Au début, je vous l'ai dit, je ne la fréquentais que pour mieux vous épier. Mais ensuite, je me suis sentie bien en sa compagnie. J'étais si seule ; une petite fille gâtée et égoïste, seule, désespérément seule. Paraskevi m'a apporté l'amitié que je n'avais jamais connue. Et si j'ai continué à la voir, c'était parce que je l'aimais. J'en ai oublié de vous espionner. Je crois que je vous ai presque pardonné ; c'est dire en quel mépris je vous tenais alors. Vous n'étiez même plus digne de ma vengeance. Vous n'existiez plus ; rayé de la liste des lézards. Seule Paraskevi comptait. Nous étions en accord total. Comment dire ? Je pouvais presque sentir son bébé s'agiter dans son ventre, comme s'il s'était agi du mien. Nous formions la même chair, la même âme. C'est pourquoi nous avons enfanté ensemble, en coïncidence et fusion complète. J'étais elle ; elle était moi.

« Je l'aimais, Mark, comprenez-vous ? Je l'aimais autant que moi, plus que moi. Je l'aimais comme on aime un songe d'idéal. Je l'aimais comme un ange descendu du ciel. Je l'aimais comme les apôtres aimaient le Christ. C'est pour cette raison que je l'ai dénoncée. C'est par amour, par amour fou que je l'ai envoyée au martyre, à la mort. C'est par amour que je l'ai trahie, comme Judas a trahi le Christ. Vous ne comprenez rien, n'est-ce pas ? C'est que vous n'êtes pas chrétien, Mark, malgré toutes vos simagrées de baptême. Rappelez-vous : Judas était le plus fin, le plus intelligent, le plus sensible des apôtres. Il était le préféré de Jésus. Et il l'a trahi en l'embrassant, en lui donnant un véritable baiser d'amour. Pourquoi ? Parce que la beauté n'est pas de ce monde. Parce que la divinité incarnée dans ce monde est là pour souffrir, pour endurer ce que nous ne pouvons endurer. On peut mourir par amour, Mark ; c'est très banal. Moi, j'ai trahi par amour. J'ai trahi mon amour par amour. N'essayez pas de comprendre. Vous ne comprenez rien aux femmes ; comment comprendriez-vous Judas ?

« Voilà, Mark. Je vous ai tout dit, ou presque, même si cela n'a servi à rien. Sachez que je suis heureuse. J'éduquerai seule ma petite Freia et j'en ferai une princesse. Et je vivrai éternellement dans l'amour de Paraskevi. Car morte, elle ne peut plus mourir. Elle est devenue éternelle. Et éternel est mon crime, puisque impardonnable. Nous sommes loin, vous le voyez, des petits sentiments humains. Et à mille lieues des microscopiques sentiments *masculins*.

« Une dernière chose, pour achever de vous surprendre. Depuis le début de cette lettre, je vous ai dit que je vous avais haï, puis que je vous avais méprisé, puis que je vous avais pardonné et oublié. Vous êtes sans doute trop bête pour avoir compris ce que cela signifie. Je vous le dis, en conclusion : je vous aime, Mark, et n'ai jamais cessé de vous aimer. Et c'est pourquoi je vous souhaite tout le malheur possible. Soyez maudit.

« Salomé Drakos, veuve Niemand. »

QUATRIÈME PARTIE

La nuit du Dragon

19

Panayotis attendait. Depuis des semaines, il attendait. Cela ne lui pesait pas. Au contraire. Il se nourrissait de l'attente, s'en désaltérait, goûtait la buée de chaque seconde qui s'écoulait. Il avait jeté une bouteille à la mer, et à présent il guettait le ressac. Il n'aurait su dire si c'était avec crainte ou espoir. C'était cela, justement, qui le passionnait dans cette attente. Elle se situait au-delà du bien et du mal. L'important n'était pas ce qui allait arriver, mais que quelque chose arrivât. Que la situation se débloquât, et que la roue du destin pût continuer à tourner. Jusqu'à son terme. L'Apocalypse approchait à grands pas, et Panayotis n'eût pas supporté l'idée que le monde finît, et la Crète avec lui, sans que l'histoire à laquelle il avait été mêlé si longtemps auparavant, et qui lui était revenue en mémoire, dans ses moindres détails, n'eût trouvé sa conclusion naturelle.

Depuis qu'il attendait, Panayotis délassait sa peinture, ses icônes. Il souhaitait que rien ne vînt le distraire de son expectative. De l'aube au crépuscule, il veillait, l'œil et l'oreille aux aguets, chasseur à l'affût de sa proie ou victime languissant son bourreau. Il était rentré au monastère pour y faire antichambre, et y attendre l'homme à qui il avait adressé une icône.

Bien sûr, l'homme avait pu mourir, ou bien changer de ville ou de nom. Il pouvait très bien ne pas répondre ; avoir tout oublié ; ne pas décrypter le message. Il y avait cinquante-cinq ans que Panayotis ne l'avait vu, ni entendu parler de lui. Au vrai, il y avait bien de l'utopie, dans cette attente, et une bonne dose de romanesque. Mais le moine y croyait, et son cœur, qui désormais battait la prière de Jésus avec la précision d'un métronome, lui soufflait qu'il avait bien fait, que tout était pour le mieux, qu'il suffisait de patienter et de laisser aux événements le temps d'advenir. Alors le vieux Panayotis se surprenait à rire, sans raison, tel un simple d'esprit. Il s'asseyait sur un tabouret, au beau milieu de sa cellule, le visage tourné vers la lucarne, et se replongeait dans l'attente.

C'était le mois d'avril. Le mois de saint Georges. Le jour de sa fête, au lendemain de Pâques, il était de coutume d'exposer son icône sur un lutrin, à l'extérieur des églises, afin que chacun pût l'adorer et se prosterner devant elle. La légende enseignait que, la nuit venue, saint Georges et son cheval s'échappaient de l'icône et s'en allaient galoper à travers monts et vallées. Bon nombre de voyageurs nocturnes juraient avoir vu, ces nuits-là, la fière silhouette d'un cavalier armé d'une lance, juché sur un magnifique coursier blanc. Au matin, le saint baladeur réintégrait ponctuellement le cadre de son icône afin qu'elle pût bien sagement reprendre sa place au sein de l'iconostase jusqu'à l'année suivante. Nul n'aurait pu suspecter les escapades du saint, n'était aux naseaux de son cheval une écume rebelle, qui disparaissait le soir même. D'aucuns racontaient que saint Georges n'était pas le seul à déserter ainsi son icône une fois l'an. Le Dragon, à son tour, se coulait en dehors de la planche de bois peinte et s'en allait hanter les chemins de la Crète, dévorant les promeneurs attardés, boutant le feu aux récoltes et jetant la terreur dans les troupeaux. Mais la nuit ne se terminait pas sans qu'il rejoignît à son tour le bercail de l'icône où l'attendait, lance au poing, son éternel adversaire. Légende ou pas, rares étaient ceux qui s'aventuraient hors de chez eux la nuit du Dragon. Seuls quelques esprits forts ou quelques ivrognes auraient pris le risque de se retrouver nez à nez avec la Bête incontrôlée.

C'était au terme d'une nuit du Dragon que l'on avait retrouvé le corps du vieil Œdipe pendu aux branches d'un olivier. On l'avait surnommé ainsi car il était aveugle et n'avait plus toute sa tête. Il était berger et menait ses troupeaux à l'oreille et à la voix. Chaque animal avait au cou une sonnaille accordée avec soin, et Œdipe était capable de reconnaître, au son, chacune d'entre elles. Il martelait lui-même ses sonnailles, leur donnant le ton juste, et y suspendait en guise de battant un os de gigot, afin que le timbre en fût plus moelleux. Au bouc le redon grave, aux chèvres les clarines haut perchées ; le troupeau conduit par Œdipe était un orchestre de cloches interprétant une pastorale répercutée à l'infini aux échos de la montagne. Parfois, l'harmonie se rompait. Un tintement faisait défaut et empêchait que l'accord fût parfait. Œdipe savait aussitôt que l'une de ses bêtes manquait à l'appel, et laquelle. Alors il confiait le troupeau à son chien, un placide berger des Abruzzes, et s'en allait à la recherche de la brebis égarée. Il la sifflait dans les montagnes, des heures entières, parfois des jours, et ne rentrait pas sans l'assurance que la bête était morte. Œdipe était une sorte de sauvage qui préférait les animaux aux hommes. Mais il devait encore leur préférer la mort, puisqu'il n'avait pas craint, en se tuant, de laisser son troupeau sans gardien. Il avait choisi de se mesurer la nuit entière avec le Dragon de l'icône et s'enfuir, le matin venu, en croupe sur le cheval de saint Georges, laissant derrière lui sa défroque humaine suspendue tel un manteau usagé aux branches d'un olivier.

Deux jours avant sa mort, le jour de Pâques, on était venu lui annoncer qu'il était père. Un enfant venait de naître, en bas, dans la vallée, un enfant qui était de lui. La mère, hélas, était morte en couches, aussi fallait-il qu'Œdipe descendît aussitôt de ses montagnes pour enterrer la mère et baptiser l'enfant. Mais Œdipe n'entendait rien à tout cela. Il ne se connaissait ni femme ni enfants. De quoi lui parlait-on ? De la servante des moines, Sabbatia la toquée, qui venait jouer avec ses moutons pour se reposer de ses ménages et de sa cuisine ? A trente ans passés, elle ne connaissait de la vie que l'office, le réfectoire et les cellules du monastère, consacrant son existence à nettoyer, laver, briquer, cuisiner, ravauder. Elle n'avait jamais eu d'homme dans sa vie. L'un des moines était son oncle, et l'avait accueillie par charité, car la pauvre fille n'avait pas dépassé l'intelligence d'une enfant de quatre ans. Sabbatia était une laissée pour compte et mourrait vieille fille, flétrie par l'âge, usée par le travail et rongée par l'aliénation mentale. La vie gâchée de Sabbatia n'aurait servi à rien ni à personne.

Un beau jour, Œdipe en eut assez de son manège. Elle touchait à ses moutons, et il n'aimait pas ça. Il ne la voyait pas, mais il l'imaginait, se vautrant impudiquement dans l'herbe, retroussant sa jupe sur ses fortes cuisses. Elle sentait la femme, et cela énervait Œdipe. Cela énervait aussi le bouc, qui ne tenait pas en place et détruisait l'ordonnancement du troupeau. Aussi le vieux berger avait-il pris Sabbatia par le poignet, l'avait entraînée derrière un arbre et l'avait violée. C'était la première fois et la seule qu'il touchait à une femme. Il n'avait pas pris la peine de la déshabiller. Il avait relevé sa jupe pour masquer le visage de la folle et étouffer ses cris. En trois coups de reins, il éjacula une semence qu'il avait retenue durant toute sa vie.

Après avoir joui de Sabbatia, Œdipe avait songé à l'égorger à l'aide de son grand couteau à manche de corne, mais au dernier moment il s'était ressaisi et l'avait laissée repartir. Elle n'était plus revenue le voir. Et voici qu'on s'avisait de le relancer pour le forcer à assumer une paternité qu'il n'avait pas voulue, dont il ne voulait pas ? Que les moines se débrouillent avec l'enfant, qu'ils en fassent un moine à son tour ! Et Œdipe s'enfuit dans la montagne pour aller s'y pendre.

L'enfant d'Œdipe et de Sabbatia ne devint pas moine, car il s'agissait d'une fille. Les parents étant morts, on fut dans l'embarras pour lui choisir un nom. Puisqu'elle était née un dimanche, on la surnomma Kiriaki. C'était il y a vingt ans.

Kiriaki allait avoir vingt ans à Pâques. Dans quelques jours à peine. Mais à quoi rime la jeunesse si le désir de vie et de joie s'est éteint à l'intérieur de soi ? Vingt ans, l'âge des blessures du cœur, les plus graves, les plus longues à cicatriser.

Elle avait repris le travail, comme le bœuf son joug, et menait au labour dans les hauts lieux de Crète ses attelages de touristes. Naguère, elle se sentait investie d'un véritable apostolat et exerçait son rôle de guide avec prosélytisme. A présent, elle se contentait d'ânonner des phrases toutes faites, de jeter pêle-mêle dates et noms propres en pâture à ses ouailles. Le feu sacré l'avait abandonné.

Elle retournait au Thésée, souvent, chaperonnant des groupes nombreux et bruyants. L'hôtel était bondé en permanence et le service sans reproche depuis qu'Adrian Drakos avait laissé sa place à un Chypriote polyglotte qui, ayant assumé dix ans durant la gestion d'hôtels de luxe dans le golfe Persique, avait accepté sa nomination en Crète en véritable sinécure. Le soir, Kiriaki s'attardait souvent au bar, seule, devant un cognac Metaxa. Ou bien elle flânait dans le patio, face à la fontaine bruissante et la bougainvillée mauve.

Les cloches de Pâques sonnaient à toute volée pour les vingt ans de Kiriaki. Les églises étaient pleines de chants et de fumées d'encens ; dans les rues, les Crétois se souriaient et s'embrassaient en se confiant la bonne nouvelle : « Christ est ressuscité ! » Les hommes égorgeaient des moutons, les suspendaient à des arbres pour mieux les dépouiller et les éventrer, puis les embrochaient sur de longs pieux et les mettaient à rissoler au-dessus de bûchers. Les femmes récupéraient les entrailles qu'elles lavaient longuement ; les tripes, enroulées autour de brochettes, étaient grillées au charbon de bois, produisant les traditionnelles kokoretsis ; le reste, plongé dans des marmites bouillantes, donnait lieu à des soupes que l'on relevait d'une sauce au citron. La tête du mouton, tranchée en deux et posée sur le gril, formait, avec les testicules et les rognons, un mets de choix que se réservait le patriarche de la famille qui, les doigts suintant de graisse, gobait les yeux, mordait la langue et se barbouillait les moustaches de cervelle. Les vieux dépiautaient l'os de l'épaulée, y lisaient des présages. Les enfants suçaient les pieds gélatineux avant de jouer aux dés avec les os. Les peaux ensuite étaient tannées, transformées en chaussons, en bonnets, en gants pour l'hiver. De l'agneau pascal, il ne restait rien, pas une once de chair, pas un centimètre de peau. Il avait entièrement été sacrifié à la survie et à la joie des hommes.

Le Thésée avait été réservé par des pèlerins orthodoxes en provenance d'Europe centrale. Popes, moines et simples fidèles discouraient par petits groupes d'où s'échappaient parfois, comme des étincelles aux pierres frottées ensemble, des exclamations en bulgare, en hongrois ou en serbe. Soutanes noires, brunes, blanches ou grises indiquaient des ordres distincts, bien que cousins, mêlés en ce dimanche de Pâques en un œcuménisme de circonstance. On aurait dit des grappes de fruits secs d'automne cohabitant, au moment du dessert, dans le même panier. En réalité, les hommes de Dieu demeuraient prudemment entre soi, effrayés à l'idée d'être confondus avec les représentants des sectes qui les environnaient.

Parmi ces blocs disséminés de religieux jaloux de leurs prérogatives, un pèlerin demeurait seul, à l'écart des autres. Il s'agissait d'un homme âgé, très grand, au visage anguleux encadré d'une abondante chevelure blanche, vêtu d'un costume sombre à l'élégance un brin surannée qui surprenait parmi ces aubes et ces soutanes, et dont la manche gauche de la veste était repliée et épinglée au niveau de l'épaule.

Il était arrivé la veille, seul. Son bagage à peine

déposé dans sa chambre, il s'était jeté dans les rues de la vieille ville, le nez au vent, en chasse de souvenirs évaporés depuis longtemps. Il stationnait longuement devant des demeures que rien ne signalait à l'attention des simples touristes ; s'engouffrait dans des ruelles sombres dont il humait avec nostalgie les murs décrépis ; contemplait avec jubilation les joueurs de *tavli* faisant rouler leurs dés aux terrasses des petits cafés ; s'acagnardait à l'ombre des minarets tirant leurs flèches vers le ciel. Il ressemblait à un soldat proscrit retour d'exil.

Le matin de Pâques, il s'était joint dès l'aube au petit peuple des pêcheurs et des paysans qui s'en allaient prier au monastère d'Arkadi. Le car bringuebalant et essoufflé avait presque rendu l'âme sur la route qui serpente des faubourgs de Réthymnon au monastère, niché telle l'aire d'un aigle au creux des montagnes de Crète. Cent fois, la guimbarde avait failli verser dans le ravin, au grand effroi des corbeaux et corneilles qui suivaient son sillage, alléchés par les relents d'on ne sait quelle charogne. A chaque embardée, les oiseaux de deuil s'égaillaient en croassant puis revenaient aussitôt à la charge, tandis qu'à l'intérieur de vieilles paysannes crétoises, vêtues de noir, se signaient imperturbablement des trois premiers doigts de la main droite, à la manière orthodoxe. On eût dit des veuves conduisant leur époux à sa dernière demeure dans un corbillard ivre, poursuivies par un essaim de croque-morts affolés.

Le car avait stoppé au sommet de la montée, à cent mètres de l'entrée principale du monastère fortifié. Ces cent mètres-là étaient pavés, et devaient impérativement s'accomplir à pied. L'étranger aux cheveux blancs emplit ses poumons de l'air frais des montagnes et resta immobile. Dans le ciel océan, les corbeaux tournoyaient en girations folles, anges noirs suspendus entre le ciel et l'enfer. L'homme demeura ainsi longtemps, sans bouger, n'osant franchir la porte de l'imposant édifice dont la vue seule laissait affluer en sa mémoire tant et tant de souvenirs. Il reprit le car de Réthymnon sans être entré à Arkadi.

Kiriaki était assise au bar du Thésée, mélancolique, comme à l'accoutumée. Aujourd'hui elle avait vingt ans, et jamais elle ne s'était sentie aussi seule, aussi abandonnée. Elle s'imaginait être un personnage de tragédie, poursuivi par la haine des hommes et la vengeance des dieux. Sa vie était gâchée, gâchée à jamais. A vingt ans.

Soudain elle éprouva une curieuse sensation. Une sorte de fraîcheur accompagnée de démangeaison lui caressait la nuque. Il lui sembla qu'une voix intérieure la hélait. Instinctivement, elle tourna la tête. Dans la foule, un homme âgé aux cheveux blancs l'observait avec une insistance étrange. La manche de son bras gauche était vide. Kiriaki lui trouva l'air noble et bienveillant. Son visage était marqué par les vicissitudes de la vie et son front empreint de cette aura de sagesse qui n'appartient qu'à ceux qui ont choisi de fuir le monde.

Dans sa chambre, le vieil homme caressait du bout des doigts l'icône de *Saint Georges terrassant le Dragon.* Depuis plus de cinquante ans il avait vécu cloîtré dans le monastère orthodoxe de Kreuzberg, à Berlin, où jadis, dans sa jeunesse, il avait appris le grec. Ses compagnons de solitude ne le connaissaient que sous l'identité de frère Markos. Il avait quitté le monde et le monde l'avait oublié. Par quel miracle l'icône envoyée de Crète était-elle parvenue jusqu'à lui ? Le paquet, défraîchi et maculé de tampons, avait suivi un parcours tâtonnant, de bureau de postes en bureau de postes, en quête de son destinataire. Des préposés zélés avaient dû éplucher des dizaines d'annuaires, interroger des kyrielles de concierges, hanter des enfilades d'immeubles. Qui, parmi les millions d'âmes que comptait l'agglomération berlinoise, s'était souvenu qu'un certain Mark Fafner, ex-parachutiste, ex-commandant de la Kommandantur, rapatrié en Allemagne à la fin du mois de mai 1945, avait franchi quelques mois plus tard, pour n'en plus ressortir durant un demi-siècle, les portes d'un petit monastère ? Fallait-il invoquer le hasard, ou une intervention de l'ange gardien supervisant les Postes et Télécommunications ? Toujours est-il qu'un beau jour le frère Markos avait eu la surprise de recevoir un paquet adressé à son nom, son ancien nom. Découvrant l'icône qu'il contenait, il comprit sur-le-champ que son purgatoire s'achevait enfin ; il sut qu'il retournerait en Crète, répondant à l'invitation muette d'un vieux moine crétois.

Que venait-il chercher, après si longtemps, dans cette île qui avait endeuillé sa jeunesse ? Paraskevi n'était plus de ce monde ; Panayotis était vieux : l'image des jumeaux magnifiques et solaires qu'il avait connus ne se refléterait plus dans l'effigie du saint. Pourtant, tout à l'heure, au bar de l'hôtel, le temps avait été subitement aboli ; il avait cru voir Paraskevi, réincarnée à l'âge de vingt ans. Peut-être un peu plus blonde, plus féminine, plus jolie qu'avant. Mais pourvue des mêmes traits gracieux et des mêmes yeux d'or que saint Georges, dont il suivait amoureusement les contours du bout de l'index sur l'icône qu'il avait placée sur ses genoux. Il n'avait osé aborder la jeune fille, ignorant son prénom. A quoi bon ? Quelle consolation aurait-elle pu lui donner ? Un leurre, rien de plus. Paraskevi était morte. Le passé lui aussi était mort, bien mort.

Demain serait le jour de la fête de Saint-Georges. Mark retournerait à Arkadi, et cette fois il en franchirait l'enceinte. Il rapporterait l'icône à Panayotis, puis il quitterait la Crète sans regrets. Le jour même, il rentrerait dans sa cellule du monastère de Kreuzberg, où il pourrait enfin attendre avec apaisement la mort.

20

— Vendetta !

Le mot avait claqué comme une déflagration, et à présent il roulait en cascade, météore brûlant les lèvres de ceux qui le prononçaient à leur tour, allumant un brasier de peur et de haine dans le cœur des vieux capétans massés sur la petite place d'Amnatos. A l'appel du Lion ils étaient venus, chenus, blanchis, tremblotants, égrotants, mais toujours fidèles aux mots d'ordres d'honneur et de défense de la patrie. Debout au milieu d'eux, massif, imposant, impérieux, le Lion les haranguait :

— Oui, vendetta contre les bourreaux de la Crète qui osent revenir en touristes sur les lieux mêmes où ils ont versé le sang... Hier, c'était le dernier bâtard des Drakos, cette famille d'exploiteurs, collaborateurs et dénonciateurs, qui offensait par sa présence la mémoire de nos morts héroïques. Heureusement, nous l'avons décidé à partir... Mais aujourd'hui, le cas est plus grave encore, puisqu'il s'agit d'un ancien Nazi, l'un des principaux adjoints du Boucher de

Crète, un tortionnaire qui a occupé et saigné notre patrie durant quatre années consécutives... Cet homme, Mark Fafner, celui qu'on surnommait le Dragon, a eu le front de revenir ici, déguisé en pèlerin ! Pour lui, je ne vois qu'un châtiment possible : la mort. Le Dragon doit payer pour ses crimes et doit être immolé de nos propres mains !...

Un murmure désapprobateur agita les lèvres des capétans effarouchés. L'un d'eux prit la parole :

— Comme tu y vas, capétan Mavros ! Tuer un homme, comme ça, de sang-froid ! N'oublie pas que la guerre est finie depuis cinquante-cinq ans...

Le Lion, furibond, ne le laissa pas continuer :

— Il n'y a pas de prescriptions pour les crimes contre la Crète. Et je suis le doyen des capétans, le chef du clan Mavros, lequel a eu personnellement à souffrir des exactions de Drakos et Fafner. C'est pourquoi j'exige la mort de nos ennemis ! Si vous êtes devenus trop vieux et ramollis pour savoir ce que l'honneur crétois veut dire, je tuerai moi-même le Dragon !

La réprobation des capétans se mua en franche hostilité. Ils n'aimaient pas à être insultés publiquement, fût-ce par l'un d'entre eux, fût-ce par leur doyen. Le capétan Michalis, qui était venu spécialement d'Anoghia, abandonnant par exception son kiosque à journaux, cigarettes et bonbons, répliqua aussitôt :

— Tu perds le sens commun, capétan Mavros ! Regarde-moi en face et ose répéter ce que tu viens de dire. Suis-je un vieux ramolli parce que je mange à ma faim, bois mon café brûlant et fume à mon idée ? Il y a un temps pour la guerre et un temps pour la paix. J'ai fais la guerre, capétan, et j'y ai laissé ma jambe droite, emportée par un éclat d'obus en 1945. Depuis, je me repose et je savoure la paix. Est-ce mal ? Toi, tu n'as jamais enterré la hache de guerre. Jusqu'à présent, je t'ai suivi, mais aujourd'hui je réprouve ton attitude. Le Dragon a souffert, lui aussi. Si j'ai perdu ma jambe, lui a perdu son bras. Nous sommes quittes. De plus, il n'est pas revenu en ennemi. Comme tu l'as dit, il fait partie d'un groupe de pèlerins orthodoxes. Ce n'est plus un soldat, c'est un religieux. Il a expié ses crimes, si crimes il a commis. De quel droit, et au nom de quels principes devrions-nous le juger et lui ôter la vie ? Je me désolidarise de toi, capétan, et demande à ce qu'on laisse Mark Fafner en paix. Qui est de mon avis ?

Tous les capétans levèrent le bras, l'air farouche. Cette fois, le Lion était allé trop loin. Si son plus fidèle ami, le capétan Michalis, s'opposait ouvertement à lui, alors il n'y avait plus de raisons de continuer à subir ses diktats. Pâle, le visage décomposé de rage, le Lion cracha par terre et dit :

— Puisque c'est ainsi, je vengerai seul la mémoire de Paraskevi et de tous ceux qui ont péri et souffert pour notre cause. Et le sang du Dragon retombera sur votre tête, à tous !

Rompant les rangs de ses anciens alliés, le Lion quitta la place et retourna s'enfermer chez lui.

Panayotis savait la mort proche. Il l'entendait bruire dans les branches des cyprès qui encadraient le monastère ; le soir elle feulait dans l'ombre des longs couloirs désertés du cloître ; aux nuits de pleine lune elle gémissait parmi l'énervement des bêtes. Le moine sentait des courants d'air, des vents froids qui le giflaient ; parfois une chose immatérielle lui soufflait au visage une haleine de sépulcre. De sa lucarne il contemplait la plaine et croyait voir la terre lever, moutonner, germer. Les morts lentement reprenaient chair dans le tréfonds de l'humus, faisaient éclosion à la surface du sol, agitaient leurs squelettes d'albâtre. En cette période de résurrection pascale, la grande résurrection des morts était à l'œuvre. Panayotis pouvait presque palper leurs silhouettes, reconnaître le bruit de leurs pas. L'air était surchargé d'une intense fermentation divine, et le moine se réjouissait d'aller bientôt rejoindre dans la mort les légions qui sous ses yeux renaissaient à la vie éternelle. La vie est une salle d'attente ; la mort un passage, une porte qui s'ouvre. A l'exemple des higoumènes d'Arkadi qui l'avaient précédé, et dont il clôturait la longue chaîne, Panayotis serait enterré debout, le visage tourné vers l'est, orienté vers la lumière qui sans cesse renaît, la lumière divine.

A deux pas de l'enceinte du monastère, en direction de l'ouest, s'élevait un ancien moulin à vent, reconverti depuis un siècle en ossuaire où étaient conservés les crânes et reliques des martyrs de 1866. Dans la pénombre violacée de la nuit, le moulin semblait chargé d'électricité et bourdonnait tel un moteur qui s'emballe.

La nuit de Pâques se terminait. La journée suivante serait consacrée à l'adoration de saint Georges. Aux premiers frémissements de l'aube, Panayotis quitta sa cellule, se rendit dans la remise où étaient conservées, depuis des années, les milliers d'icônes qu'il avait peintes, en ouvrit largement les battants et sortit chacune des icônes afin qu'elle fût exposée au grand jour.

Manoula se hâtait. Guidée par le couloir des vents, la chaleur du soleil sur son visage, la terre qui déroulait ses chemins sous ses pas, l'aveugle avançait résolument vers la ville aussi sûrement que si elle déambulait dans sa cuisine. Elle sentait qu'un grand malheur se préparait et priait en silence pour que Dieu lui permît d'intervenir à temps. Tout en trottinant, elle pointait ses bras vers les différents points de l'horizon, pour conjurer les sorts, et soliloquait tout haut :

— Sacrée diable de Manoula !... Tu savais tout, depuis le début, et tu n'as rien dit... Ah ! Mulet que tu es... Chèvre, âne et mulet !... Ta Kiriaki est venue pour t'interroger, et toi tu n'as pas dit la moitié de ce que tu savais. Tu n'as pas dit l'essentiel !... Tu es bien avancée, maintenant, hein, Manoula ?... A ton âge tu dévales la colline au risque de te rompre les os... Ah ! Breloque !... Ah ! Toquante !... Et si tu arrivais trop tard ? Ah ! Bourrique... Péché. Péché. Péché. Péché et honte sur nous tous...

Manoula se hâtait pour tenter de démailler la chaîne du destin.

Les portes du monastère était ouvertes à deux battants. Elles ne se fermeraient jamais plus. Arkadi ne subirait plus aucun assaut, ne soutiendrait plus aucun siège. Son cœur s'ouvrait au monde, accordé, apaisé, débarrassé de la gangue de ses murailles. Le cœur d'Arkadi vibrait à l'air libre, harmonieux et rythmé, sous l'impulsion de la prière de Jésus qui rayonnait dans le cœur de l'higoumène Panayotis et chantait : « Seigneur — Jésus — Christ — Aie — Pitié — De moi. »

Mark Fafner pénétra dans l'enceinte dans laquelle il avait été admis pour la première fois cinquante-huit ans auparavant, aux temps belliqueux de sa jeunesse. Il y fut accueilli par les milliers de saint Georges exposés qui l'observaient en souriant tout en faisant danser, au bout de leurs lances, leurs dragons apprivoisés. Et ce fut comme si, surgie de terre et multipliée aux échos d'Arkadi, Paraskevi ressuscitée lui murmurait à l'infini, dans un silence fracassant :

« Je t'attendais... Je t'attendais... Je t'attendais... »

L'higoumène Panayotis l'attendait en sa cellule aux murs vides d'icônes, perché tel un faucon pèlerin sur son tabouret. Aucun mot ne fut prononcé. Le regard qu'ils échangèrent portait plus loin qu'eux-mêmes. Le Dragon s'avança, mit un genou en terre et baisa le bas de la soutane de l'higoumène, puis son pied, puis sa main. Enfin il se releva. Panayotis se dressa à son tour, enveloppa son hôte de ses bras et, dans une tendresse et une pudeur infinies, il déposa un chaste baiser sur ses lèvres. Mark Fafner eut un éblouissement subit ; ce n'était plus un vieillard chauve et édenté qui l'embrassait, mais un noble personnage à l'allure androgyne, aux longs cheveux bouclés et aux yeux noyés d'or. Dans la pénombre d'une humble cellule, saint Georges collait sa bouche à celle du Dragon, en un paisible et prodigieux baiser d'amour.

Mark Fafner marchait vers la vallée dans le jour grandissant. Un corps soudain s'abattit, qui fit chuter le vieillard dans la poussière. Son bras unique se trouva bloqué en arrière par une poigne puissante, tandis que la voix du Lion haletait à son oreille :

— Je t'ai déjà coupé un bras, tu t'en souviens ? C'est la gorge que j'aurais dû te trancher. Mais il n'est pas trop tard...

Et d'un geste précis il lui ouvrit la carotide à l'aide de son grand couteau crétois. Eleftéris se releva lourdement, trempé de sueur. Par trois fois il cracha sur le cadavre avant de s'enfuir dans les montagnes de l'Ida.

Ce fut un gamin maraudant du gibier dans les

montagnes qui découvrit le corps sans vie de Mark Fafner. La gendarmerie de Réthymnon se rendit sur les lieux et transporta le corps jusqu'au village le plus proche, Amnatos. Les capétans reconnurent aussitôt, en travers de la gorge du pèlerin assassiné, la signature du Lion. Pas un, cependant, ne livra la moindre information aux gendarmes. Fidèles à la loi du clan, ils régleraient la question par eux-mêmes, entre capétans, entre Crétois. Le Lion serait jugé par les siens, et non par un tribunal anonyme. Et s'il devait périr, ce serait à la loyale, en duel avec un homme désigné à l'unanimité par les capétans, et non sous la lame d'un couperet aveugle ou dans l'enfermement administratif d'une prison d'Hérakleion. Le Lion était un fauve, mais il était d'abord un homme, et il méritait de succomber sous l'étreinte d'un autre homme le valant.

Manoula était arrivée trop tard. Elle n'avait pas su enrayer le mécanisme de la tragédie, arrêter en plein vol la vengeance des Atrides et des Erinyes. Son pouvoir s'était éteint. Les dieux avaient été les plus forts.

Chez elle, parmi ses chats, ses tissages abandonnés et les lambeaux de ses souvenirs, Kiriaki l'attendait. La jeune fille chuchota :

— Je sais, mère... Je sais tout...

La vieille ouvrit les bras comme on jette des sarments au feu. Kiriaki s'y précipita et soudain eut moins froid.

La nuit du Dragon commençait. Elle enveloppait la veillée d'armes des capétans réunis à la terrasse du petit café d'Amnatos. Le capétan Michalis, qui avait pris le commandement, songeait à organiser une battue afin de retrouver son vieux camarade Eleftéris. Ensuite, on discuterait, on imaginerait un moyen de punir le Lion sans qu'il perde la face. Mais les monts de l'Ida étaient vastes, et le Lion les connaissait comme sa poche. La poursuite serait longue, difficile et dangereuse. Le Lion se savait traqué ; il n'avait plus rien à perdre.

Le grondement d'un moteur épuisé perça le silence de la nuit. Un antique taxi, d'une couleur jaune délavé, déboucha sur la place d'Amnatos et s'immobilisa dans un grand ferraillement d'essieux brisés. Un homme en sortit, qui dévisagea longuement le groupe des capétans figés dans la clarté pâle du petit café. Cherchant ses mots en grec, il articula :

— Mon nom est Adrian Drakos. L'un d'entre vous pourrait- il m'indiquer la maison du Lion ?

21

A sa sortie de l'aéroport, Adrian avait hélé un taxi. Une guimbarde poussive dont le pare-brise s'ornait de porte-bonheur qui pendillaient au bout de leurs fils : chapelets d'ambre, chouettes d'Athéna en ferblanterie peinte, yeux en verre bleu censés conjurer le mauvais œil, moulages en laiton figurant une jambe, une automobile, un enfant, que le propriétaire du taxi, Crétois massif aux moustaches tombantes et aux sourcils exceptionnellement fournis, avait fait bénir par un papas — la jambe de laiton était là pour adoucir ses rhumatismes et ses cors aux pieds ; l'automobile pour prolonger la durée de vie de son taxi ; l'enfant pour assurer la santé à sa nombreuse progéniture —, icônes miniatures représentant le Christ Pantocrator, la Vierge, saint Jean le Précurseur, saint Michel Archange et saint Georges. Pour conduire, le chauffeur était contraint de coller sa poitrine contre son volant et de chasser à tout moment, d'un revers de la main, les grappes de talismans qui s'agitaient devant ses yeux et lui masquaient la route.

Adrian se faisait conduire à Amnatos, le village où

vivait le grand-père de Kiriaki. Le chauffeur, ravi de cette longue course, siffla entre ses dents avant d'enfourner dans son autoradio une cassette du chanteur et joueur de lyre Nikos Xylouris. Puis il se mit à chanter à tue-tête en balançant son taxi de droite et de gauche, à grands coups de volant, afin de marquer le rythme. Lorsque d'autres véhicules arrivaient en face et devaient se ranger en catastrophe sur le bas-côté pour éviter la collision, le chauffeur les saluait d'impitoyables claironnements de klaxon. Adrian ne ressentait aucune crainte, et ne songea pas une seule seconde à engager son hôte à davantage de prudence et de respect du code de la route. Au contraire, il se sentait gagné par les accents étranges de cette musique qui exaltait tour à tour la force du soleil et la douceur de la lune. Adrian se sentait bien ; il savait qui il était, où il allait, et ce qu'il devait y faire.

Malgré l'affichette, collée au tableau de bord, représentant une cigarette sévèrement barrée d'un trait rouge, le chauffeur de taxi extirpa de l'une de ses poches, après une longue fouille, un paquet de cigarettes défraîchi. Il en prit une avant de le tendre à son passager qui accepta sans réfléchir au fait qu'il n'avait jamais fumé de sa vie. Après une seconde fouille, l'homme mit la main sur un briquet dont il actionna plusieurs fois la molette afin de l'enflammer. Il se retourna vers l'arrière, négligeant sa conduite, pour allumer la cigarette d'Adrian. L'habitacle fut aussitôt envahi par la fumée dense et parfumée du tabac blond. Les deux hommes fumaient en écoutant la musique, apaisés, heureux, fonçant tels des météores ivres sur la piste d'une petite route de Crète.

Ce fut le chauffeur qui rompit le silence le premier. Il parlait un patois des montagnes qu'Adrian devinait plus qu'il ne le comprenait. D'un long index aux phalanges poilues, l'homme caressait l'icône miniature de saint Georges qui se balançait parmi la forêt de fétiches.

— Lui, c'est mon préféré. Je lui ai promis mon taxi lorsque je mourrai. Mon taxi, c'est toute ma fortune. Je lui dois bien ça, à saint Georges... En plus, c'est sa fête aujourd'hui. Nous le croiserons peut-être sur la route, qui sait ? On raconte que tous les ans, le jour de la Saint-Georges, il quitte son icône. Et son dragon aussi !... Mais moi, je n'ai pas peur des dragons, monsieur. Au contraire, je les aime. Surtout celui de saint Georges. Ce n'est pas un dragon ordinaire. Comment dire... C'est un dragon qui aime la danse. Oui, voilà : le dragon, c'est un Crétois qui danse au son de la lyre de saint Georges...

L'homme, satisfait de sa trouvaille, se remit à chanter sur la musique de Xylouris.

La nuit du Dragon était bien avancée lorsqu'ils parvinrent enfin à Amnatos. Le petit café était encore éclairé, devant lequel des vieillards à braies noires et barbes blanches discutaient avec acharnement. Sur les tables, les flacons de raki et les tasses de café s'empilaient. Lorsque Adrian, après avoir généreusement dédommagé le chauffeur de taxi pour sa course, descendit de voiture, les vieillards stoppèrent net leurs conciliabules et le dévisagèrent avec sévérité. Adrian eut l'impression que sa présence les importunait. Une fois de plus, il était le gêneur, l'exclu, l'enfant du Mur. Un instant il songea à s'engouffrer à nouveau dans le taxi pour se faire conduire dans l'un des hôtels rassurants du bord de mer. Que lui avait-il pris de venir se jeter en pleine nuit dans la gueule du loup ? Mais le taxi poussif quittait déjà la place dans un grand fracas de ferrailles entrechoquées, lui interdisant toute velléité de retour en arrière. Rassemblant avec peine les notions de grec qui lui restaient, Adrian s'exclama alors d'une voix forte :

— Mon nom est Adrian Drakos. L'un d'entre vous pourrait-il m'indiquer la maison du Lion ?

Les hommes vêtus de noir continuaient à l'observer en silence, réprobateurs. Adrian sentit l'épreuve de force. Jusqu'à présent, il avait toujours plié devant l'adversité, qu'il estimait fatale. Etait-ce le souvenir de la musique de Xylouris, la clarté de la lune, le désir d'être digne de Kiriaki ? Soudain il sentait en lui une force nouvelle qui le poussait à résister, à ne pas baisser les yeux, à se tenir droit, en homme, et à exiger son dû, royalement, à la crétoise.

Les vieillards d'en face le comprirent sans doute, car l'un d'entre eux, qui n'avait qu'une jambe, rompit le silence et lui fit l'honneur d'une question. Parler à un Drakos, c'était admettre son existence ; c'était le considérer en tant qu'être humain ; c'était déjà le traiter en égal.

— Que lui veux-tu ?

Adrian s'avança bravement.

— Lui demander la main de Kiriaki. Il me la doit.

Adrian s'était exprimé avec chaleur, et les mots grecs étaient sortis naturellement, facilement, sans heurts ni bafouillements. Son interlocuteur fut sensible à cette assurance et cette sincérité, et d'un geste l'invita à s'asseoir et se joindre à eux. Adrian sentit comme un soleil envahir sa poitrine. Pour la première fois de sa vie, il éprouvait l'exaltation d'être reconnu par les siens. Il s'assit sur une petite chaise paillée tandis qu'on lui offrait un plein verre de raki qu'il but comme s'il buvait son âme. Le capétan unijambiste qui lui avait parlé le premier lui tendit son paquet de « Santé ». Adrian accepta une cigarette, et sentit l'arôme enivrant du tabac envahir ses poumons dilatés. Il était au comble du bonheur.

Le capétan Michalis, après s'être présenté et avoir indiqué à Adrian les noms et surnoms des autres capétans, lui brossa un compte rendu de la situation. Il conclut en ces termes :

— Le Lion est perdu. Demain, dès l'aube, nous monterons dans les montagnes pour le débusquer. C'est mon plus vieil ami, et pourtant je sais que je ne pourrai pas lui sauver la vie. Tout au plus lui sauver l'honneur, ce qui pour un Crétois est l'essentiel. Mais cette histoire ne te concerne pas, Adrian Drakos. Tu sais à présent que Kiriaki n'est pas la petite-fille du Lion, aussi es-tu libre de l'épouser sans demander d'autorisation à quiconque. Tu peux la voir dès ce soir. Elle est ici, à Amnatos, chez la vieille Manoula, à la sortie du village. Quelqu'un va t'accompagner...

— Non.

Adrian avait coupé le capétan Michalis d'un ton si résolu que les autres capétans le considérèrent avec un regain d'intérêt. Un homme normal, un étranger aurait sans hésiter répondu oui aux propositions du capétan Michalis. Seul un Crétois était capable de dire non, et de le dire sur un ton aussi fier. Adrian répéta :

— Non. Je ne verrai Kiriaki qu'après avoir réglé mes comptes avec le Lion. Demain matin, c'est moi qui irai affronter le Lion dans les montagnes. Seul.

Les capétans se regardaient entre eux. Ils aimaient qu'on leur parlât ainsi. Les jeunes générations s'étaient affadies, rongées par le tourisme et l'argent facile. Il était bon de sentir que l'esprit crétois perdurait encore chez l'un de leurs cadets, fût-il en partie de sang étranger, fût-il marqué par l'opprobre d'un nom. Le capétan Michalis, après avoir toussé avec éclat pour dissimuler son émotion, répliqua :

— Tu es courageux, Adrian Drakos. Mais le Lion est dangereux, et il ne ferait de toi qu'une bouchée. Je l'ai vu à l'œuvre durant quatre années de guerre, ne l'oublie pas. Aujourd'hui, c'est un fauve traqué. Il vient de tuer à nouveau, et a repris le goût du sang. Il te tuera. Il t'égorgera comme il a égorgé le Dragon ce matin. Rejoins plutôt Kiriaki, Adrian, et laisse-nous nous occuper du Lion. Nous ne t'en respecterons pas moins. Je sais à présent que tu es digne de vivre parmi nous ; et d'épouser l'une des nôtres. Sois heureux, et laisse les fauves aux chasseurs...

— Non, capétan. Inutile d'insister. Je dois affronter le Lion. Je préfère risquer la mort plutôt que de ne pas me montrer digne de ma nouvelle vie. Je désire me prouver à moi-même que je suis crétois. Ne me retire pas cette chance, capétan. Chaque homme doit affronter son dragon afin de s'en libérer. Pour être un homme, il faut être capable de tuer, ou bien de mourir dans l'instant.

S'aidant de sa béquille, le capétan Michalis se dressa alors de toute sa taille dans la nuit claire. Il dit :

— Lève-toi, Adrian Drakos.

Adrian se leva. Le vieux capétan ouvrit les bras, et les referma autour des épaules d'Adrian. Ils demeurèrent ainsi un long moment enlacés. A travers eux, cinquante-cinq ans après la fin des hostilités, deux peuples scellaient enfin la paix des braves en s'embrassant.

Le capétan desserra son étreinte, porta la main à sa ceinture et en détacha un long couteau crétois à manche de corne enfoui dans son fourreau qu'il tendit à Adrian :

— Tiens, prends. Je te le donne. Le Lion est

armé ; tu dois l'être aussi. Il te tuera, ou bien toi tu le tueras. Dieu en décidera. Celui qui redescendra vivant de la montagne, celui-là sera digne de la Crète.

Une pâleur rosée pointait à l'horizon, à l'est. L'aube lentement montait dans le ciel de Crète. La nuit du Dragon s'achevait.

Kiriaki fit un rêve. Elle marchait seule, la nuit, dans les montagnes. Elle s'était perdue et cherchait en vain le chemin du retour. Soudain, elle perçut une clarté qui affleurait un rocher et se dirigea vers elle. Mais plus elle avançait, plus la clarté s'éloignait. Kiriaki s'épuisait à poursuivre ce mirage. Ses jambes devenaient lourdes et ses poumons manquaient d'air. Hors d'haleine, elle cessa sa course et se laissa tomber à terre. C'est alors que la clarté, au lieu de la fuir, se rapprocha d'elle. Sans qu'elle eût fait le moindre mouvement, Kiriaki se retrouva bientôt en bordure d'un cirque naturel, creusé dans le rocher, qui baignait dans le halo d'une très douce lumière dont on ne percevait pas la source. Au centre du cirque, un spectacle étonnant s'offrait à ses yeux émerveillés. Un dragon reposait sur le dos, gémissant. Il était blessé et un filet de sang coulait d'une plaie qu'il avait à l'emplacement du cœur, ouverte comme une bouche qui sourit. A côté de lui, un chevalier en armure, juché sur un destrier blanc, observait la bête avec pitié. Le chevalier brandit sa lance, et en déposa délicatement la pointe sur le bord de la plaie béante. Le dragon poussa un profond soupir, et le sang cessa de couler. Lorsque le chevalier dégagea sa lance, la plaie était déjà cicatrisée. Descendant de son cheval, l'homme en armure mit un genou en terre et se pencha vers la bête atterrée. Il posa ses lèvres contre la gueule du dragon et lui donna un long baiser. Le monstre ne bougeait plus. Il semblait mort, ou bien dormir profondément. En relevant la tête, le chevalier souriait. Kiriaki croisa son regard.

C'était la première fois qu'Adrian grimpait dans ces montagnes, mais les Andartès lui avaient indiqué le chemin et prévenu des pièges et écueils à éviter. Malgré sa nuit blanche il n'éprouvait aucune fatigue. Au contraire, plus il s'approchait du sommet de la montagne, plus il sentait ses forces lui revenir.

Il parvint au sommet du Psiloritis à midi. De là-haut, il dominait entièrement la Crète et les deux mers qui l'abritaient : la Méditerranée au sud et la mer Egée au nord. Il contempla longuement son île. Son île qu'il était venu reconquérir.

Adrian entama la descente de l'autre versant du Psiloritis. Jusqu'à présent, il n'avait pas repéré une seule trace du passage d'Eleftéris. Mais les Andartès l'avaient prévenu. Le Lion l'attendrait plus loin, dans la tanière qui l'avait hébergé durant la guerre.

Au soleil couchant, Adrian découvrit une bouche d'ombre qui s'enfonçait dans les entrailles de la terre. Il était devant la grotte de l'Ida.

Le Lion avait allumé un feu sur lequel il faisait rôtir une paire de bécasses qu'il avait assommées d'un jet de pierres le soir même. Il lui semblait avoir vingt ans. Depuis qu'il était en cavale, les gestes de survie lui étaient revenus, comme aux temps de la guerre. Et la grotte de l'Ida lui avait à nouveau offert le gîte.

Le feu de bois jetait des lueurs blafardes sur les parois sombres et humides de la caverne, rallumant les souvenirs du passé. Le Lion croyait revoir, dans la lumière tremblotante, les ombres des Andartès en train de rire et ripailler, retour d'une offensive réussie contre les Allemands. Il entendait encore leurs voix mugissantes clamer aux douze vents de la Crète : « *Aéra ! Aéra ! Aéra !* » Mais les ombres qui se dessinaient sur les murs de la grotte n'étaient pas toutes aussi heureuses. Elefteris revécut la mort de Yannis, son premier palikare, à qui il avait infligé trente coups de fouet. Il revécut la mort de Cristina et Périklès, les amants d'une nuit qui avaient bravé ses interdits. Il revécut l'instant où, de sa propre main, il avait voulu égorger Paraskevi, au sommet du Psiloritis. Il se revit en train de la condamner, sans le savoir, à une mort plus atroce encore.

Le Lion donna un grand coup de botte dans le feu, cherchant à écraser les images maudites qui sourdaient des flammes. C'est alors qu'il entendit un son qui le figea sur place. Le son grêle d'un chalumeau de pâtre, qui jouait le chant des partisans crétois :

Quand le ciel s'éclaircira,
Quand reviendra le printemps,
Je prendrai mon fusil...

C'étaient eux. Ils l'avaient retrouvé. Les légions d'Andartès morts au combat s'étaient levées de terre pour venir le chercher. Il était prêt. A longues enjambées, le Lion gravit le couloir qui débouchait à l'air libre, pour les rejoindre.

Adrian soufflait dans le chalumeau que lui avait donné, avec son couteau, le capétan Michalis. Le vieil Andartès lui avait dit :

« Le Lion est fort, mais il est surtout rusé. Sois aussi rusé que lui. En lui jouant cet air, tu l'attireras à toi aussi sûrement qu'une grive avec un appeau. »

Adrian jouait, et plus il jouait, plus il se grisait de cette musique, comme il avait été grisé par la lyre de Xylouris. Il ne ressentait nulle peur, mais une sorte d'impatience joyeuse ; la joie du chasseur espérant son gibier.

Soudain, une masse formidable boucha l'entrée de la grotte. Le Lion se dressait devant lui, imposant, dangereux, magnifique. Le son du chalumeau mourut sur les lèvres d'Adrian. Les deux hommes se faisaient face, immobiles. Le Lion parla le premier :

— Que me veux-tu ?

— Je suis venu te demander raison. Pour ma famille, d'abord, dont tu as profané le repos. Pour moi-même, ensuite, que tu as poursuivi de ta haine sans que je t'aie jamais porté tort. Pour Kiriaki, enfin, que tu empêches de m'aimer et de m'épouser.

— Tu es le bâtard Drakos, n'est-ce pas ? Jamais tu n'auras Kiriaki. Jamais tu n'épouseras ma petite-fille.

— Elle n'est pas ta petite-fille.

— Ah ! Tu sais donc tout. Tu es un malin, Drakos. Comme ta grand-mère Salomé. Elle a su échapper à son châtiment, mais toi tu payeras pour elle. Je vais te tuer, Drakos. Prépare-toi à rejoindre les tiens en Enfer.

— Je suis prêt.

Le poignard donné par le capétan Michalis brilla dans la main d'Adrian. Le Lion le reconnut et maugréa :

— Où as-tu volé ça ? Tant pis pour toi, tu l'auras voulu.

Il tira à son tour son couteau de sa ceinture et, d'un bond, se jeta sur sa proie.

22

Kiriaki s'éveilla en sursaut. Elle appela :

— Manoula ! Manoula !...

La nourrice aveugle fut là aussitôt, s'enfouit à côté d'elle dans le lit et la prit dans ses bras.

— Calme-toi, ma Kiriaki, mon enfant, ma toute douce... Tu as fait un mauvais rêve ? Phtou ! Phtou ! Voilà, le sort est conjuré. Rendors-toi, ma fleur de gentiane, ma primevère, mon colibri. Rendors-toi, n'aies pas peur, je suis là...

— Ce n'était pas un rêve, Manoula. C'était comme... un signe. Adrian est revenu, ma mère. Il est ici, près de nous, je le sens. Et il court un grand danger...

— Tu divagues, mon poussin de sucre, mon rayon de miel. C'est un cauchemar, je te dis...

— Je le vois escalader les montagnes. Il est sur la piste du Lion... Le Lion l'attend, tapi dans sa tanière. Il le guette. Il va n'en faire qu'une bouchée... Je dois les rejoindre, mère. Adrian est en danger, je dois l'aider...

D'un bond, elle fut sur pied, s'habillant à la hâte, au grand émoi des chats assoupis dans les coins. Au-dehors, le jour se levait à peine. La vallée était grise et les montagnes, bleues. Il faisait déjà chaud. La porte de la masure s'ouvrit, se referma. Kiriaki avait disparu.

Demeurée seule dans le lit, rencognée, Manoula pleurait doucement. Elle n'avait rien prévu, rien senti, rien compris. Ses pouvoirs ancestraux l'avaient définitivement quittée. Kiriaki n'avait plus besoin d'elle. Elle recevait les songes qui révèlent, les visions de l'avenir et des choses cachées. Pour la première fois de sa vie, Manoula réalisa qu'elle n'était qu'une pauvre aveugle.

Kiriaki trouva les capétans massés sur la place du village. Ils s'apprêtaient à marcher sur les traces d'Adrian, qui avait déjà deux heures d'avance sur eux. En reconnaissant la jeune fille, le capétan Michalis baissa les yeux, gêné. Sans poser la moindre question, Kiriaki déclara :

— Je vous accompagne. Peut-être avons-nous encore une chance d'arriver à temps...

Le capétan Michalis redressa la tête, la fixa un bref instant de ses yeux noirs, comprit qu'il perdrait son temps à tenter de la dissuader. Il dit simplement :

— Va, Kiriaki, puisque c'est ton vœu. Moi, ma jambe coupée m'empêche de me joindre à vous. J'attendrai ici. Que Dieu vous accompagne, et vous montre la voie...

La journée fut harrassante, à cause du soleil. Les foulards noirs à franges dégouttaient de larmes de sueur. Les capétans n'étaient plus de première jeunesse et il leur fallait faire des haltes fréquentes. Kiriaki, qui avait passé son enfance à courir les chemins de la Crète, s'était naturellement placée en tête de la petite troupe et récriminait parce que l'on n'allait pas assez vite. A chaque détour du chemin, elle avait peur de découvrir les cadavres enlacés d'Adrian et d'Elleftéris, unis à jamais dans une étreinte meurtrière.

Au crépuscule, ils n'avaient toujours rien trouvé, et certains capétans parlèrent de bivouaquer pour la nuit. D'autres, épuisés, voulaient rebrousser chemin, malgré l'obscurité. A quoi bon s'acharner ? Après tout, le Lion était condamné, que ce soit par la justice officielle ou la justice du clan. Quant à l'autre, ils n'oubliaient pas qu'il s'agissait d'un descendant des Drakos. Ils avaient été complices, tous, de la vendetta lancée contre lui par le Lion, et ils avaient du mal à reconnaître, comme le capétan Michalis, qu'ils s'étaient peut-être trompés. Un Crétois ne reconnaît jamais ses erreurs. Au contraire, il les revendique, il les cultive, et parvient parfois à en faire des qualités. Ces Crétois-là ne connaissaient pas le pardon, uniquement la fidélité. En secret, ils demeuraient fidèles à leur chef ; et leur chef, malgré ses crimes, c'était encore le Lion. Aussi n'étaient-ils pas pressés de voler au secours de l'inconscient qui avait cru bon d'aller se frotter seul aux griffes du fauve.

Une mélodie nasillarde retentit au loin. Les capétans se figèrent, interdits. Ils reconnurent aussitôt leur hymne des partisans durant la guerre. Certains, qui se croyaient à l'abri, du fait de leur grand âge, des émotions de la jeunesse, sentirent des larmes embuer leur regard. Cet hymne, c'était pour eux celui de la liberté, celui de la Crète éternelle. Soudain, ils avaient vingt ans.

La mélodie s'arrêta net. Un grand silence suivit. Puis un cri, un cri d'agonie, un cri d'animal blessé, un cri de mort fusa dans la nuit, répercuté aux échos de la montagne. Sans hésiter, les capétans s'élancèrent à la suite de Kiriaki.

Le Lion gisait de tout son long, sur le ventre, dans une mare de sang noir comme du vin, un couteau fiché dans le cœur. Son propre couteau à manche de corne, sur lequel il s'était empalé durant le bref corps à corps qui l'avait uni à Adrian. Le poignard crétois, symbole de la force et de l'autorité d'Eleftéris Mavros depuis les temps reculés de la guerre, s'était au dernier moment retourné contre son maître. A genoux à ses côtés, Adrian Drakos était couvert de sang. Il n'était pas blessé, simplement éclaboussé par le sang qui avait jailli en torrent du cœur transpercé du Lion.

Kiriaki se jeta dans ses bras, l'aida à se relever, tandis que les capétans s'assuraient de la mort du vieux Lion. Puis ils embrasèrent des torches et se mirent à rassembler des branches mortes pour fabriquer une civière de fortune.

Kiriaki effleura de sa main le visage ensanglanté d'Adrian, lui glissa un doigt dans la bouche, un doigt maculé du sang du Lion qu'il téta tel un nouveau-né mordant le sein de sa mère. Une hulotte hua dans la nuit noire. Adrian chuchota :

— Tu entends ? Tu entends la hulotte parler ? C'est étrange, je comprends tout ce qu'elle nous dit...

Kiriaki se demanda ce qu'il y avait de changé dans l'apparence d'Adrian. Etait-ce le goût du sang ? Le chant de la hulotte ? L'air des montagnes ? Le souffle qui s'exhalait de la grotte de l'Ida ? C'était tout cela, plus quelque chose d'autre, d'indicible. Alors, à la lumière des torches, Adrian plongea ses yeux dans les yeux d'or de la jeune fille, et Kiriaki comprit enfin le sens du rêve qui l'avait éveillée en sursaut la nuit précédente : chevalier et dragon avaient cessé la lutte ; ils avaient pansé leurs blessures et, par le miracle d'un baiser, s'étaient fondus l'un dans l'autre, le saint et la bête, à jamais, pour ne plus faire qu'un seul corps et une seule âme : le corps et l'âme d'un homme, d'un homme achevé. Elle regarda Adrian à nouveau et le reconnut tel qu'elle l'avait toujours espéré en secret lors de leurs longs conciliabules au bar du Thésée. Il avait affronté son dragon puis l'avait embrassé, l'enfouissant au plus profond de son cœur. Le vieil homme était mort ; un homme neuf venait de renaître à sa place ; un homme complet, ange et démon, qui désormais était digne de devenir son amant ; un homme de chair et d'esprit, de pierres et de vent, à qui désormais elle pourrait se donner sans charité et sans mépris.

Toute la nuit, la dépouille du Lion fut veillée par les vieux capétans. Les torches enflammées, enduites de résine, jetaient un voile jaune et rouge sur ces hommes recueillis autour de la mort, aussi blancs et immobiles que des gisants de pierre. Leur chef, le vaillant et terrible capétan Mavros, était parvenu au bout de sa course. Sa mort avait été violente, comme sa vie. Il avait basculé dans l'au-delà l'arme au poing, en soldat. A présent, pour peu que Charon l'ait pris en pitié, il était en chemin pour le paradis des guerriers.

A l'aube, le Lion mort fut posé sur la civière, dont les capétans hissèrent les montants sur leurs épaules. A pas lents, alourdis par leur chargement funèbre, ils descendirent de la montagne. Adrian et Kiriaki, main dans la main, fermaient la marche.

Sur la place d'Amnatos, le capétan Michalis les attendait. Depuis deux jours, il n'avait pas bougé du petit café de Koulakiotis, buvant café sur café et fumant cigarette sur cigarette. Manoula venait de temps en temps aux nouvelles, mais le capétan

Michalis la renvoyait chez elle avec des paroles rassurantes :

— Il est trop tôt, brave Manoula. Ils ne seront pas là avant demain. Va te coucher. Je te préviendrai, n'aie pas peur...

Lorsqu'il vit le cortège de deuil déboucher sur la place, à la nuit tombante, le capétan Michalis empoigna sa béquille, se leva et se dirigea en clopinant vers la civière que les capétans avaient posée à terre. Reconnaissant son vieux camarade le Lion, il ne put réprimer un sanglot. Pour dissimuler ses pleurs aux autres capétans, il toussa bruyamment et cracha par terre. Puis il dénoua son foulard de tête et s'en essuya le visage, comme s'il transpirait.

Adrian fit trois pas en avant et lui tendit son poignard en manche de corne :

— Je n'ai pas eu à m'en servir. Je te le rends, capétan.

Le capétan Michalis se tourna vers l'homme qui lui parlait et le considéra longuement. Il déchiffra dans ses yeux la clarté rare et sacrée que certains rapportent des montagnes de Crète, et répondit :

— Non, il est à toi. Tu es des nôtres, à présent. En tant que nouveau doyen des Andartès, je lève l'anathème prononcé voici cinquante ans contre ta famille. Les Drakos ont à nouveau le droit de vivre, de prospérer et de mourir sur le sol de Crète. Adrian Drakos, tu es ici chez toi.

Gravement, le capétan Michalis donna l'accolade à celui qui avait vaincu le Lion. A sa suite, les autres capétans s'approchèrent et étreignirent à leur tour Adrian, le reconnaissant ainsi comme leur égal et leur frère.

C'est à ce moment-là que Manoula surgit de l'ombre. En deux jours, elle avait vieilli brutalement. Kiriaki courut vers elle et la prit dans ses bras, sans la serrer trop fort de peur de la casser en deux. Elle dut tendre l'oreille pour comprendre ce que, à mi-voix, Manoula lui murmurait :

— J'ai tout entendu, ma petite fille, mon ange doré, mon fil de sucre. Il faut vous marier bien vite. Je ne vivrai pas assez longtemps pour connaître tes enfants, mais je veux au moins assister à tes noces. Ensuite, je pourrai mourir en paix. Mon âme a soif de repos, Kiriaki. Je suis comme le Lion : mon temps s'achève ; je m'éteindrai avec le crépuscule de ce monde.

En ce dimanche de Pentecôte de l'extrême fin du deuxième millénaire, les cloches du monastère d'Arkadi sonnaient pour les noces d'Adrian Drakos et de Kiriaki Pelagia.

Près de cinquante jours plus tôt, les deux futurs époux s'étaient rendus au monastère afin de prier l'higoumène Panayotis de bien vouloir bénir leur union. Le vieux moine avait allumé un grand bûcher au milieu de la cour centrale d'Arkadi et y avait brûlé une à une toutes ses icônes de *Saint Georges terrassant le Dragon*. L'incendie avait duré des jours et des jours, parant le ciel d'Arkadi d'une aura d'or. On eût dit que l'île entière était en feu.

Le Lion avait été porté en terre, assisté jusqu'au dernier moment par ses anciens camarades, tandis qu'Adrian avait fait restaurer le tombeau de sa famille. Le corps de Mark Fafner, à la demande de ses frères du monastère de Kreuzberg, avait été rapatrié à Berlin. Enfin, après avoir enterré les morts, les vivants s'occupèrent des préparatifs du mariage.

L'église d'Arkadi avait été entièrement fleurie. Uniquement des fleurs blanches. Kiriaki et Adrian, de blanc vêtus, avaient ceint leur front de couronnes en branches de citronnier mêlées de fils d'or. Les capétans au grand complet se tenaient au premier rang, le capétan Michalis en tête, tandis que Manoula, trop émue, s'était réfugiée dans l'ombre d'une stalle. L'église étant trop exiguë pour contenir les invités, la cour du monastère se trouva bondée de familles de Réthymnotes qui avaient tenu à assister au mariage qui scellait enfin l'alliance retrouvée entre des clans jadis ennemis.

A l'orée du sanctuaire, près de l'iconostase, les chantres psalmodiaient à l'unisson, portés par un seul souffle qui les guidait et les emportait là-bas, très loin, sur l'océan de la prière. Vêtus d'aubes éclatantes de blancheur, la taille serrée par des ceintures en fil d'or, diacres, garçons et demoiselles d'honneur entouraient les mariés couronnés, tandis que l'higoumène les bénissait et leur remettait les anneaux. Adrian se pencha vers le visage de Kiriaki et effleura ses lèvres d'un baiser.

C'est alors qu'un phénomène étrange se produisit. Couvrant la voix des chantres, le bruissement d'une immense nuée d'oiseaux se fit entendre. L'assistance leva le nez au ciel, mais il n'y avait pas d'oiseaux. Tout là-haut, pourtant, sous la coupole de l'église ornée du Christ Pantocrator, une lumière dorée venait de naître, brûlante, aveuglante. Une sorte de boule de feu suspendue en l'air, un soleil nouveau à peine éclos. Un grand déplacement d'air se fit sentir, accompagné par ce même froissement formidable de milliers d'ailes invisibles, tandis que la boule de feu explosait en mille petites flammèches rouges qui virevoltèrent dans l'espace comme feuilles à l'automne. Elles descendirent lentement vers le sol, s'agrégeant les unes aux autres avant de se dresser en langues de feu à l'aplomb du front de chacun des humains en extase. Un grand oiseau mystérieux planait dans l'air embaumé d'Arkadi.

Alors, l'higoumène Panayotis écarta les bras en croix et, pour la première fois depuis plus d'un demi-siècle, prononça d'autres mots que ceux qui tissaient la prière de Jésus. Les yeux noyés dans le lointain, il semblait lire les paroles d'un nouvel Evangile. Sitôt jaillis de ses lèvres, les mots s'animèrent et s'ébattirent dans les airs en autant de colombes dévoilées :

— Le temps des rois et des dieux est révolu ; voici venir celui de l'Homme.

Crète et Santorin, Pentecôte 1991,
Paris et Valensole, Pentecôte 1993.

[illegible]

[illegible] plus il souriait de leur [illegible]
la pulpe de ses lèvres, les mots s'égrenaient et
[illegible] que [illegible] de colombe.
[illegible]

[illegible]

[illegible]

Remerciements

• La prière du cœur de Panayotis a été inspirée par la lecture de *Récits d'un pèlerin russe* (Points Seuil, traduits du russe par Jean Laloy) et de *la Prière du cœur* de Jacques Serr et Olivier Clément (Spiritualité orientale, n° 6 bis, abbaye de Bellefontaine).

• Les détails concernant le camp de Treblinka sont empruntés au film de Claude Lanzmann, *Shoah*.

• Les poèmes de l'*Erotocritos*, de Vidzenzos Kornaros, issus du recueil *Cretan Mantinades*, Éditions Cnossos, Athènes, ont été traduits par les soins de l'auteur.

• La chanson *Eleftéris, quelle crête escalades-tu* ? a été en réalité composée en l'honneur du résistant grec Aris Velouchiotis, selon l'ouvrage de Dominique Eudes, *les Kapétanios. La Guerre Civile grecque de 1943 à 1949* (Fayard, 1970).

• La chanson *Quand le ciel s'éclaircira* est un chant traditionnel crétois, donné ici dans une traduction personnelle de l'auteur.

TABLE

Cet ouvrage a été composé par Nord Compo (Villeneuve d'Ascq)
et imprimé par la SEPC à Saint-Amand-Montrond (Cher)
pour le compte de la Librairie Plon
76, rue Bonaparte, 75006 Paris

Achevé d'imprimer le 28 janvier 1994

N° d'édition : 12382. N° d'impression : 243
Dépôt légal : février 1994

Imprimé en France